西部文化系列

前言后記

雪漠 著

中国大百科全书出版社

图书在版编目（CIP）数据

前言后记 / 雪漠著. —北京：中国大百科全书出版社，2017.8

ISBN 978-7-5202-0151-3

Ⅰ. ①前… Ⅱ. ①雪… Ⅲ. ①序跋-作品集-中国-当代
Ⅳ. ①I267

中国版本图书馆CIP数据核字（2017）第180285号

出 版 人 刘国辉
责任编辑 李默耘 曾 辉
责任印制 魏 婷
封面设计 一千遍工作室
版式设计 U-BOOK
出版发行 中国大百科全书出版社
地 址 北京阜成门北大街 17 号
邮 编 100037
网 址 http://www.ecph.com.cn
电 话 010-88390603
印 刷 北京君升印刷有限公司
开 本 880 毫米 ×1230 毫米 1/32
字 数 258 千字
印 张 13.75
版 次 2017 年 8 月第 1 版
印 次 2017 年 11 月第 2 次印刷
定 价 48.00 元

代序

平常活法平常心

——2017年新春致读者

新的一年到了，该说些新话了。

随着中国大百科全书出版社成立雪漠图书中心，我的事儿更多了。连春节，我也在抓紧工作，进行一些文稿的修订。因为刚完成一部长篇小说，这种修订，也算是一种休息了。

近年来，从早上三点到夜里十一点，我都在工作。这原是我过去的习惯，四十多岁之后，已调整为五点起床，坚持了几年。近些年，生物钟又自动回到以前那样了。也好，一天多两个小时，一年下来，就会多些时间，用于工作。

三十多年间，总在读书、写作和禅休——休息之休。禅心现，妄心休，诸欲息，我发明“禅休”一词，以区别传统之禅修。粗粗算来，我出的书，也有二三十本了。今年，中国大百科全书出版社雪漠图书中心计划出我的书，旧作加上新书，小说加上心学大系，差不多有三十本。随着读者的增加，贴在我身上的标签也多了，读者根据自己的理解，解读着雪漠。这一点也印证了老祖宗说的“万法唯心造”——一百个人的眼中，会有一百个雪漠。其实，我自己眼中的雪漠，也没定型呢，仍在时时成长。

像我的身份，开始是学生，后来是老师，再后来是作家。便是在当了作家之后，我也仍在变化。刚入文坛时，吞天吐地，后来，火气渐渐没了。近些年，连寻常人的那种大志，也完全叫平常心消解了，只想安分守己过日月，随缘应世度时光。

凉州人说："人上五十，夜夜防死。"听来消极，却是实情。自弟弟的死提醒我生命易失之后，我就将生命看成随时都会破灭的水泡，早将后半生里必须做的几件大事，提上议事日程了，只想完成自己的作品，只想把老祖宗的好文化传下去。完成诸事之后，便静静等那个非来不可的东西。

我自己最喜欢的身份，当然是作家了。毕竟，我是国家认可的一级作家，也担任甘肃省作家协会副主席和东莞市作家协会副主席。在我的所有作品中，着力最多的，是小说，像"大漠三部曲"，从二十五岁开始写，到四十六岁完全出版，用了我二十多年的生命；《西夏咒》《西夏的苍狼》《无死的金刚心》《野狐岭》，前前后后，也差不多有十多年。可以说，我的大半生都献给文学了。在《甘肃日报》社工作的著名诗人牛庆国先生称我为甘肃的"文学英雄"，就因为我有一种不顾性命的写作势头。

要是再让我选一个身份，那便是学者了。近些年，我的文化著作出了不少。因其中蕴含了优秀传统文化的精髓，深入浅出，给读者提供了阅读理解上的帮助，所以，喜欢的人渐渐多了，影响也慢慢大了。在文学上，我是有心栽花；在文化上，我是无意插柳。对前者，我经年累月，苦心耕耘；对后者，我只是将自己当成一个标本来展示，却也获得了一些认可。其实，跟其他致力于传统文化的大家相比，我只是多写了一点实践心得而已。对我来说，更多的，是将学到的东西用于改变生活方式，用一颗平常心来指导自己的生活行为，于是也就有了一种平常活法。

还有一个称谓，也是我默许的，那便是老师。我当过二十多年中小学老师，以前人叫陈老师，现在人叫雪师或雪漠老师。我虽不想好为人师，但人家出于礼貌，想叫你几声，自己也不会少了啥，叫就叫吧。

对以上身份之外的其他称谓，我总是心虚，像有叫大师者，我知道自己远远不够，大家显然在期待我更好一些，能成为真的大师；有叫我师父者，也许是自己想当孙悟空，就将我当成了唐僧；还有一些其他尊称，我也总是心虚。近些年，因为出的书多了，读者也多了，老有人请教一些问题，有时，一回答，问者就会自称弟子，每听到这，我便冷汗直冒。孟子说："人之忌，在好为人师。"可见这并非好事。一次图书签售会上，一位我第一次见面的读者，只读过我一本书，竟然也自称弟子了，真令我心惊肉跳。其实，按老祖宗的规矩，能实践《弟子规》的，才算是弟子，按其标准看来，雪漠也达不到当弟子的标准呢。孔夫子号称有弟子三千，其实，符合《弟子规》标准者，也没几人。

我最爱的身份，是学生。我平时不见人，偶有人来，便尊其为老师，不叫他掏心掏肺地教授一番，便觉得浪费了时间，吃了大亏——呵呵，瞧这德行。我只想一辈子读书，一辈子学习，一辈子写作，一辈子能像孔夫子那样好学不厌；我也更愿意像胡适那样，只开风气不为师，当一个好的写作者，能为全民阅读尽一份心力。

近日，中共中央办公厅、国务院出台了《关于实施中华优秀传统文化传承发展工程的意见》，有好些朋友转发给我，我知道他们的用意，他们是希望我借此东风，多做些事。对于朋友的好心，我很感谢，但我自己的内心深处，还是更愿意静静地写作。我从凉州躲到岭南森林边，后躲到藏地小村，现在又躲到沂山脚下，就是想在安静地写作之余，做一些事。我没有为天地立心的胸怀，没有为生民立命的机会，也没有为往圣继绝学的大志，更没有为万世开太平的能力，我只有平常活法平常心，静静地写作，静静地读书，力所能及地写几本书，力所能及地做一点事，能尽心尽力地回报帮过我的老师和朋友，静静地活着，静静地老去。仅此而已。

希望所有喜欢我作品的朋友，千万不要神化我，也不要拔高我。按凉州人的说法，不要把我放到火上烤。每当听到神化我，或是拔高我的话，我就会无地自容，恨不得钻到老鼠洞里。也希望读者朋友视我为“友”，莫视我为“师”，每次听到有人发出孙猴子称呼唐僧的声音时，我总是汗颜。我一直说自己不是任何宗教的教徒，这不是谦虚，而是我不够格。我将人类所有的优秀文化当成我的营养，像西部的老母牛那样，多吃些百草，好贡献出更加甘美的牛奶。

我只是一个有信仰有向往的作家，我是个理想主义者，我想用文学作品创造一个艺术世界。一些读者喜欢雪漠，是因为我的小说感动了他们。我也一直感恩他们。读者是作家的衣食父母。是读者，给了我一口饭吃。愿我的所有读者和朋友，鸡年吉祥，全家平安！平安、健康、幸福，是人生最大的收获。

在文化作品中，我也只是分享了自己的一些学习和实践经验。其中的很多内容，是我教儿子陈亦新时录的音，后来整理出来，看上去，就有种教育的味道了。出版后再读时，我时不时会直冒冷汗。待得日后时间允许，我再修订时，就会删了那些雪漠教育陈亦新之类的文字。

我常说，一个人只要能改变自己，变好一些，就是对社会最大的贡献了。我就是这样。我只想改变我自己，并愿意将一些改变自己的经验分享给大家，供大家参考。我只是一个标本，供一些愿意解剖我的人解剖用。想学习我的经验，可以多看书，我该说的话，都写到书中了。此外，我每年会进行创意写作的讲座，有兴趣的朋友，可以来听。对于我写的和说的，您能理解的，就当成作者的分享；您不能理解的，就当成作家的虚构。只要能让您读了多一点快乐，我就欣慰了。

我更愿意当好读者的朋友，跟大家一起成长，希望所有爱我的读者，把我当成您的同学，我们一起努力，共同学好中国传统文化，做一个好人，拥有平常活法平常心。

雪漠

2017年春节写于山东沂山

目录

第二辑 以文学铸心，以文学铸魂

第三辑 当下关怀与心灵超越

第一辑 我的求索之路

从“名人”谈起……

——长篇小说《大漠祭》原序

1

《大漠祭》一完稿，朋友就劝我找个名人作序。我当然拒绝了。一来，对时下所谓的“名人”，我多视为异类。他们赖以成名的资本，我一向随喜得少；二来，那些“名人”在我心中的地位远比不上我所深爱的农民父老。后者之质朴常令我追忆叹服，前者，则多感莫名其妙了；三则，人生无常，岁月无情，眼下的不少“名人”，可能比我的作品更快地速朽。历史会因一首有价值的小诗而记住一个名字，也会毫不犹豫地将一些写出成吨垃圾的“名人”扫得不知去向。谁借谁的光终以名世还难说得很，所以只有自序了。好在岁月悠悠，大浪淘沙，或许笔者不久便也成莫名其妙的“名人”了。喜乎？悲夫？

我不知道自己算不算作家。因为我从不把自己划入时下的作家行列。有时，想想一些所谓的“作家”，真是造孽：浪费人民钱财，虚掷大好生命，委屈老婆孩子，却写出数以百万计的文字垃圾。图财害命，好没意思！

时下不少“作家”的作品，多是无病呻吟的玩意儿，或卖弄一些技巧，或写些莫名其妙的文字，而老百姓的生活和疾苦，却少见触及。这样的“作家”，真叫人羞于为伍了。所以，我最喜欢的身份是“老百姓”。能和那么多朴实善良的老百姓为伍，并且清醒、健康地活着，是我最大的满足。我弟弟就没这种福分：初中一毕业，他就牛一样地卖起了苦力，刚二十七岁便患病去世。糊糊涂涂来，糊糊涂涂走。来时不知谁是他，去时不知他是谁。还有许多和我一样的农民子弟甚至连初中都没法读完，就不得不子承父业了。而我，则幸运地活到了今天，幸运地生在一个贫穷的农民家庭，幸运地没被铜臭熏瞎脑袋，并幸运地由大字不识的父母勒紧腰带供了书，明白了如何做人，还能写点儿值得叫人一读的文章。还有什么不知足呢？还有什么理由不趁着明白和健康多写写像我的父母那样善良、像我弟弟那样不幸的农民呢？

我仿佛从来不曾为当作家而写作。我只是在生活，渴而饮，饥而食。写作亦然。日日读，夜夜写，发表与否关系不大，成不成功很少考虑。需要钱时，就经商弄两个。既没打算凭写作谋金钱，也不指望借文学图高位。我只是想说话，只想说自己想说和该说的话，只想做也许是命定的也许是穷忙的事。成功呀失败呀那是上帝或命运的权力范围，我从来不想自讨没趣地去越权干预。既没为获奖啥的狂喜，也不因退稿之类沮丧。相较于创作，我更热衷于做一些放生之类的“傻事”。更因那些生灵由于我的“愚蠢”而延长了生存时间，或改善了生存质量而窃喜不已并乐此不疲。

创作欲望，倒因之淡了。文学上，我很有自知之明。我不长于编故事。当然，也可以理解为不会，或是不屑。但在描写日常生活、写人以及生活底蕴等方面，我一向着意追求并足以自慰。因此，想从《大漠祭》中找出张牙舞爪的所谓思想和惊心动魄的离奇故事，无疑是徒劳的。但是，你要是想看呼之欲出的人物、鲜活的生活场景、扑面的生活气息、丰厚的生活底蕴……那么，你自可以翻开它。

当然，为了丰富百姓生活，这个时代非常需要一些人生产些轻松的文艺消费品。但同时，也需要有人写些实在的，甚至沉重的、直面人生的作品。

就像安徒生童话所揭示的那样：这世界，只要有穿新装的人，就需要一群“聪明”的看客。但同时，也更需要那个说真话的孩子。

生活之多样，必然决定文学之多样。

2

我心仪的作家要有孤独的自信和清醒的寂寞。他必须有真正的平常心和责任感。写作是他的生活方式，而不是借以谋利的手段。他只为灵魂活着，从不委屈良心去捉笔。他只说自己想说的话。他之所言，或为完善自我，或为充实人生，或为记录生活。当他能真正成为时代代言人的时候，他就可能被称为大作家和文化巨人，如托尔斯泰、曹雪芹、司汤达、鲁迅、卡夫卡等人——他们甚至不一定能活着看到自己作品的出版。

当然，就像太阳也会被乌云掩蔽一样，这类作家偶尔也会为卑下的情操所屈服，但他终究会凭借自己伟大的人格力量超越鄙俗，完善自我。

时下，有一些借文学满足自己私欲的“名人”，常常拿巴尔扎克的卖文偿债为自己寻找光鲜些的借口。诚然，世界艺术史上不乏卖文和卖画的大师，但最本质的区别是大师的“卖”是为活着，一若杨志之卖刀；而那些“名人”的活着是为“卖”。卖刀时的杨志不失其好汉本色，而酒足饭饱后品头论足的牛二也不过是牛二。前者可能有鄙陋之行，但他骨子里仍足以傲世。

区别的是心灵。

鹰会鸡一样啄食，狗也狮子般捕猎。区别的，也是心灵。

傲昂白首于世界文学顶端的是那位最不像作家的托尔斯泰。

在他一生中的很长一段岁月里，他最热衷的是教育，是编识字课本和改善农民生活……他把自己最辉煌的时光用于忏悔，终生为自己的贵族身份而羞耻。他甚至把他的三大巨著也归于“坏艺术”一类，仅仅是因为老百姓没有那么多闲暇去读它们。但这一切，反倒点缀了他的伟大。

十多年前，我幸运地迷上了托尔斯泰。此前，无论咋啃也读不下去。后来才明白，爱托尔斯泰也需要资格。当自身修炼达不到一种境界时，你绝不会了解他，更不会爱上他。他的作品是一座巍峨的城堡，真正攻入，需要实力。他不饶舌，不卖弄，不矫情，甚至不修饰。他忠实地记下了人类历史上的一个时代。只要人类存在，他的作品就消亡不了。

他写得那样从容而自信。在这个巨人面前，一切“名人”都显得十分寒碜，包括精通任何技巧且已得到公认的“天才”们。

他可以痛苦，可以一次次陷入精神危机，但决不浮躁。他的痛苦是大彻大悟前的迷惘。他的精神危机是时代的困惑。他绝不会为争点儿名或图点儿利而让自己伟大的心灵卑琐。

不仅仅托尔斯泰，很多俄罗斯大作家都这样。我常常为俄罗斯文学吃惊：是什么使这个民族诞生了那么多的文化巨人？这无疑是一种文化奇观。无论是专制的尼古拉一世时代，还是残暴的斯大林时代，这个民族都为人类贡献了一批又一批的伟大作家。封建专制的屠刀扼杀不了文学。贫困、富贵、厄运……一切外部势力都动摇不了俄罗斯的文学大厦。

而中国文人，血液中“学而优则仕”的杂质太浓了，多将个人悲喜甚至命运维系在强权上。次一等的，也追求书中的“颜如玉”和“黄金屋”，而将文学的真正内涵异化了。

中国文人中真正具有独立人格者并不多。

俄罗斯作家则不然。沙皇尼古拉一世自可以专制，书刊检查制度自可以残酷；可以有流放，可以有灾难，可以有贫穷，可以有寂寞，甚至可以有贵族的富贵（这才是最可怕的）……但一切“外现”都摇撼不了他们的灵魂标杆。他们不会因苦难和专制而垂头丧气、一蹶不振，也不会被席卷而来的时代狂潮惊得大呼小叫、方寸大乱，更不会在富贵的毒蛊下忘了自己的姓氏。他们的人生坐标永远直立，足以令他们挺直脊梁。

这虽然得益于俄罗斯的文化土壤和文学传统，但起主导作用的还是作家的心灵。他们不是被西部农民称为“浅碟子”的浮躁文人。他们的创作不是卖水，不是从生活之海中舀来一瓢后就吆喝个不停，唯恐别人不知道他兜售的货色。他们最在乎的不是别人的评价，而是自己灵魂的安详。

他们自然有孤独的自信和清醒的寂寞。举世誉之，不忘乎所以；举世毁之，不垂头丧气。他们的内心，是一个世界，是一个与外部世界并存的独立世界。内外两个世界可以平等对话，但谁也别想粗暴地侵略谁。它们可以傲然地朝对方说：“请尊重我的主权。”

这样的作家，才是我所心仪的真正作家。

当代中国，也确实需要或说应该诞生一批这样的作家。

真正的作家，大可不必借助所谓的机遇。有时，所谓的机遇，可能恰恰是灾难。试想，如果汉武帝刘彻垂青司马迁并委以宰相重任，《史记》的命运又将如何？无疑，政界站起一个新贵的同时，文坛必然倒下一位大师。

文章憎命达。

历史绝不会因某些御用文人的所谓的好机遇，就把他们的位置排在苏东坡和曹雪芹之前。问题的实质是：你有没有好东西？

有好东西的，你活埋不了，如沈从文；没好东西的，你推不上去。乌鸦群中的评论家如何鼓噪，也无法把鸦王吹成凤凰。

文学上最终说话的，是作品。

还是那句话：历史会因一首有价值的小诗而记住一个名字，也会毫不犹豫地将写了成吨垃圾的“作家”扫得不知去向。

因此，我很欣赏海明威。他永远和死去的作家比。因为活着的终将真正地死去。他的目标总是一个个虽不在人世但在文学上永远活着的作家。他也像托尔斯泰一样，用质朴的笔写出了那个时代的那群人如何活着。

中国的老百姓太需要真正的作家了。

我劝天公多抖擞几次。

3

真正的历史画卷是生活，是平平常常的生活。是一滴滴生活之水，汇成了历史潮流。作家应该描绘的，就是这些平常的、然而又是最真实的生活。作品的价值也就在于真实地记录这段生活，真实地记录一个历史时期的老百姓如何活着。《战争与和平》《安娜·卡列尼娜》《红楼梦》等一些伟大作品就是这样。它们之所以伟大，并不在于其博大得张牙舞爪和精深得莫名其妙，而恰恰在于其真实、质朴，甚至琐屑。传神地写出了琐屑，也就写活了一个个生活画面。正是这些活的琐屑构成了作品的伟大。有时，我们看这些作品时，甚至看不到作者。看到的也不仅仅是引人入胜的故事，更多的是扑面而来的生活和呼之欲出的人物。

当代作品中，一些人为的张牙舞爪的表面“伟大”恰恰损坏了作品本身。作家们把情绪化的语言和胡编乱造的情节生硬地塞进作品，从而破坏了其应有的朴素。遗憾的是，那些作家竟也产生了错觉，以为自己真的很伟大，就像背对快要落山的太阳看到自己颀长无比的影子一样。

真的伟大，应该是质朴。

走进佛殿，龇牙咧嘴的，可能是鬼、夜叉，至多是罗汉。而佛和菩萨，则永远是安详的。一个猴子，即使它有翻天覆地的神通，也不过是个难为众仙心仪的“弼马温”，哪怕它自封为“齐天大圣”，也改变不了其本质。只有当它经过无数次的自我超越，消去火气，降伏无明，证得智慧，从绚烂归于平淡，从舞棒弄棍到安详微笑的时候，它才可能成“斗战胜佛”。这也便是为什么绝大多数名著的风格十分朴素的原因。

当然，我的《大漠祭》距我所希望达到的目标尚有距离，但我一直是朝这个方向努力的。在小说还没动笔之前，“作者题记”就先从我心中涌出了：

> 我不想当时髦作家，也不想编造离奇故事，我只想平平静静地告诉人们：我的西部农民父老就这样活着。活得很艰辛，但他们就这样活着。

我想写的，就是一家西部农民一年（一年何尝又不是百年？）的生活，其构件不过是训兔鹰、捉野兔、吃山芋、喧谎儿、打狐子、劳作、偷情、吵架、捉鬼、祭神、发丧……换言之，我写的不过是生之艰辛、爱之甜蜜、病之痛苦、死之无奈而已。这无疑是些小事，但正是这些小事，构成了整个人生。我的无数农民父老就是这样活的，活得很艰辛，很无奈，也很坦然。

我的创作意图就是想平平静静告诉人们（包括现在活着的和将来出生的），在某个历史时期，有一群西部农民曾这样活着，曾这样很艰辛、很无奈、很坦然地活着。仅此而已。

《大漠祭》中没有中心事件，没有重大题材，没有伟大人物，没有崇高思想，只有一群艰辛生活着的农民。他们老实、愚蠢、狡猾、憨实，可爱又可怜。我对他们有许多情绪，但唯独没有的就是恨。对他们，我只“哀其不幸”，而从不“怒其不争”。因为他们也争，是毫无策略的争；也怒，是个性化情绪化的怒，可怜又可笑。

这就是我的西部农民父老。

不了解这些，便不了解《大漠祭》。

是为序。

弟弟·父母及其他

——长篇小说《大漠祭》跋

《大漠祭》几易其稿，草字百万，拉拉杂杂，写了十二年。其中甘苦，一言难尽。动笔时，我才二十五岁，完稿时已近四旬。但我终于舒了口气，觉得总算偿还了一笔宿债。今生，即使不再写啥，也死能瞑目了。

踏上文坛不久，我就想写写我的农民父老，为他们写一本书。没想到，这个小小的愿望，竟用去了我十二年的黄金时光。

扔下笔后，浓浓的沧桑涌上心头，便想到我苦命的弟弟。本书草稿时，他还是个不甘被贫困吞噬而苦苦挣扎的青年。完稿时，他已被黄土掩埋了八年。

他就是我作品中憨头的生活原型，叫陈开禄。求禄者无禄，善良的愿望总是被现实撞个粉碎。

弟弟的死，很大程度上修正了我的人生观，并改善了我的生存质量。掩埋了弟弟不久，我的卧室里就多了个死人头骨，以充当警枕。它时时向我叫喊：“死亡！死亡！”提醒我死亡随时都会像光顾弟弟那样光顾我。所以，我每天给自己的考勤，是以小时来计算的。我做一些事情，总要算算值不值得浪费我黄金买不来的生命。因此，我才能对西部文化的各个领域做相当的研究，且多能著书立说自成一家。

我的所有偏激，就源于对生命的感悟。对待朋友和亲属，我总是恨铁不成钢。“序”中的文字，体现了我的这一特点。

弟弟的死，也改变了《大漠祭》的后半部。在不少人认为最感人的后半部分中，就融入了弟弟的生命和我的血泪。弟弟与憨头相异的是他没患阳痿，而且相对不安分些。弟弟不甘贫困，绞尽脑汁，东奔西跑，苦苦挣扎，一直挣扎到坟墓里。挣下的，仍是一屁股债。

弟弟在二十七岁那年，患了肝癌。我一直伴他度过了生命的最后岁月，没离开过半步。我亲眼看着他从一个健壮的青年，渐渐衰竭消瘦，步步走进坟墓。我亲手扬起一锨锨黄土，掩埋了他。我经历了一个生命从旺盛到死亡的全部过程。自那以后，我的人生中便没了啥执著。一想到所有贪婪的最终归宿不过是坟墓时，还有什么放不下呢？在死亡面前，名利呀啥的真成过眼烟云了。

重要的，应该是如何活着。

而活着的价值，要看是否因了你的活，使这个世界相对美好了些。

弟弟的死让我懂得了如何珍惜生命。

最叫我不忍追忆的是：当医院的手术刀插入弟弟腹内时，弟弟竟清醒地惨叫了，像挨刀的猪那样。他后来说当时根本没被麻醉。同室病友说是没按惯例给麻醉师送礼所致。病历的解释是“对麻醉药反应迟钝”。反正，刀子在他的腹部划出了长逾五寸的口子。后来的我，一直不敢想象这一幕，不敢想象那把屠刀，如何刺向我苦命的弟弟。

那个失败的手术除了叫弟弟当了回挨宰的猪外，还留给了我噩梦般的记忆。

我之所以写出这些，仅仅是祈盼不要重演这种可怕。愿天下的医生和其他“偶尔”——因为他终究也会死去——有点儿权的人多少善良一些。

弟弟具有憨头的一切优点。他死得很高贵。据医生说，他并不知道自己的病情，但他一直没问任何人。他没有叹气，没有哭泣，没有问询，没有埋怨，没有失态，甚至没有嘱咐。他面对墙壁，沉默寡言，平静地走向坟墓。我当时真希望世上有鬼魂。哪怕弟弟变成恶鬼，我也会接受他，甚至爱他，但我不能忍受他永远地消失。

我简直不敢想象自己日后如何熬过没有弟弟的残生。

这些噩梦，后来进了小说中灵官的心。

弟弟留在人间的，除了当初不满三岁的女儿和才出生两个月的儿子外，还留下了几页日记。他死后，房子、家具、衣物……一切都成了别人的，甚至包括他的妻子。但那几页日记却是他的，上面记载着他心灵的挣扎。这使我忽然感悟到生命的易逝和文章的相对永恒。

为了供我上学，弟弟过早地离开学校，去卖苦力。他的死击垮了我，很长一段岁月，我处在半痴呆状态。我接受不了这个现实。每看到乌鸦啥的，我就当成是弟弟化的，总要像鲁迅《药》中的老女人那样和它对话。那时唯一的快乐在梦中。因为梦中的弟弟活着。虽说他阴沉着脸，不和我说一句话，但我还是盼望常做这样的梦。痛苦的是，这梦也很稀罕，后来竟绝迹了。

我容忍不了自己对他仅有的一次伤害：那是在斗嘴的时候，气头上的我说他不过是卖苦力的。记得当时他怔了，而后号啕大哭。这画面成了插在我心头的刀子。直到今天，伤口仍在流血。而他的突然病逝，使我从此没有了向他忏悔的可能。许多个孤独的夜里，我无数次地哭叫："弟弟，宽恕我吧！"但我的心始终没能轻松。

《大漠祭》完稿后，我最希望有三个人能读它。其中一个就是弟弟。而这时，他早成了一堆白骨。

另外两人，便是父母了。他们是我作品中老顺老两口的生活原型。书中的许多事都可从他们的身上找到影子。在最贫穷的日子里，他们供我念了书。妈的话至今仍在我心头响着："吃屎喝尿，也要供娃子念书。”父母饿着肚子，供我上了当时也是省重点中学的武威一中。后来我考了学，从此改变了命运。

父亲很老实，甚至算得上愚昧。他一生中最睿智的一句话就是在我嫌他愚昧后说的。他说：“娃子，我当然愚。谁叫我没个好老子供我念书呢？”

我从此无颜再自作聪明。

的确，我之所以走出了愚昧，不过是有供我读书的好父母而已。愿天下所有嫌父母愚昧的子女都能读懂我父亲的睿智。

遗憾的是，我最希望能读本书的三人却无法令我满愿了：

弟弟想来收不到烧在他墓前的书稿了。

爹妈虽活着，却大字不识一个。

遗憾，只能永远了。

好在上海文艺出版社主动给了我极高的稿费，使我有能力在本书出版后带父母来上海和苏州等地看看。在一个异常偏僻的小村落里，父母牛一样操劳着，度过了大半生。他们甚至没坐过火车。

父母唯一的遗憾是没叫弟弟上高中，唯一的欣慰是供我读了书，唯一的奢望是：等我领到稿费时，请他们尝尝凉州街头那些小吃。因为他们死活想不出，那些好看的小吃，究竟是啥味道。

至今，他们仍抚养着死去的弟弟留下的儿子和一位才出生就被人遗弃的女婴。为此，母亲吃尽苦头，骨瘦如柴。前者是弟弟的“根”，也是母亲的命。对后者，他们的理由仅仅是：她，也是一条命。没人管，就只有一死了。

为了不给儿子增加负担，年过六旬的他们，还种着八亩地。每到秋收时，六十多岁的父亲总要呻吟：苦不动了，但总是引来母亲的骂。母亲常安慰内疚的我，说她不劳动，身子骨就疼。

让他们不再操劳，并看看外面的大世界，成为我的一大梦想，也是我异常勤奋的另一个原因。

我无法叫文盲的父母读我的作品，却可以叫他们读读外面的世界。但愿我的灵魂，因之得到安慰。

用汗水慰藉灵魂

——长篇小说《大漠祭》再版代跋

十二年前的《大漠祭》，是部中篇小说。其意图，就是想写写农民的生活。那时，觉得父母很苦。我小的时候，父母就为一天三两角钱的工分去拼命。他们唯一的盼头是等儿子长大，享些福。后来我长大了，他们却依然苦，更添了愁。按爹妈的说法，“老牛不死，稀屎不断”，“没个卸磨的时候”了。那时，我老埋怨：那些作家们，为啥不写写农民如何活着呢？埋怨多了，就想，别人不写，那我写吧。

对中篇《大漠祭》，我进行了无休止的修改和重写。说不清写了多少遍，梦魇一样，屡废屡写，都失败了。

为了寻找原因，我开始大量读书，探索一些大作家成功的奥秘。最使我惊奇的是涅克拉索夫，他为何一见到陀思妥耶夫斯基的《穷人》和托尔斯泰的《童年》，就断言作者将来必成大作家呢？我想，这绝非偶然，其中，定有一种必然的东西。

苦思许久，我终于发现了其中奥秘。一个作家，在执笔之初，甚至执笔之前，就几乎决定了其将来。正如一个青苹果，虽小，却具有了成为大苹果的基因；而山药，无论如何施肥浇水，成熟的，终究是山药。作家亦然，其心灵和文学观念，决定了他日后的成就。除非，他进行过脱胎换骨式的灵魂历练。

痛苦的是，我发现，自己已走错了路：我以往所有的创作，凭的是感觉，加上一些自以为是的投机取巧。而写人的功力，却弱得可怜。更糟糕的是，我被伪现代派玷污了，染上了浮夸的文风，失去了一个优秀作家应有的质朴。

苦思良久，我毅然否定了自己。我抛弃了我习惯的笔法和文学观点。

我决定重新练笔。

这一过程，我后来称为“大死”。大约有五年时间。这是噩梦般的岁月，苦不堪言。每天凌晨三时，我像被赶往屠宰场的猪一样，龇牙咧嘴，从床上爬起，先是禅修，然后走向书桌，进行单调、乏味的练笔，实践着自己的“悟”。那时的梦中，也在练笔。心灵是沉重不堪又痛苦不堪。身旁没有可探讨的朋友，眼前没有可请教的导师，陪伴自己的，只有须臾也离不开的莫合烟。心头更是漫长的黑暗，看不到一点儿希望。

更糟糕的是，我穷困潦倒，常常没买菜的钱，一家三口，两顺一逆地排列，才能挤在一张单人床上。唯一的奢侈，便是书了。我说服妻子，从口里挤出钱来，用以购书。我明白，只有书，才能使我超越闭塞的环境，不被同化。

苦极了，常给自己打气：就这样殉文学吧。成功了，当个好作家；失败了，活不下去，大不了回老家种地。本是农民的儿子，再当农民，也不赔本。

练笔的同时，我利用在教委工作的机会，跑遍了整个凉州。几年过去，对这块土地的熟悉程度，几乎等同于自己的家了。那时，心中的《大漠祭》也渐渐长大。

那段岁月不堪回首，我所经历的，确实是一种脱胎换骨式的灵魂历练。我甚至按苦行僧的一些标准来要求自己，如过午不食。怕饭后过饱影响大脑的正常思维，在很长一段时间，我不吃晚饭。后来，又坚决地戒了与我相依为命的烟。怕的是，作家没当成，先叫烟熏死了。

我将这一阶段称为“大死”。经过了“大死”，才有可能“大活”。没有苦行，便没有彻悟。

终于有一天，我豁然大悟。眼前和心头一片光明。从此，我放下了文学，不再被文学所累，不再有对“成功”的执著。怪的是，反倒文如泉涌了。我明白，我能重写《大漠祭》了。

三十岁那年，农历十月二十日，是我的生日。那天，我剃光了头发和胡须，躲到了一个偏僻的所在，开始了与世隔绝的四年。这时的创作，已进入“大活”阶段。不再有痛苦，不再有寂寞，只有宁静和超然。这时的我，不考虑发表，不考虑成功，只想完成。而这完成，也无丝毫执著了。我不再写作，我只是在生活。执笔，仅仅是一种生活方式。心中的人物早已活了，我之所为，就是叫“他们”从笔下流出来，而我自己，则“滚出作品”。

后来，人常问：写《大漠祭》，吃了不少苦吧？我说不苦。真的不苦。若说苦，是写它之前苦。写时，只有乐。如同一只猴子，苦苦修炼时，无疑是苦的，一旦成了“弼马瘟”，就只有乐了。

再后来，连乐也无了，只有宁静。

我的文学之“悟”

——长篇小说《猎原》后记

十多年前，甘肃武威发现了一个西夏的洞窟，史称“金刚亥母洞”。洞中出土的，是西夏王国的无数珍宝和文书，它们叙写了那个王朝的辉煌。珍宝后来被请入博物馆，文书却被农民烧了。后来，一位专家捡到残片，捶胸顿足。因为，那些文书，是西夏国师的往来书信，里面有当时最寻常的日常生活记录。而这些，正是今天的西夏研究最缺乏的资料。

元朝时，成吉思汗的铁骑灭了许多国家，西夏是其中之一。蒙古兵毁城池，杀百姓，烧文书，想把西夏王国整个地从文明史上抹去。他们几乎达到了目的。至今，我们仍无法详细地知道西夏的老百姓如何活过。留在世上的所谓考证资料，大多干巴巴的，而且十分稀缺。

根据经验，我们不能信任一些所谓的历史，它常常被强权涂抹得十分可疑。所以，最真实地记录历史的，应该是最寻常的百姓生活。可惜，西夏的文人，似乎没有自觉描绘日常生活的习惯和意识，自然不会为历史贡献出优秀的小说家。

那时我想，若有一个西夏文人，不需任何卖弄，只要质朴、忠实地记录西夏人的日常生活，他注定会不朽。要是他在艺术境界上达到一定水准，便成我们期待的大作家了。

同样，在当代，要是有一位作家这样做了，也应该有其历史价值。

我问过好多人：你知道你的四代以上的祖宗如何生活吗？回答是：不知道。许多子孙，甚至不知祖宗姓名。仅仅过了几代，祖宗就已被生活遗忘了。岁月无情地掩埋他们肉体的同时，也掩埋了一段真正的历史。百十年后，我们也将被岁月掩埋，消融于一个巨大的虚无之中，像苍蝇飞过虚空，留不下一点痕迹——要是我们的作家同西夏文人一样失职的话。

多么可怕！

我不知道汉唐人如何活着，不知道宋辽人如何活着，但我却知道清朝的贵族如何活着，因为我读了《红楼梦》；也知道明朝人如何活着，因为有《金瓶梅》和《三言二拍》；我们还知道一些其他朝代的人的点滴讯息，因为除官修的正史外，幸好还留下了一些质朴的民间文学。

我认为，文学的真正价值，就是忠实地记录一代人的生活，告诉当代，告诉世界，甚至告诉历史，在某个历史时期，有一代人曾这样活着。

托尔斯泰之所以伟大，就在于他忠实记录了一个时期的俄罗斯人如何活着。

伟大的作品，应该写出当代人如何活着。它像生活一样丰富，也像生活一样质朴，没有任何虚假的编造，有的只是对日常生活的升华和提炼，以及从日常生活中发现的文学诗意。它可以坦然地对历史和世界说：瞧，他们就这样活着。

我认为，文学不能单纯地靠故事取悦读者。从春秋战国到今天，会编故事者多如繁星。几千年后的人也会编故事，也许会编得更为精彩，但他们绝不会展现我们所经历的生活。没有人生的历练，任何编造，都显得十分虚假。对作家来说，生命的体验和感悟是不可替代的。所以，一个作家，最重要的素质，是具备在日常生活中发现文学诗意的能力。这诗意，或是人物，或是故事，或是生活画面，或是一个世界。

一个作家，要像蜜蜂采蜜一样，从最寻常的生活里发现不寻常的东西。他的心灵和文学观念，决定了他日后的成就。正如一个青苹果，虽小，却具有了成为大苹果的基因；而山药，无论如何施肥浇水，成熟的，终究是山药。除非，他进行脱胎换骨式的灵魂历练。

那年，我二十五岁。

我决定调整自己的文学走向。因为，我痛苦地发现，为文之初，我就走错了路。虽说那时，我已小有名气，出过书，获过奖，有一套熟练的笔法，能轻松地写出东西，沿这条路走下去，我可能会“著名”。但我同时明白，我的作品，肯定比肉体消失得更快。

我发现，我没经过一个优秀作家必须经过的灵魂历练和文学修炼，没有洗去灵魂上的污垢，自然也无法体悟生活的本质，更无法感受并描绘强有力的生活。更糟糕的是，我被伪现代派玷污了，染上了浮夸的文风，失去了一个优秀作家应有的质朴。

我决定重新练笔，实践自己的“悟”。那段岁月苦不堪言。为了能在凌晨三时前起床，我在夜里大量喝水，尿一憋，就起床，因为那闹铃声，再也吵不醒疲惫的我了。我不求发表，不求成篇，纯粹地练笔，单调而乏味。寂寞和孤独如影随形。身旁没有可探讨的朋友，眼前没有可请教的导师。心头更是漫长的黑暗，没有丁点儿希望的亮光。

为了不受干扰，我拒绝了一次次的发财机会，变得穷困潦倒，常常身无分文。有时，到处搜寻一些旧报，才能换来一顿菜钱。没有住房，没有写作空间，一家三口，只有十平方米的一间单位宿舍。夜里，两顺一逆地排列，才能挤在一张单人床上。工作环境更是十分闭塞，整日浸泡在庸碌里。我最怕自己变成“狼孩”。因为许多自命不凡的文友，就是在不知不觉中失去了自我，变成庸碌的细胞，满足于蝇营狗苟。为避免被环境同化，我留下胡须，以示警诫。同时，从口里挤出钱来，用以购书。我明白，只有大量读书，我才能超越闭塞的环境，不被同化。

苦极了，就给自己打气：就这样殉文学吧。要当，就当个好作家；失败了，活不下去，就跟妻子回老家种地。本是农民的儿子，再当农民，也不赔本。为了破釜沉舟，至今，我仍把妻子的户口留在农村，还保留了几亩地。在写文学快餐和回家种地之间，我会选择后者。

可是，上帝并不因我的虔诚而赐给我丝毫灵感。因为抛弃了熟悉的笔法，我再也写不出一篇文章；因为有了新的文学观，我不再有满意的素材。朋友一个个离我而去，他们无法忍受我祥林嫂谈阿毛一样谈文学；家乡也是一片嘘声，因为我再也没写出一篇像样的东西；更因为没时间巴结上司，我被惩罚性地随意调动工作，丧家犬似的东奔西颠；四下里一片黑暗，看不到一点出路和希望，我时时游荡在深夜的街头，疯子般嚎叫，老想拿把刀插入心脏。那年，一位叫陈兰云的文友跳入了黄河，她和我一样，陷入了灵魂的困境没能自救。

一日，看《劈山救母》，那沉香，与天神为敌，四处奔波，茫然无门。我觉得自己很像他。一个蜷缩在穷乡僻壤的农家孩子，举目无亲，想杀上文坛，其难度，不弱于小沉香战二郎神。记得有人告诉沉香，要想战胜天神，必须拥有爱和智慧。而我，要想从一个偏僻的西部角落走向全国，靠的，也许只有这两点。

为了压息纷飞的欲望，为了摆脱扰心的烦恼，也为了证得我希望拥有的智慧，我每日禅修，并按苦行僧的标准来要求自己。因饭后影响大脑的正常思维，我过午不食，并坚决地戒了与我相依为命的莫合烟，怕的是作家没当成，先叫烟熏死了。坐禅之余，我形疲神凝，恍惚终日，昼里梦里，都在练笔。

幸好，我遇到了我命运中的第一位“贵人”——原武威市教委主任蒲龙，他把我从偏僻的乡下小学调入市教委，并提供了大量时间。我一边禅修，一边练笔，一边跑遍了整个凉州，从此拥有了取之不尽的生活素材。

漫长的梦魇般的五年过去了。终于，有一天，我豁然大悟。眼前和心头一片光明。展现在我面前的，是一个全新的世界，万事万物都在向我微笑。心如虚空，每一动念，无数的人物、生活、构思就向我涌来。而我自己，却放下了文学，我不再是作家，不再为文学所累，不再有执著，不再有寂寞，只有淡泊和超然，只有宁静中享受的写作之乐。心中的人物早已活了，他们有着各自的命运和故事。我之所为，就是悠然空灵了心，叫他们从灵魂里流淌出来。

《大漠祭》和《猎原》就是这样诞生的。

谈作家的人格修炼

——《狼祸——雪漠小说精选》序

生在西部农村，最大的好处，是能感受死亡。大都市太喧嚣，每每将心淹了。死亡的声音，总显得稀薄，很难唤醒快乐或苦恼的城里人。

我住的地方更静，物欲便淡了。那死亡的声音，就大逾天地，充满虚空。用不着专注聆听，那哀乐声、发丧的唢呐声、嚎哭声便会自个儿来找你；老见花圈孝衣在漠风中飘，老听到死亡的讯息，老见友人瞬息间变成了鬼，老听人叹某人的死亡，而随后，叹人者亦变成了被叹者……

我是很小的时候就觉察到死亡的，老觉得那是个可怕的大洞，伺在身侧，老想往洞里拖我。我昼夜发抖，恐惧这世上竟有这样一个东西。渐渐地，我明白了，不但人会死，那月亮，那太阳，这地球，都会有死的一天。于是，我心中又升起一个疑问：既然终究都得死，这活着，究竟有啥意义？

从少年时代起，我就寻找意义，但我可悲地发现，一切都没有意义。死亡来临时，读的书没有意义，盖的房没有意义，写的文章没有意义。若真能写出传世之作，但一想宇宙也有寿命，便知那所谓传世的，仍是个巨大的虚无。地球命尽之日，托尔斯泰也没有意义。于是，我曾许久地万念俱灰。

这种幻灭感的改变是在我接触到佛教之后。当我看到佛舍身饲虎和割肉喂鹰时，我忽然发现了意义。这意义，便是那精神。那虎鹰和身肉，均已化为灰尘，但那精神，却以故事为载体，传递给千年间活过的人。这精神会照亮心灵，许多人因此离苦得乐了。这，便是意义。

文学的意义亦然。其意义，非名，非利，而在于文学该有的那种精神。前者如过眼烟云，后者则可能相对永恒。

我认为，好的文学必须做到：这世上，有它比没它好，读它比不读好，因为它的存在，能使这世界相对美好一些。如果达不到这一点，就不是好文学。

为了实践我的感悟，我用了二十年的时间，终于进入文坛。但我可悲地发现，时下的文学，早已丧失了我所向往的“意义”。

老有圈外人问我：文坛究竟咋样？我答：有善有恶。善者，可比菩萨；恶者，欺世盗名。

他又问：善恶之比如何？整体评价咋样？

我默然。

但私下里，我对文坛还是有评估的。我之标准，是《佛子行三十七颂》，其中有一颂如是说：

伴彼若是三毒长，并坏闻思修作业，
能转慈悲令丧失，远恶友是佛子行。

可见，“恶友”的标志是：一旦与之接触，则贪婪、嗔恨、愚痴“三毒”增长，慈悲心消失。

一个偶然的机缘，我进入文坛，不久，我吃惊地发现，不知不觉间，我竟然开始堕落：我多了贪，开始在乎文坛的排名；多了嗔，当作品被人恶意糟蹋时；多了痴，一日日地迷失了自我。复归西部小城后，我竟然失却了先前的那份宁静和超然。

按《佛子行三十七颂》的说法，我显然是遇到了“恶友”，可那一张张熟悉的面孔，显然又不恶。粗看来，那一个个单个的个体，分明都不坏，有的甚至明显是好人。可奇怪的是，当我再一次进入文学圈子，仍会不知不觉间向下滑落。

这是很怪的现象。当一个群体不能使与之接触者渐趋高尚，反倒使贪嗔痴“三毒”增长时，说明它定然出了问题。

《佛子行三十七颂》还提到了应该接触的“善知识”：

依彼若令恶渐尽，功德犹如月初增，
则较自身尤爱敬，依善知识佛子行。

显然，这种“善知识”，在文坛也有不少。但无疑，他们并不占主流地位。否则，文坛是不会增长人的贪嗔痴“三毒”的。

我清醒地促使自己去分辨谁是善知识谁是恶友，结果我失望地发现，当我面对个体时，我都能从他们的身上发现闪光点，但综观文坛整体时，仍觉得有一种令我增长“三毒”的浓浓的氛围。换句话说，时下的中国文坛，定然缺乏能使人健康向上的土壤和气候。许多善人，不知不觉间，就会被那风气腌透，进而繁衍出一种“恶”来。更可怕的是，被腌者并不知道自己已被异化，反倒乐此不疲，趋之若鹜。

当这种不好的风气占主流地位时，就会形成一种潜规则。进入这规则的任何一个外物，其命运只有两种：你要保持清醒独立，远离规则，那规则就会忽视你的存在，像上海作家李肇正，著大文三百万言，至死都得不到评论界的关注；要么，你遭遇“恶友”而被潜移默化，终而成为“恶”的来源。

我曾虔诚地想进入文坛，为此付出了艰辛的努力；进入文坛之后，却又想决然地远离它。因为，我的信仰和智慧告诉我：所有滋长贪嗔痴的外物和外境，都定然是恶的，是必须要远离的。我逃离时的那份急切，如逃脱枪口的小鹿，只想找个密林深处，静静地舔舐伤口。

但我同时发现，千千万万个人仍在拼命地涌向那个被佛子们视为“恶友”的所在。

很可惜，一些作家花费黄金买不来的生命，去制造大量的垃圾，浪费自己的生命，浪费别人的生命。有好些人，在他的肉体消失之前，作品已消亡。更有甚者，其存在的价值，就是以自己的才华，宣扬一种罪恶。这世上，没有他（她）的书，比有他（她）的书好。

有本小书，叫《艺术的未来》，书中写道：“当艺术家为艺术而艺术的时候，他们是鄙视公众的。反过来，公众则以忽视这些艺术家的存在对之进行了报复。由此造成的真空便由江湖骗子似的冒牌艺术家做了填充。”信然。

名作家写着有名的“无聊”，无名者也不甘落后，绞尽脑汁地炮制“无聊”。生活的苍白，人格的萎缩，责任感的丧失，思想的缺钙，使本该塑造灵魂的文学，堕落为颓废者的自慰。

我常常私自发问：我们这个民族，为何会有这样一个巨大的混混群体？难道他们黄金买不来的生命，只配用来炮制垃圾？每念及，便不由得扼腕长叹。

无疑，这虚假的文学繁荣背后，隐藏着一个民族的悲哀。

我曾参加过一次文学聚会，当作家们津津乐道地编织“蛋白质女孩”和“巧克力男孩”之类的爱情时，窗外有个老太婆正在痛哭，因为她当农民工的儿子死在建筑工地上。作家们懒得去安慰她，他们甚至嫌那哭声打断了自己的文思。这画面，充满象征意味，几乎可以看成中国当代文坛的缩影。

在另一次会议上，作家们纷纷抱怨时代对自己的挤压，说文学失去了轰动效应，自己已沦为“边缘人”，其慷慨激昂，充满了文天祥似的正气。发牢骚时，作家们正免费住着高级宾馆，腹内盛着国家供给的山珍海味。而同一时刻，西部还有许多人饿着肚子牛一样劳作，还有许多哭泣的失学儿童，还有无数贫病交加的农民。最该受关注的他们，却很少有人关注。

所谓的“作家”们边发牢骚，边编织连自己也不信的苍白故事，以填充网络和杂志。他们散发出迷醉的萎靡之气，并将这萎靡传递给年轻一代，影响或污染着他们。大家一齐制造喧嚣，创造“繁荣”，营造颓废。试问，在这样一个“气场”中，谁又爱听弱势者的哭声？谁又爱看农民们的愁脸？谁又会把那种叫“忧患”的意识，塞入自己心中？

作家们背对着大千世界，背对着应该关注的弱势群体，无视一个民族可悲的颓废和无聊，浸淫在自我营造的氛围之中，自我宣泄，自我陶醉，自我堕落，除了浪费生命，“图财害命”之外，并无丝毫益处。在这样一个萎靡颓废的群体中，诞生出的，一定是颓废的个体。这群体，像巨大的黑洞一样，吞噬着思想，吞噬着灵魂，吞噬着人的主体性，不知不觉间，人的个性就消失了，变成一个庸碌的细胞。

稍有点常识的人都知道，文学应该拒绝虚假，拒绝起哄，拒绝鼓噪。文学需要一种品格，一份真诚，需要生命的投入。一群老鼠，只能生下老鼠。无论它们如何鼓噪，如何叫喊，如何自命不凡，如何制造虚假的繁荣，都改变不了其老鼠的本质。而欲生下狮子，作家母体必须首先变成狮子，再和另一头异性狮子——作家感受到的强有力的生活——进行生命的交融。

试想，俄罗斯大地上为何能产生那么多大作家和文化巨人？原因很简单：他们有肥沃的土壤，有适宜的气候，有干净的空气，有奋发向上的群体，有勇于探索的精神，一言以蔽之：他们有伟大的文学传统。生活在那块土地上，一个侏儒，也会在巨人的熏陶下逐渐高大起来。

而时下，我们面对的，是漫天的浮躁，遍地的颓废，啸卷的懒散和无聊。在所谓的文学中，我们很难发现一点高贵的、能守住自己灵魂净土的文字。文学赝品泛滥成灾，所谓的文学遍布市场，数以万计者以肉欲文字自娱、自慰、自恋，终而自阉。他们已经失去了投身理想的执著，不见了灵魂塑造的谨严，看不到自我完善的道德，大气和高贵了无踪迹。触目皆见的，是被贪欲烧红的面孔。他们像发情的袋鼠一样，翕动着鼻翼，瞪圆了因久视而发涩的眼睛，搜寻或炮制着所谓的文学。试问，这样的土壤里，能诞生巨人吗？

一个作家，最重要的是人格修炼。如果不使自己的心灵，像这个世界一样丰富和博大，而仅仅是进行文学本身的训练的话，他不会成大气候。不少作家充当了一种卖水的角色：从生活之海中舀来一瓢水，就吆喝个不停，唯恐别人不知道自己兜售的货色——这样的作家，已经是真“作家”了，却忘了，作家更应该注重灵魂的修炼。当心灵的丰富和博大成为一个世界的时候，写出的东西自然会有一种大气。

托尔斯泰无论大作品还是小作品，都有他独有的大气。无论《战争与和平》，还是一些很短的随笔，都有一种浓浓的托尔斯泰味道。那味道，别的作家没有，也模仿不来。那是隐在文字背后的作家人格的体现。他必须经过灵魂的历练，达到大真大善大美时，才可能有那种大气。

托尔斯泰经历了无数次的精神危机和自我超越。他的精神危机是时代的困惑，他的痛苦是时代的痛苦。他的人格，达到了很高的境界，他被称为“十九世纪的良心”。所以，他才能傲立于世界文学的顶端。

文学训练是必要的，这种训练不难完成。最难的，是人格的修炼。如果他是大海的话，即使绽出一小朵浪花，也会有大海的气息。要是他是只猴子的话，无论他翻出多少个叫人眼花缭乱的跟头，并赢得千万人的叫好，他仍然是只猴子。

所以，一个作家，要是不注重人格修炼，仅仅是在文学技巧上玩弄花样，无论他玩得多么出色，他仍然掩饰不住人格的小气和卑琐。老百姓对这样的作家很反感。这也是文学受到冷落的真正原因。

一部作品，最终是作家人格的反映。艺术手法，仅仅是手段而已。中国作家做到这一点的不多。但张承志，就这样做了。我不认识张承志，也没有迷过他的作品，但我迷他这个人。我更喜欢隐在文字背后的作家的人格，这是一个作家最难得的东西。

托尔斯泰的那种大气，其实是“利众气”，即悲天悯人。这与他的宗教修养有关。作家虽然不一定要“迷信”哪一种宗教，但应该要有相应的“智信”，应信仰并且实践他所认为的真理。他不仅仅是学者，更应该是行者。

宗教中的好多东西对文学创作有极大的启示意义，如佛教的灵魂重塑和心灵实践。一个作家如果没有刻骨铭心的体验，不可能写出有价值的作品。佛教中的小乘就要求人要破除我执，不要总以自我为中心，争名逐利，利己损人，要破除小我，融入大我。有了大我，就可能体现人类精神的大真、大善，艺术也会相应地“大美”。

我老劝文友，多想想死亡，并以此为参照，来想想自己该做些什么。

但时下，一个可怕的现实是：高贵者或向往高贵，但常常会受到嘲讽；而卑劣者则可以大言不惭地展示自己的卑劣，反倒引起别人的认同甚至赞许，认为他是真诚的。但别忘了，真诚的卑鄙也是卑鄙。

一个人不在于他有多么高尚，而在于他是否有颗向上的心。只要有向上的心，不管他能飞多高，都值得赞美。

写作的理由及其他

——长篇小说《白虎关》后记

1

《白虎关》完稿后，“老顺一家”就该告一段落了，因为朋友老劝我：该写写别的了，别叫人把你定位成“乡土作家”。

其实，“乡土作家”也没啥不好，因为所有的名相都是虚妄的。别说名相，连这世界也虚幻无常呢。就算我能写出“传世”之作，那欲“传”的“世”究竟能存在多久？谁也说不清。不提人类正复仇般地作践地球，也不谈万物的成住坏空，只要某个有核武器的疯子一犯病，那“世”就没了。

当然，我也想靠文学来救世。救世先救心，读过我《猎原》的朋友可以看出，我甚至极力想凭借文学，来延长“世”的存在时间呢。当有人抱了救世之心时，这“世”就很令人担忧了。正如当人类抢救和保护某种动物时，该动物也就濒临灭绝了。

所以，连“世”都不知寿命几何，在乎那名相作甚？

我们知道，许多时候，文学很无奈，它改变不了世界。它所能改变的，也许仅仅是我们自己。但从另一种意义上说，改变我们自己，又何尝不是在改变世界呢？

按我自己的心愿，我倒愿意用一生的时间来写活一家农民。在智者眼里，一粒沙子就是一个世界。能写活一家农民，也即写活了一个时代。当然，还可以再说小些：要是你写活了一个人，又何尝不是写活了一个时代呢？普鲁斯特的《追忆似水年华》和穆齐阿的《没有个性的人》都是明证。因此，我的确是想用一生的精力写一家农民的。

但我终于要将“老顺一家”告一段落了，原因不仅仅是朋友的规劝，更因为另一些生命对我的催促。他们簇拥在我的四周，不停地喧闹，老在嚷：“你啥时叫我们出世？”他们是另一种小说的人物，他们早活了，已跟我生活了多年。每到聒噪声太响时，我就呵斥：“吵什么吵！等我写完老顺们，就写你们。”我一次次地安抚他们，实在不好意思再拖了。而且，他们的噪闹也日渐猛烈，弄得我寝食不安了。

因此，从某种意义上讲，我其实不会写作，是作品它自己往外涌。没办法。真是这样。那所谓的写，也仅仅是我“宁静空明”了心，叫那些吵闹不休的人物“出生”而已。他们有着各自的生命轨迹，有着各自的命运。他们属于另一个独立的世界。我可以跟他们对话，但我从来不曾强暴他们。

去年，我在上海图书馆搞过个讲座。在那次讲座中，上海音乐学院的一位博士问我：如何处理形式和内容的关系？我答：我很少考虑这类问题。我所做的，仅仅是如何让自己更博大一些。我常说，要是创作主体是老鼠，那它们无论怎样思考“形式和内容”，也照样生不出狮子。哪怕它胀破肚皮，生出的仍是老鼠。要想生出狮子，只有一个办法：先让自己变成母狮，再跟另一头雄狮——即作家感受到的强有力的生活——进行生命的交融。我的深入生活，我的读书，我的思考，我的所有意愿和行为，其目的，仅仅是努力让自己变成狮子。我说过，要是你成为大海的话，哪怕绽出一小朵浪花，也照样有大海的气息。

我虽也大量读书，甚至也读一些叙事学之类的书，但我的所有读书，仅仅是想让书成为我灵魂的营养，而不是想叫它们变成我的镣铐。所以，我从来不想叫“主义”和“技巧”之类束缚我鲜活的灵魂。许多东西，甚至包括宗教，一旦被制度化后，就成了一堆僵死的教条。

《白虎关》跟《大漠祭》《猎原》的写作同步，完稿已多年了。伤筋动骨的重写和大改有三四次，小改更是不计其数。我发现我没有某些作家一挥而就的天分，写时虽也喷涌不已，但我总是不满意自己。比如，我的《大漠祭》，原是中篇小说，我越“成长”，就越不满意它。我只好一次次重写，屡废屡写，不知写了多少遍。《猎原》和《白虎关》也是这样，我也是越“成长”，越不满意它们。那不满意导致的重写和修改，也就无休无止了。

从二十五岁写中篇《大漠祭》开始，到四十五岁长篇《白虎关》完稿，二十年就这样过去了。这二十年，从表面看来，我只写了一家农民。其实，它更是我最重要的一段人生历程，我完成了从文学青年到优秀作家——我自己这样认可——的升华。不管我写的有没有价值，但至少做到了一点：我奉献了黄金生命段里的全部真诚。

一位朋友曾问我，你为啥不写城市？我回答：因为世上有许多小说高手，他们写了大量关于城市的经典小说、先锋小说和时尚小说等。这文坛有我不多，没我不少。但正因为写老顺们的人少，写活他们的人更寥寥无几，我才觉得自己有了写作的理由。我只能按我心灵的意愿而为。否则，我就不写小说了。我会去放生，去朝圣，去享受灵魂的安宁，或将那安宁传递给需要它的人。

老有人问：“《白虎关》比《大漠祭》咋样？”我总是回答：“不好说。”要是按我以前的性子，我会肯定地说：“当然比《大漠祭》好！”因为在这三部长篇中，《白虎关》用了我最多的生命积累，耗了我最多的心血，投入了我最独特的生命感悟；但我仍然回答：“不好说。”因为《猎原》的出版，让我聪明了许多。有时，作者喜欢的作品，读者不一定认可。像《猎原》，它多次登上人民文学出版社《当代》杂志的“专家排行榜”，还曾排名第一，可人们一提及，还是认为《大漠祭》更好。所以，我不知道《白虎关》能否赢得比《大漠祭》更多的喝彩。

我在《大漠祭》序中曾说：读书如攻城堡，是需要实力的。欲读真诚的作品，至少也需要投入相应的真诚。从对我的小说的解读上，我发现了一个有趣的现象：叫好者，多是相对宁静之人。因为我发表的小说，都是从宁静中流淌出来的，心灵浮躁者很难深入文本。关于它们，雷达、陈思和、李星、崔道怡、阎晶明、白烨等先生都有过不同的解读，其中不乏真知灼见。记得《猎原》完稿时，为避免读者误读，我着意用了个题记：“在心灵的猎原上，你我都是猎物。”但好些人仍仅仅将《猎原》当成了环保小说，这如同把《堂吉诃德》读成了骑士小说一样。所以，这次人问我《白虎关》比《大漠祭》咋样，我聪明地回答：“不好说。”

好在我的写作只为慰藉灵魂，非为赢得喝彩或是招来名利。当然，有喝彩有名利我也高兴，没有它们我也不沮丧。我曾在《光明大手印：实修心髓》一书中写道：“我愿意在喧闹之中寻找一份清凉，在迷醉之中保持一份清醒，在庸碌之中体现一种高贵，在大善之前保持一份谦恭和敬畏。因为我知道，承载我思想的肉体很快会消失，无论我多么虚矫和世俗，都不会改变我终究成为白骨的命运。相较于亘古的大荒，生命的翕忽善逝比闪电还快上万倍。趁着还能表达自己的思想时，趁着还能做些有益于众生的实事时，我应该投入全部的身心，奉献全部的真诚，宁静专注地做我应做的事。”

要知道，无论你是否愿意，那名利和喝彩都会烟雾般远去的。哪怕此刻全人类都在赞美你，但这一茬人消失时，你仍然会成为另一茬人的陌生，除非你写出了能叫下一茬人也喝彩的东西。所以，问题的关键在于：你写出了啥？

经过二十多年的修行之后，我常常成年累月地融入宁静和空灵，心无挂碍，触目随缘，行住坐卧，明空如天。读书写作之余，心中也会涌出世上没有的歌。于是我就唱它，陶醉在一种境界中。这时的唱，啥都不为，只将“我”消融于那善美的旋律之中，快乐无忧，觉醒于当下。当然，那时是想不到喝彩的，更不会算计唱一曲能挣多少钱。这时的唱，本身就是目的。

我的写作亦然。

我老是陶醉在写作本身的快乐中。当写作进入酣畅状态时，身心就啸卷着能充满宇宙的空灵和大乐。它几乎超越了世上所有的享受。这时的写，本身就是目的。

当然，除了享受写作的快乐，我也会想些“写作的理由”之类。我的写作理由很简单，概而言之，不过两种，一是，“当这个世界日渐陷入狭小、贪婪、仇恨、热恼时，希望文学能为我们的灵魂带来清凉”。这是我领取“中国作家大红鹰文学奖”时的发言，虽只有一句话，却赢得了雷达、莫言等先生的喝彩，可见他们也深有同感。文学应该要有一份光明，要有一种能使我们的灵魂豁然有悟的智慧，使我们远离愚痴、仇恨、贪婪和狭隘。

我写作的另一个理由，就是想将这个即将消失的时代定格下来。当然，我指的是农业文明。爱尔兰女作家西芙告诉我，现在的爱尔兰文化也成了一种过去，全球化的浪潮卷走了许多地域性的文明。时下我所描写的这种生活，已到了夕阳西下的时候，那亘古的暗夜很快会淹没一切，而且这种淹没，是永恒的消失，绝不会再有回光返照的可能。除非在另一个新生的大劫里，重新诞生人类，重新孕育出新的农业文明。

中国有几千年的农业文明，我们的小说为它留下了哪些东西？你要是仔细清点的话，肯定会失望的。而时下，那能冲毁一切的狂涛已经破门而入，势不可当了。我只想努力地在艺术上定格一种存在。但更有可能，我的所为，也跟堂吉诃德斗风车一样滑稽。

看了以上文字，你也许就会明白我的小说为啥是这样一种风格了。我不是不会写时下流行的那种小说，我也会时尚，也会编故事，也会故弄玄虚，也会卖弄技巧。这样的小说，有许多人正在写，或者已经写了。这世上没我不少，有我不多。我写的，并不是好些人眼中的小说，我只写我“应该”写的那种小说。它也许不像小说，也许有许多毛病，也许显得很笨，也许为一些学者嗤之以鼻。但那正是我想追求的，因为它能最大容量地承载我想描写的生活，换句话说，我不想当学者眼中的好作家，更不想在文学史上讨个啥地位。我仅仅是想定格一种即将逝去的存在。

当然，我想定格的，不仅仅是生活，更是灵魂。对前者，《大漠祭》《猎原》着力较多；对后者，《白虎关》更为侧重，书中便有了那些经受历练的灵魂们。

2

对我的小说，誉者称“真实”，毁者也嫌“真实”。需要说明的是，我的小说并不是照搬现实世界，它们是我创造出的精神世界。只是因为它比现实世界更显得真实，才招来一些非议，认为我在临摹现实。这是很滑稽的事。一个作家的想象力，不应该体现在故弄玄虚和神神道道上，而应该把虚构的世界写得比真实的世界更真实。我的小说中那扑面而来的生活和呼之欲出的人物，都是我熟悉并消化了生活后的创造，是更高意义上的创造力和想象力的表现，更是一种极深的生命体验后的产物。虽然我没叫人物长尾巴和翅膀，没叫他们变成虫子，没把主人公分成两半……不是我不会，而是我有自己的追求。当满世界都追求神异和玄虚时，我更向往和崇尚一种质朴、干净、超然和清凉。相较于满世界的神异和夸张，我更喜欢六祖慧能的那种质朴安详的微笑。这正是我有意拒绝怪诞和神异的原因所在。

时下，当你翻开杂志和书籍，你就会发现满世界都流行着一种所谓的时尚叙述腔调，当然也不乏精彩大气之作。有时，我们不一定进入文本深层，只看那份长舌妇的神韵，就会倒了我们的胃口。所以，虽老有朋友劝我，时下已进入叙述时代，你的写法太陈旧了，我感谢他们的真诚，但我宁愿展示生活的本真画面。我想，世上已有了那么多的时尚叙述，也不缺我一个。就让我遵从心灵，流淌出质朴和真诚吧。成了，叫世上多一种另类的文本；败了，我自会窒息于搅天的信息里，也污染不了人类的生存环境。

由于一些大奖和“大师”们的误导和引诱，文学中故弄玄虚者日众，渐渐远离了文学该有的那种质朴和高贵，也将读者吓得所剩无几了。相较于时下红得发紫的那些莫名其妙的“大师”，我还是怀念俄罗斯文学，还是敬仰托尔斯泰和陀思妥耶夫斯基，还是向往文学曾有过的那种精神。许多时候，对传统的追忆和学习其实是一种进步。比如，韩愈曾领导的古文运动，表面看是复古，又何尝不是最大的进步呢？

当然，在题材需要时，我也愿意进行一些文学形式方面的探索。这一点，读者会在我的小说《西夏咒》中看到。

我认为，一个作家最重要的，是如何让自己大起来，有大的境界，大的格局，大的眼界，大的胸怀。只有在你成为梵·高之后，在别人眼中司空见惯的向日葵才会燃起生命的火焰。我眼中的每个人物、每个家庭都是一个世界，作家穷其一生也未必能写出万一。这世上，最大的谜团其实还是人自身。任何一个自认为写尽了某个领域和行业的作家只能说明他的弱智。按我自己的选择，我倒愿意穷其一生写好一家农民，写出他们的灵魂、命运和追求。因为，他们的身上，承载了人类的重要信息。

时下，文学界对西部作家的说法颇多，非议者说西部作家“倚西卖西”，将西部符号化了，不是大漠，就是戈壁。这种说法很可笑。难道要我们不写自己熟悉的生活，反倒要去写陌生的纽约和上海外滩？其实，题材并不重要，《红楼梦》也不过写了些日常琐事。哪怕面对一朵小花，不同的心灵也会折射出不同的境界。重要的是，写作主体如何摆脱渺小、媚俗和卑下？如何让自己的灵魂伟大起来？如何叫你感受到的独特世界跃然纸上，给世界带来全新的善美？

我是个很“自私”的人，我的写作，更多的是为了享受灵魂酣畅流淌时的那份快乐。生命很短暂，我实在没有时间和心情去计较别人的好恶。我的作品能否传世固然重要，但对我的个体生命来说，享受当下的宁静和快乐是超越一切名相的。我真是为自己的灵魂写作的。我不会为了叫一些也许是智者、也许是混混的有着各种称号的“他们”的叫好而扭曲自己的心灵。

无论哪个时代，充斥世界的，多是些不明生命意义的“混世者”——对这个词，我没有丝毫贬义。我父亲就自谦为“混世虫”，我仍然很尊敬他，并羡慕他的活法——当满世界时尚的“阳春白雪”泛滥成灾时，选择即将绝种的“下里巴人”，是需要清醒和勇气的。但我从来不六神无主地观察世界的好恶。我只想说，我不会迎合世界。我只求能在死亡追到自己以前，说完自己该说的话，哪怕固执的结局是被搅天的信息掩埋。我明白，被掩埋的璞玉仍是璞玉，被摇成旗帜的尿布还是尿布。

因为我清醒地明白，岁月的飓风正在吹走我们的肉体，无论我们愿不愿意，都会很快地消融于巨大的虚空里。你可能留下的，也许只是你独有的那点儿精神。所以，每一个有灵魂和信仰的个体，都应当明确地告诉心外的花花世界：我不在乎你。

其实，许多时候，不迎合世界者，反倒可能赢得了世界。世上有好多这样的特例，如孔子的儒学，如罗曼·罗兰的反战，如托尔斯泰的勿以暴力抗恶等，在噪音搅天的那时，他们都没有迎合世界——孔子甚至被讥为“丧家之犬”呢——但终于，世界却迎合了他们。再如德国哲学家康德，在他活着的很长一段时间，没几个人知道他。人们只看到他在那条小路上走过来走过去，像闹钟一样准时，却没人理会他。但后来，全世界都知道他，他成为哲学史上绕不过去的桥梁。时代的喧嚣并没有淹没康德。那个固执而不明智的“丧家之犬”，更成为“万世师表”了。

前不久，我接受了美国旧金山一家电视台的专访，梁国书先生问我：“在全球化的文化大背景下，有多少人能体会或是欣赏你所向往的那种精神呢？”我这样回答他：“在人类历史的长河中，能承载人类精神的，只有少数人。在任何时代都这样，无一例外。可是，当你翻开历史，就会发现，人类历史的每一个时代，闪光的，就那么几个名字，就那么一点思想。跟他们处于同一时代的绝大部分的人都被淹没了。被淹没了的，多是混世者，多是追赶时尚和潮流的人。他们只有欲望，却没有思想，也没有灵魂追求和信仰。他们占绝大多数。他们制造的喧嚣和噪音也最多。在他们所处的时代，他们总能淹没一些声音，就像现在的追星族可以淹没我的声音一样。但历史上留下来的，恰恰是那极少数人的声音，它是人类文化中最闪光的东西。哪怕世上的人大多变成追星族，大多成为混世者，但这茬人死去之后，留下来的，仍是那个时代最清醒的灵魂。这些灵魂的数目并不多，像俄罗斯的某个时期，留下的，也不过是托尔斯泰和陀思妥耶夫斯基等，但正是这几个名字，代表了俄罗斯大地上最宝贵最精髓的东西。现在，时代的喧嚣惊天动地，一些外来文化、一些时尚文化、一些追求及时行乐的文化总在淹没真正的智慧。但随着这茬人肉体的消失，那些声音就被岁月的飓风吹得再也找不到一点痕迹。留下来的，仍是一种清醒的智慧的声音，它可以穿越历史的时空。”

3

在领取“中国作家大红鹰文学奖”时，我跟莫言谈到了西部文学。他说：“中国未来的大作品，可能会出现在西部，因为西部有宗教精神，而中国文学最缺乏的，正是宗教精神。”对莫言的说法，我深以为然。我也认为，中国的文学，应该要寻找一种新的营养了。但同时，我也赞同陈思和先生高扬的那种人文精神。是的，人必须从“神”的荫庇下走出。我们可以敬畏和向往一种精神，但不可以消解了人的主体性。换句话说，我们需要的，是真正的宗教精神，而不是披了宗教外衣的心灵枷锁。

我曾跟雷达老师谈过我对这一问题的思考。后来，我又写了《文学朝圣与灵魂滋养》一文，发表在《世界文学》上。在那篇短文中，我谈了我坐火车时的感受，即存在和世界在“飞逝而去”。那感受，很接近人生的真相。我们的许多作家，就忽略了这种“飞逝而去的存在”，而将眼前的虚幻，执著为实有，从而迷失了智慧的光明。所以，在那篇短文中，我说：“文学的功用化、世俗化、功利化，正是作家‘执假为真’的结果。眼前的物质外现成为一个个迷失心灵的诱因，文学因而也成为欲望的助缘。”

在那篇文章中，我写道：“多年来，我一直行进在‘朝圣’途中，而从不去管我经历过什么寺院。我心中的朝圣，不是去看哪座建筑或是地理风貌，而纯属于对一种精神的向往和敬畏。我所有的朝圣仅仅是在净化自己的灵魂，使自己融入一团磅礴的大气而消融了小我。”

这也许是真正的朝圣。我心中的圣地，已不是哪个地域，而成为一种象征，一种命运中不可亵渎或碰撞的所在。它仅仅是我期待、遥望、向往的某种东西的载体。我生命中汹涌的激情就源自那里。

从严格意义上说，我仅仅是个信仰者，从来不是教徒。我仅仅是敬畏和向往一种精神，而从来不愿匍匐在神的脚下当“神奴”。我最不爱听消解了智慧主体而满口宗教词汇的那套话语。

当我用行者、学者的身份契入超越名相的宗教精神，达到一种难以言表的境界时，写作就成了我的信仰。

我们可以期待这个世界对文学的重视，但我们首先得给它一个值得重视的理由。在越来越多的新型媒体显示出巨大的生命力时，我们必须追问：文学要想在这个世界上存在下去，有哪些必须存在的理由？是想为世界提供贪婪的诱因、罪恶的助缘，还是娱乐？只有在这个理由非常充足时，文学才可能存在下去。任何一种因边缘化而被人们“抢救”的对象，都是因为它丧失了存在的理由。

有人说，这个时代，是一个众神缺席的时代，教徒们仍在顶礼膜拜，但被膜拜的神却不见了。文学亦然。文学的诸种形态仍然存在，但文学精神却不见了。换句话说，时下的一些小说，已经丧失了存在的理由。欲继续存在下去的小说，必须找到那已经迷失的精神。所以我说：当这个世界日渐陷入狭小、痛苦、仇恨和热恼时，我们的文学，应该成为一种新的营养，能给我们的灵魂带来清凉，带来宽容，带来安详和博爱。

谈打碎和超越

——长篇小说《西夏咒》后记

1

我一直想写生活在另一个时空的人们。他们生活在世俗世界之外，有着自己独有的生存模式。他们追求灵魂的安宁，而忽视红尘的喧嚣。他们有自己的梦想，有自己活的理由，有自己的价值判断，有自己的灵魂求索。不进入他们的世界，是不可能了解他们的。

虽然《西夏咒》中的每一个人物在生活中都有原型，但正如曹雪芹所说："满纸荒唐言，一把辛酸泪。都云作者痴，谁解其中味？"要知道，这些看似是呓语疯言的东西，其实是另一个群体最真实的生命体验，你不妨将他们称之为"形而上的人"。不过，他们的存在并不是无意义的。他们代表了某一个人群的灵魂求索。写他们时，我焚香沐浴，澄心洁虑，一片虔诚，但完稿后我才发现，那文本，竟然变成了我想都不曾想到的模样。我不知道为什么会写成现在这个样子。

我由不了自己。我的每本书，都有着各自的宿命或命运轨迹。

真正的作家仅仅是位母亲。他只能为腹内的孩子提供养分，却无法按自己的喜好设计孩子的长相和性格。不过，他至少要做到一点：尊重对方的人权。他和自己的孩子应该是两个有主权的国度，可以对话，可以交流，可以援助，但不可以侵略。

同样，我也不想侵略我的孩子。

我只想说明一点，这本书，跟我别的作品一样，是用我的生命孕育的。我没有任何游戏的成分。它代表了我对那个独特世界的独特体悟。需要强调的是，《西夏咒》中的那个看似荒诞的世界，其实也活在每个人的心里。

人生是个巨大的梦幻，同时也是现实的存在。在那存在和梦幻之间，定然会有一些说不清道不明的东西。一个作家想说清它，也许是吃力不讨好的，但我终于还是将它渗透在书中的那些胡言乱语中了。你自可不焚香，不澄心，但要相信，我是在一种极度的虔诚中写作此书的。

《中国作家》原副主编杨志广先生在临终前给中国作家出版集团何建明先生的信中称：“《西夏咒》的确是雪漠很重要的一部作品”，“这是一部从文学角度看非常有特色、非常有价值的作品……作者在创作这部作品时倾注了真诚、灵魂与心血”。

如果说《大漠祭》《猎原》和《白虎关》的写作是投入了我的生命的话，那么《西夏咒》的写作便是融入了我的灵魂。写它时，我一直处于一种激情喷涌的状态。

它源于心灵的真诚，从不曾有故弄玄虚的机心。仿佛它本来如此，非关人力。我的所有创作，只是在座上禅修的间隙所为，是我禅修的另一种方式。在写作和人格修炼之间，我更看重后者。

所以，表面看来，它虽有数稿，但那所谓的修改，不仅仅是冷静后的艺术打磨，更是一种机缘上的等待。我一直不敢轻易外寄，总怕不理解的编辑会亏待了它，坏了缘起。

感谢中国作家出版集团何建明先生和编审们的理解和宽容，因此它才有了面世的机会。

明眼的朋友可以看出，它似乎跟时下的那种小说不太一样。至少，它宣告着雪漠已经走出了过去。从某种意义上说，我再一次“打碎”了自己。

2

在我的前半生里，我有过三次对自己的“打碎”。

我第一次打碎的，是对生命的妄想。

我曾在《狼祸》序中谈到，我是很小的时候就觉察到死亡的。那时我就明白，不但人会死，那月亮，那太阳，这地球，都会有死的一天。于是，我心中升起一个疑问：既然终究都得死，这活着，究竟有啥意义？

虽然我“理”上对生命的打破很早，但“事”上的真正体验却源于我深爱的弟弟陈开禄的去世。

弟弟很想吃官粮，故名“开禄”，但他奋斗到死，也仍是一个农民工。求禄者无禄，善良的愿望，总是被命运撞个粉碎。

我曾在《大漠祭》的后记中写道，弟弟的死，很大程度上修正了我的人生观，并改善了我的生存质量。掩埋了弟弟不久，我的卧室里就多了个死人头骨，以充当警枕。

那时，“我可悲地发现，一切都没有意义。死亡来临时，读的书没有意义，盖的房没有意义，写的文章没有意义。若真能写出传世之作，但一想宇宙也有寿命，便知那所谓传世的，仍是个巨大的虚无。地球命尽之日，托尔斯泰也没有意义。于是，我曾许久地万念俱灰”。这种幻灭感的改变在我接触到佛教之后。当我看到佛舍身饲虎和割肉喂鹰时，我忽然发现了意义。这意义，便是那精神。文学的意义亦然。其意义，非名，非利，而在于文学该有的那种精神。

3

我第二次打碎的，是对文坛的幻想。当我发现自己向往多年并经过十多年的努力终于“登上”的文坛并不像我想象的那样神圣时，我有两年时间写不出一个字来。

我在《狼祸》序中曾写到这一点：“一个偶然的机缘，我进入文坛，不久，我吃惊地发现，不知不觉间，我竟然开始堕落：我多了贪，开始在乎文坛的排名；多了嗔，当我的作品被人恶意糟蹋时；多了痴，一日日地迷失了自我。复归西部小城后，我竟然失却了先前的那份宁静和超然。”

于是，我想决然地远离它。因为，“我的信仰和智慧告诉我：所有滋长贪嗔痴的外物和外境，都定然是恶的，是必须要远离的。我逃离时的那份急切，如逃脱了枪口的小鹿，只想找个密林深处，静静地舔舐伤口”。

那所谓“密林深处”，便是我的关房——专门用于与世隔绝地闭关。在最近的二十多年里，我总有一处不为任何人所知的关房。我常常离群索居，闭关清修。

在前两次“打碎”后的多年里，我更是完全地离开了文学，全身心地走入了宗教。那时，我总是经年累月，深入禅定。妻急了，老是吼：“你咋不写？入一辈子定有啥用？释迦牟尼要是没有《大藏经》，还算佛吗？”在她的干预下，我才重新拿起笔来。

就这样，在很长一段岁月里，我几乎投入了全部的生命来实践我认可的某种真理。甚至，从严格意义上来说，我写作《大漠祭》《猎原》和《白虎关》的二十年，也是我进行人格修炼和智慧求索的二十年。那二十年中，我是在禅修的间隙写作的。许多时候，每天禅修四座，每座近三个小时。

也许，要是没有这种人格历练和智慧修炼，我仅仅是个庸碌的凉州人。因为身边多知足常乐得过且过者。我的四周，充斥着猜拳喝酒和麻将的轰鸣。除了自省和重塑人格之外，我几乎看不到任何成功的助缘。

需要说明的是，后来我才发现，文坛既不像我期望的那样神圣，也不像“打碎”时那样令人绝望。它还有一定的底线，更不乏我向往的光明。真的，我身处穷乡僻壤，却遇到了那么多帮我的好人。我不认识评委，却获了那么多的奖。我一个西部的农家子弟，能有今天的成绩，便得益于那些我命运中的“贵人”。

借此机会，我向帮过我的所有“贵人”致敬！

4

我第三次打碎的，是宗教对我的桎梏。

关于我的宗教之旅，我曾在《白虎关》后记中写到过。

在经历了二十多年的学习和实践之后，当我终于进入宗教的核心时，却发现：那些制度化的宗教也是滋生罪恶的温床。虽然宗教中洋溢着真理的光明，但同时充斥其中的，多是迷信的大众，更不乏罪恶的细胞。

在制度化宗教中，我也经历了诸多的莫名其妙：我曾用一个作家黄金买不来的几年生命写了两本书：《我的灵魂依怙》和《大手印实修心髓》。它们很快被翻译成了英文。对它们，宗教文化界有两种截然不同的态度：为贡唐仓大师撰写年谱的藏学家、原《甘南报》主编纪天材先生说它们揭示了千年来佛教不曾明示的诸多奥秘，是佛教文化与时俱进的产物，必将在佛教文化史上留下重重的一笔。加拿大佛教学者孙万朋博士认为，那两本书对濒临灭绝的香巴噶举大手印文化进行了抢救、挖掘、整理和研究，具有划时代的文化意义和深远的历史意义。孙博士著文称："香巴噶举历来以实践为主，不图虚名，历时千年传承至今，保存了最系统、最完整、最纯粹的大手印传承。雪漠既是受益者，也是传承链上的重要一环。他对中国传统文化及西方文化都有很深的造诣。他吸收了人类诸多优秀文化的精髓，更经过了十几年如一日的修证实践，无论其'教'和'证'，以及其胸怀、其见地、其学养，都远远超越了传统的宗教实践者。"一些大德也对笔者进行了肯定、印证和授权。许多读者更是爱逾性命，视若珍宝，还有人为这两本书写了几千篇文章。书翻译为英文后，国外学者也专程前来西部，拜会笔者，请教问题。

但同时，那些想靠宗教谋利者，对它们却视如毒蛇猛兽，原因是书中有着跟他们的宗教观不一样的真理光芒——大手印见。大手印破除名相、反对迷信和盲从。佛教是无神论，它一向反对迷信，提倡智信。而那些靠宗教谋利者，恰恰是利用了人们的迷信心理，以实现自己不可告人的目的。按佛教的“法印”来甄别，许多贴着“佛”的标签者，其实是附佛外道，他们盗取了“佛”的名相，满足的，却是自己的贪欲。

更有甚者，其诋毁和诽谤我作品的主要原因，竟然是因为它能让读者对作者生起大信心。这样，在他们眼中，雪漠便成了跟他们争夺“饭碗”的对手，必欲除之而后快。

这一幕，跟《六祖坛经》中的某些内容惊人地相似，可见宗教中的许多陋习由来已久了。

同样的滑稽，也反映在对我涂鸦墨迹——我从不曾自称“书法”——的态度上。爱者不远千里来求，求到后视为珍宝；恨者却百般贬损，如恨仇寇。不成想，这样誉者誉，毁者毁，热闹非凡之后，我的涂鸦墨迹竟也被炒成了抢手的“墨宝”。一位广州朋友甚至要耗以重金，买断我《大手印》墨迹的专营权。我问其缘由，他说，某个有所谓“天眼”的识者称，那些拙朴的字有光，有种“开过光”的灵气和神韵。他还说，有“光”的东西，能承载一种善美的人文信息，能给人带来安详、清凉和吉祥。但是，因为他的买断是用于包装后的经营，也剥夺了我赠予有缘的权利，我只好拒绝了。

这一切，都成了《西夏咒》的营养。琼、阿甲和雪羽儿的命运，便反映了我的追求和遭遇。

不过，任何宗教都有光明，有光明必有阴影。光明和阴影总是密不可分的。许多感人至深的故事同样发生在有信仰的人群中。一些大德也顶住了诸多压力，印证我的大手印证悟。

我在契入了光明大手印后，用了十二年时间的保任，才将那智慧变成生命中须臾不离的光明。这时，我开始了对宗教的反思。大手印远离迷信和愚痴，崇尚证悟者的主体性。当制度化宗教向我席卷而来的时候，我便毫不犹豫地打碎它。从此，我打碎了所有宗教名相的束缚，只汲取其有益的滋养和光明。

当某一种东西不会成为营养而可能成为枷锁时，一定要毫不犹豫地将它扫出心去。

这，才是真正的大手印精神。

5

明眼人可以看出，我的所有作品，都得益于大手印文化对我的滋养。

《西夏咒》更是这样。

大手印是人类文明中最炫目的智慧之一，梵文音译为“玛哈木卓”，它的源头是辉煌的古印度文明。它来自“西天”印度，扎根于中国西部，是中印文明相融合结出的智慧硕果。

大手印强调当下关怀和终极超越，注意文化构建和身体力行。

我对大手印有新的解释，简而言之，有三点：“大”即大境界、大胸怀、大悲悯；“手”即强调行为，贡献社会；“印”即明空智慧，终极关怀。

最能体现大手印文化精神的代表人物，是唐东嘉波。他于公元十四世纪末、十五世纪初活跃于中国西部，他是香巴噶举大手印文化的标志性人物。他也是中国文化史上的大师级人物，是藏戏的创始人。

2009年10月，新华社发布消息称：“西藏自治区申报的藏戏成功入选联合国教科文组织人类非物质文化遗产代表作名录，体现了联合国教科文组织和国际社会对我国非物质文化遗产保护工作的高度认可，将有助于增强中华民族的民族自豪感，提升全人类对其文化价值的认知度，确保藏戏在藏区的存续，从而促进这一文化遗产的传承和发展。”

我曾在《大手印实修心髓》一书中专章介绍过唐东嘉波，摘录如下：

唐东嘉波是历史上公认的一代大德，功标日月，名垂千古。他是光明大手印的究竟证悟者。他遍求名师，艰苦修证，声名远播。有首歌唱道："空性广无边，证空瑜伽士，犹如无畏王，名唐东嘉波。"人们尊称他为"成就自在唐东王"。

唐东嘉波证悟了大手印之后，走出山洞，破除名相，敢于打破陈规陋习，提出僧人要走出寺院，下山云游，服务百姓，解除其痛苦，用实际行动来体现利众之心。他的行为，赢得了百姓的广泛爱戴，却刺痛了僧侣中的既得利益者。他们动员各自的信徒反对他、孤立他。他们四方串联，制造违缘，罗织谣言，诋毁诽谤。唐东嘉波不为所动，而是旗帜鲜明地反对那些借宗教之名骗取利养者，反对那些空谈佛法、不干实事的所谓高僧。他说，当我们造福于民的时候，厌烦、悲伤、懒惰都是灾难。那些高僧，讲经说法，犹如歌唱，却无视百姓苦难。那些僧人，住在山上像野兽，钻进崖洞修行像老鼠，却不解决百姓的实际困难。凡是乐于跟随我的人，不要讲究吃和穿，造福于民应身体力行。

这，正是大手印提倡的精神。

我们可以看出，"人间佛教"的最早倡导者，并不是太虚法师，而是唐东嘉波。他生于公元1385年，比太虚法师早了五百多年。

唐东嘉波的足迹遍布雪域，常见大河汹涌，因无桥梁，常有人坠河而死，遂发大心，要为民造桥。藏地那时的钢铁，几乎跟黄金一样稀少，但唐东嘉波穷一生心力，竟造桥百余座，其中铁索桥五十余座，木桥七十多座，利益了无数百姓。为了修桥，唐东嘉波当过铁匠，他亲自操铁锤，拉风箱，当起了苦力。要知道，当时的铁匠被人们认为是卑贱的职业。

为了筹集修桥的资金，唐东嘉波筹建藏戏剧团，亲自编写剧本，带领贝纳头人的七个女儿，到各地演出藏戏。后来，唐东嘉波被尊为藏戏的鼻祖。

除修桥利益众生外，唐东嘉波还修建了大量的道场，其弟子中，有数以百计的大手印证悟者，从而体现了大手印的另一个特点：终极超越和终极关怀。

唐东嘉波的一生是传奇的一生，在出世间法上，他的智慧证悟独步古今；在世间法上，他修桥建寺，功标日月；在文化上，他又是藏戏开宗立派的大师级人物。

我常说，佛教所谓的菩萨，并非指人格意义上的神祇，而更应该是一种精神，一种利众精神。重于慈悲的利众精神，称观世音菩萨；重于智慧的利众精神，称文殊菩萨；重于大勇大力的利众精神，称金刚手菩萨。佛教就是这样一种精神，它光照千古的，正是这样一种精神。

以唐东嘉波为代表的大手印文化承载的，正是这样一种精神。

我常想人生的意义，我深知诸法空相，诸行无常，也曾陷入困惑：既然无“我”，那个需要解脱的，究竟是什么？既然万物都免不了成住坏空，世界终有毁坏之日，那所有善行，定然不会永恒，它本身也无自性，虚幻若梦，这修行，有什么意义？后来，我明白了，人的存在，虽也是虚幻的假象，但只要他升华了人格、重铸了灵魂，就可能有精神层面上的相对永恒。

有许多东西，它的意义，已超越了事物本身。如雷锋，如孔繁森，他们的肉体，于今早不知化为何处的尘埃，但那种精神却以故事和文字为载体传递了下来，给人以永恒的灵魂滋养，大手印文化的意义也在于此。

每次想到唐东嘉波，我们不能不为他的事业所感动，而尽量使自己能远离罪恶，变得相对高尚一些。这意义，已大于他的修桥。

同样，《西夏咒》中雪羽儿的意义，也远远超越了她的生命本身。

6

我是大手印文化的传承者和受益者，关于我的这一段生命历程，《大手印实修心髓》中有详细的记录。《西夏咒》中的内容就大多得益于我的大手印文化实践。

我常说，我仅仅是个信仰者，我永远不会当教徒，永远不会把心灵局限于一个“小小的”教派，或是“大大的”佛教，或是“多多的”宗教。我希望能汲取全人类的智慧营养，让自己成长为一个火把，能驱散黑暗、传递光明。当然，这火把照亮的，首先是我自己。

我的所有选择和实践，究其实质，仅仅是想改变我自己。

当我们想改变世界时，首先应当做的，是改变我们自己。

我曾写过一首诗：“大风吹白月，清光满虚空。扫除物与悟，便是大手印。”跟那些吃“宗教饭”者不一样的是，我总是在打碎他们死守的那个东西。我认为，只有将全人类的文化当成营养，而不是当成枷锁的时候，才可能得到真正的自由。有识者称，只有证得那终极的光明并实现那最后的扫除，才会有了无牵挂后的本真显现，才是真正的光明大手印。换句话说，那最后的“扫除悟迹”——也即破除法执和细微无明，才能得到真正的自由。

我曾写诗二首，记录了我打破执著后的生命感悟。其一曰：

“我本无事人，不慎涉红尘。搅得三界乱，六道闹哄哄。此日悟本然，无死亦无生。悠然退林下，再做无事人。”其二曰：“俗女即素女，扬尘在俗途。惬意三潭月，不求契如如。吾为大俗子，款款缱素女。洗尽心头觉，西湖采桂子。”

前不久，我曾跟明子搞过一次对话，内容便是“超越和打碎”。我说：“我不知道啥叫成就，啥叫境界。有时候，我觉得似乎也到了那个老地方，找到了那副旧家具。跟那些所谓的成就者不一样的是，他们守着那堆破家具不放，我却打碎了那玩意儿。仅仅是这样。我老是打碎我自己。打到‘无可再打’时，便是‘无修瑜伽’了。我对那所谓最高境界的打碎，便是我认为的‘终极超越’……打碎那最高境界后，便再也没有了境界，再也没有了二元对立。何为境界？境界者，分别心也。有境界者，尚有分别心。”一位大德称，打破别人死守的破玩意儿，这便是雪漠的“魔力”所在。其实，我最先打碎的，总是我自己。比如这《西夏咒》，它最先打碎的，便是大家熟悉的雪漠。

在那次对话中，我胡诌了一首所谓的道歌，代表了我打破宗教后的诸多感悟：

无毁无誉赤条条来，有毁有誉赤条条去。

毁也誉也化云烟，仰脸向天吁口气。

明明朗朗梦中醒，逍逍遥遥笑里哭。

仰天大笑无回音，垂首只影人不识。
不求解脱不求真，无法无我无明体。
百草难迷来时径，乱云不歧去时路。
记得那年闻法后，破也立也如隔世。
十载虔信今何在？三生誓约随它去。
何方妖魔正窃笑，如闻天籁陶然居。
咿呀风中蒲公英，飘兮零兮落何处？
寄语香巴诸明子，风卷瑞雪正相契。
我今已无心头云，月光更照不夜路。
足下千里快哉风，胸中一点浩然气。
斩断羁绊已冲天，十方三界任我去。

令我欣慰的是，我的那段灵魂历程和独有的生命感悟，不仅仅反映在《我的灵魂依怙》和《大手印实修心髓》中，同时也融入《西夏咒》中了。

谈超越和永恒

——长篇小说《西夏的苍狼》后记

1

表面看来，《西夏的苍狼》的写作缘于跟东莞文学院的签约。

的确，这是它出生的一个重要契机。没有这次签约，我不可能远离家乡数千里，客居在广东的山区小镇樟木头——后来，对这儿风景的痴迷，变成了我的一种执著，竟有点“乐不思陇”了。

我的生活，也因为这次签约，发生了很大的变化。我曾对东莞文联林岳主席说，跟东莞签约改变了我后半生的生活。确实，要不是这次签约，我可能还静静地待在西部的关房里，时而执笔，时而打坐。我绝不会想到，在数千里外的南方，会有一处我喜欢的地方，会有一个“爱我的”和“我爱的”群体。原以为会老死在凉州的，不想我这棵老树，却忽然移往他乡，绽出新枝了。

生命因善缘而改变。所以，我总是提倡与人为善。许多时候，我们小小的一个善行，改变的，却可能是别人的生活甚至命运。

跟东莞文学院签约的决定，主要源于雷达老师的推荐，也因了妻子的一句话。

一年前的一天，妻说，只希望我们平平静静地过下去。这当然是个美好的祝愿。我听来，却有另一种含义：我们就这样等死吧。于是，我就想，该换一种活法了。正是为了“换一种活法”，我才走出家门，来到南方。没想到，那块土地竟然欣喜地接受了我。在广州亚运会前夕，我竟然成了亚运会火炬手，事儿虽不大，却象征了这块土地对我的接纳。

在一些朋友的帮助下，诸多因缘齐备，我便客居于此了。很快，我有了一种鱼儿跃入大海的感觉。也许，那些加入“中国作家第一村”的朋友，跟我有着相似的感受吧。

我发现了另一个无与伦比的文化宝库。

记得初到东莞时，有人告诉我：“这儿是文化沙漠。”后来，我才明白，真正的“文化沙漠”，不是东莞，而是那些没有发现能力的心。我在东莞发现的，乃是一个博大精深的文化宝库。这儿除了木鱼歌这种可以与凉州贤孝相媲美的文化之外，几乎每个乡镇都有其“绝活”。它们同样植根于中国文化的肥沃土壤中，却又与时俱进，结出了时代和地域的硕果。那些明显异于西部的民俗风情，更激活了我的许多诗意。

东莞跟我的家乡凉州一样，同样是一块有着浓厚文化底蕴的沃土。

2

对《西夏的苍狼》的主题，我思考了很久。对永恒的追问，一直伴随着我的生命成长过程。书中黑歌手的所有寻觅，其实也发生在我的生命中。

我一直在寻找永恒，却又明白，这世上没有永恒。我明知世上万象如风中远逝的黄尘，却又想定格存在。我洞悉这一悖论，却总是乐此不疲地追问，故自号“大痴”。一天，广州的心印法师——她为我提供了本书中的一些客家生活素材——问我，您为啥叫大痴?

我告诉她：因为我想在无常中创造永恒，我想在虚无中建立存在，我想在虚幻中实现不朽。我知其不可为而为之。这不是大痴，又是啥?

经过了二十多年的大手印文化熏陶，我有着看破红尘后的超然，却又提倡积极入世。我们虽然改变不了世界的终极结果，但能改变我们当下的态度。看不破的积极，是愚痴，它多为贪欲驱使，如蒙了眼拉磨的驴子。看破后的消极，是人生大敌，佛陀称之为“焦芽败种”。有了出世的眼光，有了看破的智慧，还要有入世的积极，才是大丈夫的行为。我老说："以出世之心，做入世之事。"老祖宗推崇的菩萨，便是看破真相后，却依然想精进地改变世界的人。他们明知那所有的改变不可能永恒，却仍乐此不疲地在虚幻无常的世界中，营造一份相对的不朽。萤火虫虽只是短暂的存在，却是暗夜中最美的风景。

在深圳文博会上，我发现了一幅俄罗斯油画：黑暗笼罩着旷野，四顾无人，却有一个亮灯的窗口。它的光明虽然有限，却唱着暗夜里最美的歌。那歌的名字，定然叫"希望"。

我研究和实践大手印文化的目的，不是为了让我有巨大的能量去改变世界。不是。我所有的目的，仅仅是想让我的心属于我自己。我不是想改变世界，而是无论这世界如何改变，都改变不了我真心的自主。对这一追求，《金刚经》如是形容："不取于相，如如不动。"

换句话说，我想做的，便是想实现终极的超越，做到心灵的真正自由。

这种对终极超越的向往，渗入了《西夏的苍狼》。

3

东方哲学智慧的精髓便是超越文化。"超越"何尝不是人类文化的精髓呢？不过，西方人所说的超越，是有条件的超越。

东方哲学提倡的超越，则是无条件的终极超越。

2009年，我在复旦大学、上海交通大学、同济大学、上海大学、上海图书馆等处作了巡回演讲，主题便是超越。同年11月，我跟铁凝、王宏甲等作家一同出访法国，参加中法文化论坛。我在法兰西学院作过一次演讲，主题也是超越。

法兰西学院创立于1635年，是法国独具一格的最高荣誉学术机构，下设五个学院。其中文学院有四十个院士，终身制，只有在某成员去世后留下空缺时，才通过全体成员的投票选出新成员。被选为院士则意味着从此进入了法国文化历史的殿堂，成为“不朽者”，其名字会刻在学院墙壁上，令后代永志不忘。瞧，法国人想追求的，跟《西夏的苍狼》中的黑歌手一样，也是“不朽”或“永恒”。

那次中法文化论坛的形式是，由中国和法国选择最有代表性的作家和学者就某一题目，展开演讲并进行对话。我演讲的题目是《文学与灵性》，跟我就同一题目进行演讲和对话的是法兰西院士弗罗伦斯·德雷，她生于1941年，其父让·德雷也是法兰西院士。弗罗伦斯·德雷是法国著名的作家、演员、翻译家和剧作家。二十岁时，她曾在电影《圣女贞德的审判》中扮演贞德，其文学作品多次获奖，久负盛名。

我在演讲中重点介绍了大手印文化的超越智慧对文学的灵性滋养。因为当代人的灵魂已经陷入了热恼和焦虑之中，物欲的膨胀及人心的浮躁给这个世界带来许多不安定因素。一方面，许多人陷入热恼和焦虑，不能自拔。他们非常需要心灵的滋养；另一方面，那些有益的文化滋养却早已尘封，无人问津了。在心灵滋养的供应和需求之间，出现了明显的断裂。

在中国作协张涛先生和翻译的建议下，我没有读备好的稿子，而作了即兴发言。演讲很成功，现场气氛非常热烈。我于是有了很多汉学家朋友。

从法国回来后，法国汉学家柳烟（音译）来信说：“我非常喜欢您的小说，也很喜欢您写的那些又偏僻又经常比人类伟大的风景，使我心里感到十分平静。如在道家思想中，如在一幅山水画中，人占的位置很渺小，如一滴水那么微小，才不去迫害他自己和他人的环境。所以，我很爱看您写的大自然的美妙和神奇，它们都富有诗意。您的甘肃老家离巴黎都市的吵闹很远，离我们也很远，但幸好，通过文学，可以缩短距离，也可以让我们感觉到什么边界都没有了。”

在我们身边，其实有许多普世性的、能为世界认可的好东西。只是我们自己闭了眼睛，没有去发现罢了。

4

在法国，我的演讲题目是《文学与灵性》。后面的文字中，也渗入了这方面的内容。灵性就是超越后的自由。自由超越了任何人类的概念、限制以及诸多的标准。超越是大手印文化的特质。

本书中的黑歌手想实现的，其实也是超越，他演唱的《娑萨朗》史诗，也是灵性的产物。

对超越的追求源于孤独。而真正的孤独，源于灵魂的明白和无奈。

我也曾陷入孤独。我想建立永恒和不朽，但这个世界上没有永恒。我们找不到永恒，我们没有任何办法留住眼前的一切，我们无法建立岁月毁不掉的东西。这样，我的追求和世界的本质之间就构成了巨大的反差，这就是我的孤独。我解决不了这个问题，许多作家解决不了这个问题，许多伟大的哲学家也解决不了这个问题。这个世界正飞快地消失于我们不知道的所在，而我们却想建立永恒。

这是许多智者不能不面对的一个命运悖论。

这也是人类没有办法解决的问题，所以，我们是孤独的。真正的孤独不是挣不到很多的钱，不是得不到利益，不是得不到名声，也不是电视、网络对作家和纸媒的挤压，不是这个。这种心外的东西造就不了孤独。孤独是发自内心的东西，它是一种境界，一种很高的境界。耶稣想爱人类，他想博爱，但这个世界却容不下他，要把他钉死在十字架上的时候，他是孤独的；菩提树下觉悟的释迦牟尼，看到世上许许多多的人被一种虚幻的、正在消逝的假象所迷惑，心中充满了贪婪、仇恨和愚昧，他不能马上让这些人明白真理、解除痛苦时，他是孤独的。真正的孤独是一种境界。

真正的超越就是从你非常在乎的外部世界中跳出来。若将世界喻为一个池塘，超越就是池塘里的莲花。从世界池塘里长出你自己的莲花，这才叫超越。当你成为一朵莲花后，俯视池塘时，你发现里面有很多莲子，它们都可能成为莲花。但是，因为某种原因它们不得不陷在淤泥中不能发芽。这时，这朵莲花可能会孤独。它希望所有的莲子都能从淤泥中超越出来。当它不能实现这一愿望时，孤独随之产生。孤独就是这样一种东西。

超越则是：这个世界上的一切都不能限制自己心灵的自由；同时，这个世界上的一切，又都成了心灵的营养。当整个世界不再成为枷锁，反而为我们提供了无数的营养和无数的可能性时，才能谈得到自由。

黑歌手在寻觅娑萨朗的过程中，最后得到的，便是这种自由和智慧。

5

在广东，最令我惊喜的，是这儿有许多我爱的或是爱我的朋友。他们大多是某一行业的精英。在这儿，我甚至对百姓眼中的“官”也有着很好的印象。

真是这样。在广东，最令我高兴的，是这儿竟然汇聚了如此多的人才，竟然有着许多热爱我作品的读者。有不少读者从我的作品中得到了滋养，成为对社会有用的人。某次，我刚住进东莞文学院，就涌来了数十位“雪粉”。东莞文联林岳主席每次谈及，总是感叹不已。

这一切，同样成了我的写作理由。

在东莞樟木头镇的一个山清水秀的地方，我完成了《西夏的苍狼》。跟我所有的小说一样，书中的部分构思和内容，十多年前就已有了雏形。那时，我便想写西部人到南方后的生活。不过，后来我才发现，《西夏的苍狼》并没写出西部人在东莞的生活，它其实成了一个寓言，它有着更广泛的外延和更值得追问的深度。它虽有毛病，却有其独有的光芒。许多时候，没有毛病的作品，便没有优势。因为凭啥获益，便因啥受到限制。有时流行的因素，恰恰可能是文学之大敌。

也许《西夏的苍狼》中那些世人眼中的毛病，恰好是我的追求。我说过，我总是在打碎一些东西，包括我的小说理念。我常常警惕的，就是时下流行的文学对我的污染。

也许，正像雷达老师在兰州大学演讲时说的那样：在目前的文学背景下，雪漠是个异数。

但我的想法是，要是我写得和大家一样，我就不写了。我最珍贵的生命，最该写的，是一些无可替代的作品。所以，即使有无数不喜欢我的理由，那些最挑剔的评论家也会承认：雪漠的小说，是无可替代的。我写出的，是只有我能写出的作品。任何人的作品，都高不过他自己的心灵。

有一个很奇怪的现象是，我在刚开始写小说时，就有了一个包罗万象的构思。那时，我将它起名为《老顺一家》，我想通过对一家农民命运的描写，写活一个时代。我想告诉世界我所有的生命感悟。那部小说虽然没有面世——其实它已经过整形变成了别的小说——我后来的所有长篇小说，都是它的成长。它就像一个树根，长出了《大漠祭》《猎原》《白虎关》，也长出了《西夏咒》《西夏的苍狼》和《无死的金刚心》。对前者，人称“大漠三部曲”；对后者，我称“灵魂三部曲”。

这，便是为什么我的许多小说总是开始于十多年前的原因。

那时，我并不懂小说创作的诸多技巧，我只想写出一个我感悟到的世界。而我在明白之后感悟到的，总是一个巨大的混沌。它是一种巨大的存在，我无法清晰地表达出来，总觉得我能说出的，并不是我想表达的那个东西，真的是“不可说，不可说，一说就错”。真正能读懂《西夏咒》的朋友，也许就会明白我在说啥。

所以，我最初想写的那种能包罗我之所悟的全息作品，注定是不可能成功的。幸运的是，后来，它虽然没有长成巨人，却承载了我生命和智慧的全息。后来，它的不同元素、不同章节，都像一粒粒种子那样，发芽，抽枝，开花，结果，成长为一部部新的长篇了。

我于是想，一个作家的作品，也许真像一些人说的，是一种生命的定数。我目前发表的所有长篇，都源于我为文之初的那些“种子”。那时，我不过二十出头。我用了近三十年时间，才让那些种子发芽、抽枝，长成了大树，创造了一片很大的绿荫。也许，这片绿荫，在若干年后，还会带来许多清凉呢。

6

《西夏的苍狼》实践了我的另一种文学追求，体现了我对世界的另一种解读和感悟。我说出了许多该说但一直没有说过的话。

更重要的是，它是我写作处于黄金阶段的作品。写它时，我仍然涌动着无穷的生命激情，书中的主人公，也成为我的另一个生命体，寄托了我的很多向往。

也许，它会告诉世界，雪漠的作品为什么会有那样一种巨大的转折。从《大漠祭》《猎原》《白虎关》到《西夏咒》《西夏的苍狼》，我完全变成了另一个人。不管朋友们喜不喜欢，它总是我生命中的一个重要现象。在《西夏的苍狼》中，你会看到那种转变的由来和动力所在。

最后，该谈谈我感激的人了。这也是我的惯例。我总是忘不了那些帮我的朋友。没有他们的善心，便可能没有我的成功。所以，在过去出版的小说中，我总能提供一长串的感谢名单。这次，有点例外了。我重点谈一个人。

《西夏咒》出版之后，妻看了之后，说，你在书中写了许多应当感激的人，但最该感激的，却没有提到。她说我应该感激陈亦新，因为书中的诸多修改和构思，都是他提供的。这是实情。我不善于编故事，命运便给我送来了一个善于编故事的儿子。由于我自小就严格训练他的想像力，他的构思才能是我望尘莫及的。在这一点上，正应了“善有善报”之说，我在儿子身上的所有生命投入，都得到了超值的回报。他是我的第一读者和最后定稿者。

陈亦新还是我生命中的“恩格斯”，他源源不断地向我送来那些“英镑”。他一直在打理着一个私人文学院。由于他的努力，我才不再像过去那样为生计奔波了，也有了一些帮助别人的所谓善举。在《西夏的苍狼》中，我引用了他和陈建新的几段文字。某年春天，我们一同去藏地朝圣。那次经历，我直接嫁接到了主人公紫晓的身上。

还有许多帮过我的朋友，人数很多，不胜枚举，一并致谢了。

在此，向所有我提到的或是没有提到的帮过我的朋友表达我的谢意。

愿你们明白、快乐、清凉、平安！

我的灵魂求索

——《光明大手印：实修心髓》跋

在我的生命里，一直沐浴着一种光明，它来自亘古，随风而至，渗入灵魂，将我从一个不谙世事的农家孩子，熏染成一个受百姓欢迎的作家。它使我超越了闭塞的环境，使我避免了庸碌的同化，使我在喧闹之中拥有一份清凉，使我在孤寂之时滋生一种大气。

它便是佛教独有的智慧光明。它牵引着我，走出小天地，走向大世界。

说不清从何时起，我就跟佛教结了缘。在同龄的孩子尚在玩土窝窝时，我就感到了生命的无常和易逝。

我的家乡处在偏远西部一个更偏僻的角落。当你出长安，过天水，经兰州，沿祁连山和腾格里大沙漠中间的狭长通道，你会走入一个叫“河西走廊”的所在。在中国的历史上，这儿多为“胡人”所居，周时西戎，汉时匈奴，西夏时六谷部，吐蕃更是屡屡将其掠入版图。大漠和大山间，一条道路游蛇般西窜，扭向一个叫嘉峪关的所在。此关雄奇，关内生豪气，出关现悲情，跨出关门，撩眼便见满眼戈壁，苍凉之气，扑面而来。由此而西，虽有几个叫“阳关”“玉门关”的著名所在，但观其形貌，亦多为苍凉大海中的几片枯叶。它们的存在，仅能充抚慰之念想，而难疗灵魂之焦灼。所以，我很小的时候，父辈们就说：“出了嘉峪关，两眼泪汪汪。”

好在嘉峪关东侧的凉州是公认的好地方。但这“好”，也是相对于戈壁沙漠而言，跟东南诸地，实在是不能比的。这儿山多焦秃，荒无寸草，风沙时现，遮天蔽日，干旱缺水，辄有纠纷。不知上溯至多少辈祖宗起，这儿便因抢水而血流盈地。我用脚丈量凉州大地的那几年，每到一处，便见历朝历代关于处理水纠纷的史料。至于传说，其数目之多，种类之广，不在《天方夜谭》之下。有好些地方，多“以石为证”，欲借无常之石刻，处理永久之纠纷。但那纠纷之血，并不因“石”的存在而绝迹。

我的家乡，就是其中一个极不起眼的所在：凉州洪祥乡陈儿村。关于那乡名和村名，已无法考证其来历。正如我至今不知曾祖父的大名一样，蒙昧的乡人是不会将他们认为的无聊事录之于书传于后世的——再说也没几个识字的人——在他们眼中，吃穿之外的所有事都是扯淡的。也如我十岁以前，心中念想的，总是如何填饱肚子，什么灵魂呀，信仰呀，在心中连影子也找不到的。

关于我青少年时代的生活，各种报道极多，多以“苦难”名之。但必须强调的是：我小时候并没有一种苦难的感觉。恰恰相反，童年少年在我的生命中留下的，是许多诗意的东西。记得那时，我总跟同院一位大姐姐挖生产队地里的大豆种子。那被湿土泡得软软的、胖胖的东西是我眼中最美的景致。刨出几个后，点燃麦秸，将那所得，丢入火中，不一会儿，我口中便会充满夹带着生面气的美味。我相信，我那时尝到的，是天堂的味道。后来，我将这回忆写进了《西夏咒》。

我十岁后的某一天，这种乐而无忧的生活被打破了。那天，我发现村里死了人。我一再追问父母，他们也没说清啥是“死”，但我怪怪地“明白”了“死”。那时的幼小心灵里，死是个巨大的黑洞，老躲在一旁，偷窥我。我明明知道，我一不小心，“死”就会吞下我。记得那时，没人告诉我还有来世。我的家乡没有寺院，没有僧侣，没有信仰，没有书籍，没有六道轮回的传说，乡亲们都说：“人死如灯灭。死了，就啥都没有了。”这种观点被唯物论者所接受，一些人怕日后“啥都没有了”，就利用手中职权大肆搜刮。长大后，我才知道，佛教将这种观点称为“断灭”。

在那种“断灭”的文化圈里，明白了“死”的我拼命哆嗦。没人知道一个孩子的恐惧，没人能排解他灵魂的惶恐。每次问大人，他们总笑我。白天还好过些，繁杂总能填满脑子。一入夜，那“黑洞”就向我逼来，我不敢入睡，总怕一闭眼，它就会吞了我。即使我在疲惫至极后入梦，也每每被梦中的黑洞吞噬，更被自己的尖叫惊醒，而发觉自己一身的虚汗。

于是，我常常从梦中醒来，常常望着被黑暗吞噬的万物胡思乱想。那种没有主题的联想跟我后来放牧时趴在马背上时的想象一样，成为我最早的智慧求索和艺术训练。这种对死神的直观感悟一直伴随至今。一天，一位甘肃作家以为我把他视为对手，我笑道：“你要是这样想，就太看不起我了。我从不将作家当成对手的，无论活着的，还是死去的。我的对手是死神。”同样，我今生也不会将文学上的成功，当成我生命的成功。我明明知道，面对死神，所有文学上的声誉毫无意义。我曾对作家杨显惠说，我对他的成功由衷地表示敬意。因为百年后，雪漠和杨显惠没啥两样，都仅仅是个符号。而最重要的，是你的作品中是否有一种利众精神。你的所有价值，仅仅是因为你曾经的存在，使这个世界相对美好了一些。当然，这美好，也包括真，包括善。

因为我明白地看到了死神在窥视我，后来的生涯中，我一直能窥破一些东西。我从不与一些人计较眼前的得失，从不在外物上动心思。我在教委工作了多年，我所在的科室管着职称评定，但我一直没有职称——职称是多年后才有的。那时，对职称，我是唾手可得的。但我明明知道，相较于死亡，它是没有意义的。

所以，我很少参加单位每年的评职称述职会。

人的一生里，总该有一种高贵的心灵和姿态，对权力，对金钱，对地位，都应该这样。当满世界都趋之若鹜时，你应该对它淡淡一笑。

因为明白了死亡，我很小就确定好了人生目标。我的素材搜集是从初中开始的。在学校里，我从不去学那些跟我的人生目标无关的科目。我必须做到我今日之所学，一定要成为我明日成功的基石。我不愿浪费生命，不愿像猴子掰苞谷一样，边掰边丢。所以，当我到四十岁时，我已经构建了独特而丰富的知识体系。

但是，无论我怎样的追求，都无法解除面对死神时的意义丧失。为了寻找灵魂的依怙和生命的意义，为了证悟我所向往的真理，我很早就接触到宗教。当然，有时的“接触”，是不自觉的，我甚至不知道那叫宗教。我长大才明白，我熟悉的凉州贤孝中就渗透了佛道内容。

我很小的时候，就能大段大段地吼唱贤孝。贤孝对我的影响已融入了血液。写作时，我耳边常响着贤孝的旋律，我总能从其中读出灵魂的苦苦挣扎。那种苍凉和悠远里蕴含的智慧，更成为我幼年最好的灵魂养分。如《吕祖买药》的结尾有段唱词，就是佛教智慧的形象表述：

天也空来哟地也空，

唯有日月转西东；

山也空来哟水也空，

山水相连到处通；

朝也空来哟国也空，

紫禁城里不知换过了多少主人公；

父也空来哟子也空，

只不过临危头顶那么三尺青；

母也空来哟女也空，

只不过在亡灵面前假哭几声；

兄也空来哟弟也空，

只不过是前世的仇人转仇人；

夫也空来哟妻也空，

只不过是来世转来生。

我说那珠宝玉器一起空，

金钱财宝一起空，

世人如果知道这个空空意，

何不到碧天洞中去修行。

你看那西天路上一只鹅，

口含灵芝念弥陀，

扁毛都知道这个修行意，

难道人吃五谷还就不念佛……

凉州贤孝中，佛道的界限并不严格，两种宗教常杂糅在一起。但那时，我并不知道它们是宗教。十八岁时，我才真正理性地接触宗教。我首先接触了道教，曾系统地研究和实践过道教丹法，并得到了相应的真传，但我一直没有皈依道教。我跟一些人不同，我不会皈依不能为我解除全部疑惑的理论和教法。在很长一段时间里，我一边读书练笔，一边修炼道法和密法。那年我十八岁，正上武威师范，凉州松涛寺住持吴乃旦就教我一些密法，但那时我并不知道那密法源于香巴噶举。这种修炼的直接结果是，我拥有了一种治疗能力。在武威市双城镇河西小学教书期间，数以百计的病人来找我，怪的是，经我治疗后，许多人确实神奇地痊愈了。

但求索的我一直无法从道教中找到我向往的真理。随着我智慧的渐增，我发现道教中有许多不究竟之处，进而渐失信心。我开始接触其他宗教，除了基督教、天主教等世界知名宗教外，我还接触了印度耆那教等少为人知的宗教。对耆那教，我至今仍保持着浓浓的敬意。我的接触是了解教理，参照死亡，印证真理。期间，一些教派对异教和异端的屠杀和镇压令我厌恶。我一生向往的，是对所有的生灵都有善意的真理，因为我们人类的共同敌人是死神。我们不应该成为死神的帮凶。我诅咒所有的屠杀。我认为所有的屠杀都是罪恶。

二十多岁时，佛教再次微笑着向我走来。我参拜了更多的高僧大德，如拉卜楞寺金座活佛贡唐仓等。宗教的智慧光芒，已非我小时候从贤孝中接触的那样模糊了。我已经走出了“迷信”的云雾，进入“智信”的境界。佛教那炫目的灵光已击穿了我的灵魂，我忘我地扑入其中，边研讨它的教理，边实践它的教法。我一边修习，一边研究净土，而后研究禅宗、南传佛教、律宗、密宗等。我对每一宗都不是浅尝辄止，而是独有所悟，探其堂奥。三十岁时，我已在佛学沙龙里讲授证果法门，即如何从凡夫起，由戒而生定，由定而发慧，进而成就无上正觉。这其中，就有实相大手印的内容。

我真正地了解并接触到香巴噶举名相时，已三十二岁。此时，我对佛教显宗的多宗教理，已渐能融会贯通。期间，曾遇许多佛教中人，有居士，有和尚，有活佛，许多人很喜欢我，想收我做弟子，我多学其所长。

在我三十二岁的那个夏季，我终于契入了光明大手印。那时，我已开始写《大漠祭》，渐入佳境。那时，我在一个偏僻的地方租了房子，与世隔绝。每日除写作几个小时外，其余时间都用于禅修，心宁静到了极致。我不仅放下了世事，也放下了文学。那时我正在武威市教委工作，时任教委主任的蒲龙先生不给我安排任何工作，我才能出离若斯。后来的几年间，蒲龙的接任者李宝生也默许我不上班，这种状况延续了差不多十年，直到另一位官员接任李宝生后，我才不得不离开教委，到一所叫东关的小学任教。但很快，我以返还工资的方式买回了我的自由。成为甘肃省专业作家后，更有了无限的自由空间。后隐居岭南的一座靠近原始森林的小镇，继续出离，多闭关清修。说明这些，旨在强调在我生命的很长一段时间里，我是以禅修之心出离的。

必须提及的是，在契入光明大手印之前，我一向反对将宗教神秘化。那时，我眼中之宗教，是哲学之最高境界。对上师，我视为导师。但到了后来，读者已看到我思想之变化，前后相较，高下如天地。我从此进入的，是一个全新的天地。我忽然从幼小时就缠心的死亡恐惧中解脱出来。我热恼顿释，迷闷顿消，心如无云晴空，明广如天，清蓝如海，不起云翳，不生波浪，每有所欲，却无不随缘示现诸种境界。期间虽也有为文坛污染而生的热恼，但我很快就能窥破虚幻，破除执著，趋向宁静之乐。即使在深入生活时，我也不离禅悦，诸显与空性合一，动静一如，心无尘滓。

我三十二岁后的所有作品，都是它们自己从宁静中流出的。所以，从特殊意义上说，我是个不会创作的人，是作品自己从心里流出来的。在我游遍凉州搞社会调查的多年间，我从不拿念珠，诵咒终日，到夜间，却悉知诵咒几万。游遍凉州，阅人无数，却心无挂碍，空明灵澄，出门如上禅座，归家如入禅室，将偌大天地，视为清修道场。后来，十世班禅大师的一位弟子印证说，许多人终其一生，都很难修到这种境界。再后来，经上师印证，我契入的，正是香巴噶举之光明大手印。这一切，都源于香巴噶举诸上师的智慧加持。

我终于寻找到了生命的意义。我常说，我寻找的，不仅是写作的意义，更是生命的意义。我曾对天津师范大学汤吉夫教授说：“我从来不将文学的成功当成我人生的成功。我之为文，如善人之铺路，如唐东之修桥，仅仅是为众生服务的一种手段而已。我之目的，非出名，非得利，而仅仅是将我之所悟告诉世人，使他们活得更善良一些，更安详一些，使世界因我的存在而更美好一些。”虽然我也愿意进行技术上的宣传，但这仅仅是不想让这世界活埋我思想时的抗争。在这个浮躁喧嚣的时代，你稍一懈怠，就可能被埋得不知去向。而所有作品，只有在被人阅读时，才能实现它的价值。

至今，我实修大手印已近二十年。这是我从凡庸中觉醒的二十年，也是我从僻壤走向全国的二十年，更是我从琐屑的个人化写作变得充满大气和智慧的二十年。近二十年间，卑琐和自私离我远去，博爱和智慧充盈我心，使我能在最功利的机关安身时也能保持一份清醒的高贵。正如美国宗教学者休斯顿·史密斯在《人的宗教》中所说：“在宗教生活的核心，有一种特别的喜悦，这种快乐结局的前景，是从必要的痛苦中开花结果的，带着人类的困难将被衷心接受而克服的允诺。”

多年间，我遇到了无数生活在“另一个时空”的人们，他们是游离于主流社会外的群体。他们有着与时下文坛和社会不同的价值标准：有穷其一生闭关清修者，有一步一叩达万里之遥者，有舍命舍财求终极真理者。在他们的感召下，我时而放下文学，参与一些有意义的文化活动，如雪漠文化网和天津市蓟县一中红十字会发起的“西部志愿者爱心读书工程”“西部文化爱心工程”，抢救那些即将被全球化浪潮淹没的中国民间文化。

在这个群体里，我也许是个“俗物”，因为我还靠文学赢得了一些虚名。而这虚名，跟红尘万物一样，是过眼烟云，了无自性的。同样，我也是一个文坛上的异类，因为我总在像《皇帝的新衣》里的孩子那样，说一些“智者”们心照不宣但绝不会贸然说出口的话。但我愿意在喧闹之中寻找一份清凉，在迷醉之中保持一份清醒，在庸碌之中体现一种高贵，在大善之前保持一份谦恭和敬畏。因为我知道，承载我思想的肉体很快会消失，无论我多么虚矫和世俗，都不会改变我终究成为白骨的命运。相较于亘古的大荒，我的生命翕忽善逝比闪电还快上万倍。趁着还能表达自己的思想，趁着还能做一些有益于众生的实事，我应该投入全部的身心，奉献全部的真诚，宁静专注地做我应做的事。明白了这些，你也许就会明白我为什么写《大漠祭》《猎原》《白虎关》《西夏咒》和《西夏的苍狼》，为什么我的作品中会有一些我引以为傲却可能为人所不喜的章节。

我弟弟死时才二十七岁。他留下的所有遗物中，我最珍惜一本日记。他之所记，不过寥寥几篇。我很遗憾他为什么不多写几篇。我相信，等到有一天，当我的肉身已逝时，也许会有人遗憾我为啥没写得更多一些。在河西学院，千名学子在“雪漠我们爱你”的横幅上签上自己的姓名时，我明明知道，他们所爱的，其实是我的作品所蕴含的利众精神。

《大漠祭》《猎原》《西夏咒》等书出版后，我经历过许多叫我眼眶湿润的场景。那些读者一定认可我所信奉的精神。他们以认可我的方式向我信仰的大善表达了崇敬。尽管不少人将社会说得黑漆一团，但我的同道告诉我，这世上，总会有一批无法被尘滓污染的干净的灵魂。他们的存在，像火种一样，终究会燎原的。这世界，也一定会因为他们的存在而更美好一些。

本书会告诉你，我遇到了怎样的一个群体，他们的活法跟时下的流行有着怎样的不同。也许，书中所写会对你有所启发。至少，你会看到，在这个星球上，还有另外一种人文风景。也许你会说，能和那些大德生在这个星球上，真是幸运。

人的一生，会不可避免地受到恶的熏染而发生异化，但你不必因此而自暴自弃。你只要自省向上，终究会战胜贪欲的。傅雷在他翻译的《约翰·克利斯朵夫》的扉页上题记道：“真正的光明，绝不是没有黑暗的时间，只是永不被黑暗所掩蔽罢了；真正的英雄，绝不是没有卑下的情操，只是永不被卑下的情操所屈服罢了。所以，你在战胜外来的敌人之前，必须战胜你内在的敌人。”我也曾为贪欲所困，但我最终降伏了贪欲；我也曾为嗔恨所裹，但我终于将嗔恨踩在脚下；我也曾干过许多的傻事，但我终于懂得羞愧自省，并勇于改过。我是个生来就习气很重的人，在我懂事后的三十年中，我总想战胜自己。我总在诅咒和诛杀自己的贪执。在二十多年的宗教观修中，我每天都将自己的色身碎成万段，施舍给没有饭吃的众生。

这所有自省的源泉，便是我遇到了命运中的善知识。

佛陀说过：“世上有两种人值得尊重，一种是不犯错误的人，一种是犯了错误而勇于改正的人。”我的经历也许会成为你的参照，或能给你以借鉴。正如我每每感叹某书对我的巨大影响一样，但愿此书能为你开启一扇窗口，使你看到另一个群体、另一种活法、另一种追求，进而豁然有悟，安详微笑。

确实，这个时代，还是需要一份高贵，需要一份超然和宁静，需要一份对神圣的敬畏。同时，也需要一份对热闹、喧嚣和功利的淡漠。

这便是我写作本书的目的。

要建立自己的规则

——长篇小说《无死的金刚心》后记

1

若有人问："雪漠，你的小说中，对于你来说，最重要的是哪一部？"我会说："《无死的金刚心》。"

若有人问："那么，对读者来说，最重要的，是哪一部？"我仍然会答："《无死的金刚心》。"

为什么？

因为，我的一般小说，可以感动或改变你；而《无死的金刚心》，却可以"成就"你。这书是一块肥沃的土地，你只要用力拽那个露出地面的"智慧指头"，就能拽出一个有着喷薄生命力的"成就汉子"。

也就是说，你要是能像书中的主人公那样历练，你定然也会得到证悟，成长为一代圣者。

不过，在一般人眼中，《无死的金刚心》却可能是个怪物。它根本不像小说，但我又不能不将它当成小说。

它不是时下人们习惯或认可的那种小说，但由于写了一种神秘经历，我既不能说是“实录”，又不能说是“体验”，我只能赋予它“小说”或是“传记”的名相。

需要说明的是，笔者也是从琼波浪觉走过的那条路上走过来的。主人公的证悟过程和灵魂之旅，也真实地存在于我的生命中。

是的，明眼人可以看出，我写了一种最真实的存在。真实到啥地步？真实到若有人照着主人公的路走下去，他也会成为另一种意义上的琼波浪觉。

世上哪有比它更真实的小说？

2

《无死的金刚心》远远超过了人们对小说的理解，但它却是雪漠的小说中，最应该看的小说——其实，它更应该被称为“大说”。所以，你不要按“小说”的标准来要求它，你应该按“大说”的标准来欣赏。在我写的“大说”中，有大量的一般小说没有的智慧、思想和“说法”。它有时虽也有言情小说的缠绵，但更多的章节，却像用斧头劈下的根雕，非常粗粝，但有力量。我有个学生叫罗倩曼，她设计过《西夏咒》和《西夏的苍狼》的封面，我很喜欢。因为设计封面的便利，她初读我的文稿时，说是毫无文采。读完之后，她却说，雪漠老师写到这个份儿了，还需要文采吗？她甚至认为，正是那种斧头劈出的粗粝，才让文本显得非常有力量，虽然不乏粗拙，却有种其他读物没有的力量。

与此同时，另一家出版社的编辑也读过此稿，他用修忍辱的耐性读完此稿之后，说小说不能这样写，说里面不该有许多他没法理解的教义。还有一些对我很好的朋友，甚至劝我悬崖勒马，紧急刹车，马上回到《大漠祭》《猎原》和《白虎关》上去。但我想，要是真的回去了，那我的写，不就是在重复自己吗？与其那样，我还不如扔了笔和电脑，去干一些更有意义的事呢。

还有些有见识的朋友，也在善意地向我传递一种信息：小说不能这样写。我当然知道他们是为我好。因为，在我创作之初，许多编辑就这样教调我。

是的，小说是不能这样写，但雪漠的“大说”偏偏要这样写；小说不能大段议论，但雪漠的“大说”偏要议论；小说不能写一些宗教智慧，但雪漠的“大说”偏要写；还有许多“小说”不能的，但在雪漠的“大说”中，偏都能。我想写的，便是这样的“大说”——是除了“雪漠”之外，别人写不出的那种。

于是，我就有了自己的标准。

比如，契诃夫说，小说开始时出现的枪，要是在后来的情节中不能打响的话，那它就是多余的。他的意思是小说一定要有照应。

雪漠却说，那枪，为什么一定要打响？那情节，为什么一定要有照应？我偏偏要写一堆在后文没有照应的人物和情节——只要它们是我“说话”时需要的材料或营养。在我的规则中，不是我要照应它们，而是它们要照应我。在我们的人生中，许多事情，其实是没法设计和照应的。许多时候，我们根本不需要“匠心”，但仍然不影响我们人生的精彩。许多时候，有为的“匠心”反倒显出了匠气和狭小。大道是朴素自然的，它没有说这不行，那不行，而是随缘而为，顺势而作，浑然天成，毫不造作。像李白的诗歌中，就有着许多一气呵成的意外“天趣”。它虽然不像杜甫那样推敲锤炼，但我们喜欢李白的，也许正是那一股自然喷涌无拘无束的“气”。小说亦然，有时的精雕或设计，反倒显出了虚假。像陀思妥耶夫斯基的小说中，就有许多没有照应的情节和人物，虽然被屠格涅夫斥为“痢疾”，却一点也没有影响作者的伟大。不精致的陀思妥耶夫斯基，甚至比强调“精致”的契诃夫更伟大。因为我们从陀思妥耶夫斯基的文字中感受到的，是他喷涌的天才、思想和大爱。

《无死的金刚心》就是我这种思想的产物。

《无死的金刚心》粗糙得十分有力，简朴得像块陨石，粗粝得像猿人用石斧劈出的岩画，神秘得像充满了迷雾的幽谷。要不是其中的爱情还算得上缠绵的话，读者会以为作者是个修了千年枯禅的干瘪罗汉。但只要你耐了性子读完，肯定会发现雪漠笔下的风景，真的是“无限风光在险峰”的。只要你认真读完它——要是读不懂，你为啥不多读几遍呢？——你定然会长舒一口气，说，我没有白读它。它确实有着一般小说绝不能给你的东西，这就够了。

我甚至发现，即使对于其中的一些可能被人称为简朴的语言，要是我再进行修饰的话，就会亵渎了这个文本。那表面的简朴之中，其实有一股大巧若拙之“气”。我每一修饰，就发现那“气”受到了损伤。正如我们不希望一个木讷的罗汉成为“脱口秀”的主持人一样，有时的拙，其实是大巧；有时的简陋，其实是朴实；有时的粗粝，其实是返璞归真；有时的简单，更可能是伟大。

我于是想，索性，就让它保持“本来面目”吧。

瞧它，多像胡子邋遢、顶着一头乱发的雪漠。

粗糙之中，却不乏智慧和力量。

呵呵，是不？

3

所以，您千万不要希望雪漠拿腔作态地写一部四平八稳、循规蹈矩的小说。世上到处都有这种东西，要是想看它们，您可以走进任何一家书店，随便抽一本小说，它们都能迎合您的期待。

但要是想看《无死的金刚心》这类“大说”，对不起，您一定得先看看作者是不是“雪漠”。

这几年来，对我的创作，说啥话的都有。有说我是大作家的，有骂我不会写小说的，还有其他说三道四的。其实，若是按时下流行的那些标准去衡量，我真不知道自己算不算作家。对我的小说，爱的爱死，恨的恨死，虽然不合时宜，却怪怪地有了很多铁杆“雪粉”。正如对待我，或说我是佛，或说我是魔，其实我只是一面镜子，每个人看我时看到的，其实总是他自己。我的小说亦然，喜欢者总能从中找到自己需要的东西。

《无死的金刚心》是我的小说中最不像小说的“大说”，也许它犯了很多小说不能犯的忌，比如充溢于字里行间的真理和思想。对于传统的小说规则来说，写思想是犯忌的，都说思想会腐朽，生活之树却可以常青。但我书中的那些思想，正是我着力想宣扬的东西。要是不犯那些“忌”，我也就不写作了。因为，在我眼中，那些“忌”，正是我作品的“魂”。要是没有那些“魂”，我就找不到写作的意义了，还不如扔了笔或电脑去晒太阳呢。我写的东西，一定要对人的心灵有用，甚至有大用。无论啥规则，要是做不到这一点，我便要打碎它。

再说了，对于某些思想来说，当然很快就腐朽了。但有些思想，应该能伴随人类流传下去，如老子的，如庄子的，如佛陀的，如基督的。要是哪天它们腐朽了，人类也该没了。

我写的思想或是智慧，在我眼中，正是这种死不了的东西。以是故，我的文字定然会比我的肉体长命。雷达老师甚至认为，我的“光明大手印”系列的影响，定然会比我的小说大。嘿，还真叫雷老师说准了，那书一出，真的是好评如潮。我应邀去国家图书馆、中国科学院、中央民族大学、中央财经大学讲大手印时，那种热烈的场面，是我以往的小说带不来的。有许多读者从外地赶往北京，为的是听我的大手印演讲。我的“光明大手印”系列，也真的为我赢得了更多的“雪粉”。它甚至改变了许多读者的心。要知道，许多时候，能改变心，就能改变命。

对写作，我有自己的标准。我不愿意浪费自己的生命去遵循别人的标准，哪怕这种标准已得到举世公认，已成为文学不得不遵循的规则，我还是想建立自己的规则。我眼中的小说，它必须是我说话的一种方式。哪怕这个世界不认可它，但只要它能让我快乐或是充实，我就愿意写它。

北京大学文学硕士、人民文学出版社编审陈彦瑾曾在《中华英才》杂志撰文说，雪漠在文坛是个“异数”，因为他总是“不合时宜”——不能和时代“合拍”。她说：

1988年路遥的《平凡的世界》出来时，雪漠刚在

《飞天》杂志发表第一篇小说《长烟落日处》，获甘肃省优秀作品奖。获奖后，雪漠就想为西部贫瘠大漠里的父老乡亲好好地写一部大书，于是开始了“大漠三部曲”的创作，没想到，这一念想，耗去了他二十年的生命。《大漠祭》出来时，已经是2000年了，而第三部《白虎关》写完时，已经是2008年了。二十世纪八十年代一度引领文坛和影视歌曲创作的西部风和乡土风，到了二十一世纪，早已是被都市化和商品化大潮冲刷而去的明日黄花了。而《西夏咒》的创作，雪漠拾起的是二十世纪九十年代的先锋叙事，于是有评论家指出，《西夏咒》是“中国的《百年孤独》”，是“东方化的先锋力作”；直到《西夏的苍狼》，雪漠才第一次正面写都市，而《无死的金刚心》，雪漠又回到了《西夏咒》式的“梦魇般的混沌”叙事。要知道，先锋叙事在上世纪九十年代中旬即已没落，随着市场化进程的突飞猛进，如今，文坛盛行的早已是欲望混合着猎奇的商品化写作。雪漠在这样的环境下仍坚持先锋式的纯文学创作，尤其是在全民唯经济论、唯世俗享乐的时代，将目光投向被大多数人遗忘的西部贫瘠土地上的农民，书写他们“牲口般活着的”存在，探讨他们从泥泞中倔强升华的“灵魂”，甚至探讨整个人类对世俗欲望和历史罪恶的“灵魂超越”——这一追求，无疑是与时代潮流格格不入的。

是的，我承认，我的写作，确实“不合时宜”，因为我从来不在乎“时宜”——“时宜”便是这世界的好恶和流行规则。这世上，已有了那么多符合规则的作家，也不缺我一个。我写的，并不是好些人眼中的小说，我只写我“应该”写的那种。它也许“不合时宜”，但却是从我心灵流淌出的质朴和真诚。这世上的一切，从本质上看，都是一种游戏。不同的群体建立不同的游戏规则，再由不同的人去遵循它。小说创作也一样。那么，我为啥要去迎合别人的规则呢？

我的“大漠三部曲”，虽然在题材上吻合了曾经盛行的“乡土风”，但写法上却远离了评论家眼中以故事情节取胜的小说规则。曾经有一位名编辑读我的《大漠祭》时，读到十万字时，说我还没有进入正题。我说：“小说一开始，就进了正题呀！”原来她想找的，是一个故事，而我想写的，是一种存在。我的《猎原》和《白虎关》，想定格的，同样是马上就会从人类的视野中消失的生活。我的《西夏咒》《西夏的苍狼》《无死的金刚心》也一样。这三部作品，因为都涉及了灵魂和信仰，我称之为“灵魂三部曲”。它们让人们看到了一个新的雪漠。它们不是时下评论家眼里中规中矩的小说，它们只是我想说话时，从心中喷出的另一个生命体。

《西夏咒》出版后，引来很多的争议，有叫好的，也有骂的，《西夏的苍狼》亦然。可以预见，《无死的金刚心》出版后，定然也会招来一片嘘声，或者一片掌声。不要紧，对于它们，骂者骂，夸者夸，各随其缘，我也没时间去在乎了。生命太短了，我们没必要太在乎世界对你的看法。我说过，哪怕这世上所有的人都在乎和赞美你，等这一茬人死后，你仍是下一茬人的陌生。重要的是，你是不是真的能留下让下一茬人也记住的东西。当然，我甚至也不在乎“留下”了。因为我最在乎的，是当下的快乐和明白。

我说过，我写《大漠祭》们，只是想定格一些正在飞快消逝的存在，只是想对那块远去的土地说一些我想说的话。但是，写完《白虎关》之后，我却忽然想说另一些话了，于是就有了“灵魂三部曲”。一些明眼人从这三部小说的创作中看出了象征和寓言，也有人看到了时下流行的叙述和“穿越”，但对于我自己来说，脑中其实是没那些概念的。它们只是从我心中喷出的话而已。写作时，我的心中并没有那些小说规则。我只是享受那份喷涌的快乐，仅此而已。

4

需要强调的是，我的那种写作状态，离不开我二十年如一日的大手印修炼。

在第二届香巴文化论坛上，我在北京大学中文系与一些学者进行了对话，我谈到了大手印文化对我写作的影响：

我的小说不是编出来的，而是与某个更伟大的存在相融为一体的清明中间，让文字从我的自性中自个儿喷涌出来。喷涌的时候，我心如明空，指头虽在跳舞，但脑袋里却没有一个词。我不知道啥时候会流出哪个情节，只感到有无数生命、无数激情向我涌来、压来，文字自己就流出来了——仿佛不是我在写，而是有一个比人类更伟大的存在，通过我的笔在流淌出“另一种生命”。北京大学的陈晓明教授说得非常好，他说我的写作是一种“附体”。当然，我不一定认为那是“附体”，但我确实感到有一种力量从我的生命里向外喷。那力量涌动着，激荡着，喧嚣着，从我的生命深处涌出，带给我一种巨大的快乐。那是从内向外喷涌的一种大乐，整个宇宙、整个世界都在跟我一起狂欢，但同时，我却是心似明镜，如如不动，却又朗照万物。你想，在这种状态下写作的时候，我怎么能够考虑主题、结构、人物、情节……没有这些的，一切都在往外喷。我的“大漠三部曲”和“灵魂三部曲”，就是在这种快乐中流淌出来的。

这一点，也跟我写《大手印》墨迹时相若，在《从我的“墨家”经历谈真心之光》中，我这样写道：“灵光乍现之后，我便远离了所有的书法概念，忘了笔墨，忘了美学，任运忆持，不执不舍。妙用这空灵湛然之心，使唤那随心所欲之笔，去了机心，勿使造作，归于素朴，物我两忘，去书写心中的大善大爱。”

简而言之，我写字和作文的要诀，便是“去机心，事本觉，任自然，明大道”。

我研修大手印的目的，也为的是消除自己的欲望，让自己没有任何心机，没有任何功用，只是让文字质朴地流淌出自己的灵魂。当你把欲望、贪婪、仇恨，以及外界对你的束缚打碎之后，让自己心灵的光明焕发出来，不受世间流行的各种概念、理论的束缚时，你就会进入一种自由境界。

真心光明的写作，是能够“以心换心”的，即能用我的真心去激活读者的真心。所以，很多人读我的作品时，总是会感到非常清凉。

究竟地看来，我的所有文字，其实是一条通向读者心灵的数据线，我想传递的，便是那份清凉和智慧。我说过，语出真心，打人便疼。从真心里流出的文字，丢到读者的心上，会引起共振的……你不妨试试，只要你有颗真诚的心，你就能在阅读我的作品时，触摸到文字后面正在激昂跳动的那颗真心。

需要说明的是，我说的作品，甚至包括了小说。复旦大学的一位博士在丢了证件和钱物后，心情很糟糕，但读了我的小说，他感到清凉无比，所有不快一扫而光，所以他说：“向雪漠致敬！”还有许多读者也是这样。我的文字，总能给他们提供心灵的滋养。所以，源于真心的文字，不一定非要有宗教的名相。那文字本身，就能承载智慧和精神。无论它的标签是“宗教”、“文化”，还是“文学”，都掩盖不了从文字中迸溅而出的真心之光。

近些年，老是收到读者电话，他们希望我能将那些同样出自真心的、有着不同名相的文字出版，以期为更多的人带来清凉。这需求，便成了我近年来所有著作的缘起。

5

正是因为大手印智慧能打碎概念对人的束缚，所以，在创作中，我从来不在乎啥“主义”。我不想让任何枷锁束缚住我真心的光明。

怪的是，我不要“主义”，反倒像是有了许多“主义”。比如，对我的《白虎关》一书，不同的专家有不同的看法：复旦大学人文学院副院长、著名评论家陈思和认为它是象征主义小说；雷达老师称之为现实主义小说；《文艺报》副总编木弓先生认为是浪漫主义小说。在第三届“甘肃小说八骏”北京论坛上，中国作协副主席高洪波先生说我是“神性写作”，李建军说我是“咒语叙事”，还有人说是“通灵叙事”。一些批评家也针对我创作的巨大变化发表了不同看法，艾克拜尔、胡平等先生也为我出谋划策，期待我有新的突破。选载于《中国作家》杂志上的《无死的金刚心》成了那次研讨的热点话题，评论家们或褒或贬，争论不休。而在中国作协创研部举办的《白虎关》《西夏咒》研讨会上，评论家也分为几派，北京大学中文系教授陈晓明先生，说我是“被严重低估的大作家”，有人却说我“文化犯罪”，其争论的激烈程度，充满火药味，为近年来少见。

在一次火药味十足的研讨之后，甘肃文联的马少青先生对我说：“雪漠，创作上要认准自己的路，坚定不移地走下去，光明总是会出现的。不要人云亦云，文学的价值在于创造，在于另辟蹊径。许多时候，成功的探索者，就是世界第一。”

是的。我虽然不一定要当世界第一，但我一定要当那个“另类”。若是我写的东西，别人也能写，我何必再浪费生命？

虽然我会一如既往地坚守我自己，但我还是感激所有对我的批评。前不久，《文学报》连篇累牍地发了批评我的文章。我真诚地向《文学报》社长陈歆耕道了谢，感谢他和读者对我的关注。后来，他在《新民晚报》上著文称：“有的作家甚至对批评他的文章表示欢迎和称道呢！比如甘肃小说家雪漠，《新批评》发过李建军批评他长篇小说《西夏咒》的文章，新近又发过批评他一篇短篇小说的文章。近日，笔者去京参加‘甘肃小说八骏’研讨会，雪漠也是‘八骏’之一。‘狭路相逢’，我原以为雪漠会做出类似‘反唇相讥’‘冷脸相对’甚至更激烈的情绪反应，没料到他却笑呵呵地主动跟我提起最近批评他的那篇文章，连说：‘写得好，写得好！’接着又说：‘这是有效传播。批评是现代传播学中有效手段之一。因为现在说好话的文章没人看，批评更能吸引读者眼球，扩大作品影响。’雪漠能如此大度地允许别人对自己创作说三道四，难能可贵。”

看到此文后，我这样回复陈社长：“我仍然欢迎所有对我的批评！不仅仅是传播的需要，还因为许多时候，批评也是一种善心！我们要随喜所有的善心！我会永远感激《文学报》和那些批评我的朋友的善心！也愿意继续充当一个标本，供人们解剖批评，这定然会有益于当代文坛。”

我知道，善心的批评和理解的认可同样值得我珍惜。

其实，这世上最值得珍惜的，便是那份善心。

6

虽然我理解并感谢那些批评我的人，也明白他们主观上是为我好，但我还是不想轻易放弃自己的追求。

因为我明白，一切规则、一切话语的本质都是游戏。游戏短命，真心永存。世界本来就是一个戏论。所以，我并不在乎世界的价值体系——当我们在乎世上流行的价值体系时，就会被它所“控”。当我们洞悉那些游戏并能保持心灵独立时，就能远离戏论，得到自由。我有两句话表达了这种远离："静处观物动，闲里看人忙。"我的所有作品，也是为了享受和传递那份快乐和明白。

陈彦瑾在发表于《中华英才》的那篇文章中写道：

> 正是这份"不合时宜"，使雪漠略显孤独的写作姿态，成为当今文坛不可忽视的一种存在。"不合时宜"的当然不仅仅指题材和写法，其背后，是雪漠自踏上文学道路以来从未更改的文学信念……雪漠的写作从不考虑世界的脸色，他只想贡献出他的所有，唱出最美的歌——他说，"世界，我不迎合你"，因为，"在乎世界的人，就会被世界所束缚"。而当他不管别人的脸色写作，只在乎自己是否给世界带来了明白和清凉的时候，他反而赢得了世界。雪漠作品不但在文学评论界日益受到重视，更赢得了他生活的那块土地的尊重、认可，赢得了一大批铁杆粉丝。在凉州，《大漠祭》家喻户晓。当时，他年少的儿子和同学上街的时候，好多次，同学一说他是《大漠祭》的儿子，开车的、卖冰棍的就不收他的钱。雪漠也是中国作家里拥有网页最多的作家，这些都是铁杆粉丝们自发建立的。在这些读者看来，读雪漠作品也是一种

“救心”之举，许多人的心灵、灵魂，人生、命运，都因为雪漠作品而升华、而改变、而获救，他们想让更多的人与雪漠作品相遇，于是建网页、办读书会，还自愿购买所有雪漠作品，捐赠给全国各大图书馆。所以，有学者叹道：雪漠的影响，不仅仅在西部，也不仅仅在文学，“雪漠”已成为一个文化现象，他影响的是世道人心。正如《百年孤独》的作者马尔克斯所说：“一个作家能起到的真正的、重要的影响是他的作品能够深入人心，改变读者对世界和生活的某些观念。”雪漠作品的确超越了一般文学意义上的影响。在价值观混乱、写作过度商品化的今天，在大多数作家都为经济利益驱动而写作的时候，雪漠坚持的“救心”的写作，无异于在文坛高唱“灵魂的清凉”之歌。

信然。

我确实想走一条我想走也定然能走通的路。

7

在本文中，我还想重点感谢两个人。因为他们跟我的创作和命运密切相关。趁着我还有能自主说话的权利，我想说说想说的话，也想谢谢我想谢的人。免得将来有一天，我成了《西夏的苍狼》中的那个博物馆里的灵魂，想表达情感，却没了载体，那会很遗憾的。于是，借着这篇文章，我写了后面的文字。

我首先感谢的，是我的恩师雷达。

雷达老师是我在鲁迅文学院时的导师。他是我文学上的“贵人”，没有他的发现、推荐和宣传，我就不会有今天的影响。他直接改变了我的文学命运。我的小说能登上“中国小说学会2000年中国小说排行榜”，就是由于他的推荐，才为众多的评委发现并认可。

《大漠祭》出版后，雷达老师在《光明日报》上发表了他的评论文章。不久，我获得了“冯牧文学奖”。后来，陶泰中先生说：初评时，并无我，雷达极力推荐，其他评委一看书，认为不错，才补入名单，最终全票通过。颁奖会上，评委们对我说：幸亏有雷达的推荐。后来，为了把我推向全国，雷达老师又在《人民日报》《文艺报》《小说评论》等报刊上发表了多篇文章。

推荐我时，雷达老师是不遗余力的。那时，除了多发文章外，他一有机会，都要推荐我，总要谈谈《大漠祭》。后来，他在写其他文章时，也总要提到《大漠祭》。

一位作家对我说：“时下文坛，有许多作家，就缺雷达这样的人推。他推你雪漠时，不是只写一篇评论，而是见人就说，逢会就讲。时下的评论家，哪有这样的古道热肠？”后来，我到京城，一见文友，他们便说：“雷达待你真好！”但那时，我与雷老师只在山丹匆匆见过一面。在我去领“冯牧文学奖”时，雷老师“委屈”地说：“别人还以为我和你有啥关系，你连我家的门都没上过。”确实，就在前往京城领“冯牧文学奖”时，我也没去雷老师家。那时我想，中国像我这样的人不知有多少，谁都打搅他，叫人家咋写文章？我第一次去雷老师家，是上了鲁迅文学院之后的事，那时，我已从一个名不见经传的小学教师，一夜“成名”，当了专业作家，完成了《小说评论》原主编李星先生在一篇写我的文章中说的那个“神话”。

在鲁迅文学院，每个学员要选择一位导师。雷达老师多次劝我选别人，希望我能多认识一个能够帮我的编辑。他说：“雪漠，你什么时候需要我，我都会帮你。现在，你要选择一位好编辑，让他能在创作上具体指点你。我跟你之间，别在乎有没有这个名分。”记得那时，我说了一段很狂妄的话：“雷老师，您当然不在乎，可是历史在乎。您想，将来，作为雪漠的老师，您会是多么自豪啊。”从这话上，读者可以看出，那时的我，确实还是很自信的。不过，这也是我的心里话，因为我会用毕生的努力，让我的所有老师为我自豪。

雷达老师成了我的导师后，我发现，他是个很认真的人，每次和学员见面，他都要一本正经地设计研究专题，并一针见血地指出学员的创作毛病，全然不顾及对方是否高兴，仿佛心中有话，不吐不快，总是一片赤忱。正如王家达所说：“雷达的本质，还是一个书生，他当不了政客。”

雷老师有个特点，他帮了我，却不告诉我。他在《光明日报》发评论后，我很长时间不知道有此事。《大漠祭》登上“中国小说排行榜”、我获“冯牧文学奖”，都是别人告诉我的。我向雷老师致谢时，他反而装糊涂。他老说：“你最好的谢，就是写出更好的作品。”每次通电话，他都要询问后面作品的进展，总令我不敢偷懒。一日，雷达老师对我说：“我之所以推《大漠祭》，并不仅仅是因你是甘肃人，主要是关系到中国文学的走向。这不是我个人的问题。”

《猎原》和《白虎关》出版后，雷达老师对我说：“雪漠，你一定要在叙述上下功夫，你的描写功力很深，有种十九世纪经典小说的神韵，要是再在叙述上吸收当代的营养，前途不可限量。”

笔者后来的探索，便得益于雷达老师的点拨。

当然，我的探索还刚刚起步，以后，我会写出更好的作品。

8

第二个我要重点感谢的人，是我的妻子鲁新云。

至于鲁新云，我一直称她“鲁老板”。她一直不让我公开写她。但许多了解内情的人说，该写写你夫人了，别叫岁月掩埋了一段事实。

我说过，有近二十年时间，我是在凌晨三点起床的，后来的陈亦新也这样。但却没人知道，那时我家还有个比我们起得更早的人，她便是鲁新云。我外出闭关之前，先经过了几年的训练，才养成了后来的习惯。那时节，鲁老板总是在凌晨两点多起床，备好温开水，备好吃的，再叫醒我。她把我从小学教师叫成“著名”作家之后，又开始叫儿子了。

后来，许多人喜欢我的墨迹，收藏者日众，按心印法师文章中的说法，算得上“一字万金”了。但别人并不知道，每次我一执笔，鲁新云总是横挑鼻子竖挑眼，老想点石成金。也正是有了鲁老板的挑剔和“校正”，我的字才一天天进步着。一天，她半开玩笑地说，有状元徒弟，没有状元师父。写字的成名了，那个教他写字的人却没人知道。

鲁新云是《无死的金刚心》中女主人公莎尔娃蒂的原型之一。由于我近二十年的闭关修行，从青年时代起，“等待”便成了她修的功课，她将这一功课延续了一生，虽时有委屈，却无怨无悔。

儿子陈亦新在六年级写的一篇作文中，曾写过他妈在我闭关修行和写《大漠祭》时的等待。但她的那种等待，并没有随着《大漠祭》的出版而终结。后来的《猎原》《白虎关》《西夏咒》

《西夏的苍狼》以及“光明大手印”系列，对于我来说，几乎都是在闭关修行的间隙创作的。我的每次闭关，对于鲁新云来说，都是一轮新的等待。在《无死的金刚心》中，笔者借琼波浪觉之口，说了这样一段话：“有一天，你的妻子会对你说，你是世上最‘恶’的男人。她会说，她二十多岁时，你叫她等待；她五十岁的时候，你仍然叫她等待。你会说，这是你的选择。你选择的，并不是一个不需要叫你等待的人。她选择了雪漠，也就选择了雪漠的全部。是的。真是这样。同样，你的弟子选择你的时候，也等于选择了你的全部，他们选择了你的荣耀和辉煌，也同时选择了别人对你的诋毁。这光明和黑暗的两面，构成了你的全部人生。”

在一首诗中，我写过我恒常的生命状态：

挥挥手
还是到山上去吧
山高
高到太阳上去了
太阳里有个亥母洞
洞是我命中的乐曲

念珠握在手里

木鱼在心头敲响

黑夜是今生的袈裟

高屋是前世的岩窟

确实是这样。记者阎世德写过一篇《走近苦行僧雪漠》，记录了我的“苦行僧”生涯。在凉州，我有一间保留了二十年的关房。它远离闹市，少为人知。在那儿，我边修行，边读书，边写作，在近似与世隔绝的状态下，从二十五岁起，我度过了二十年最独孤也最精彩的人生。直到近年移居东莞樟木头后，我才在岭南的一个森林旁有了新的关房。

在我闭关的近二十年里，鲁新云无怨无悔地操持家务，教育儿子。她是一个自己站在火中，却提醒我“小心杯子烫手”的女子。她的生命中没有她自己。没有她的牺牲，便没有我的出离。为了我的事业，她几乎贡献了自己的大半生命——另一小半，她留给了陈亦新。

此文完稿之后，正值2012年元旦，我写了一篇《新春寄语》，它代表了我的某种情感，略加删改，录在下面，作为本文的结尾吧——

回首2011年，世上多了一个词：“雪粉”——雪漠的fans。它是我最喜欢的一个词。它远离宗教名相，趋近利众精神，承载无数精彩，渗透无量真诚。

从新的一年起，我们能否相约在“神性写作”里?

何为“神性写作”？曰：远离兽性，战胜欲望，超越小我，证得智慧。

愿我们一起拿起笔来，用最真诚的文字，书写向往，传播真情，奉献真爱，定格真美。

下面，我胡诌打油诗一首，献给“雪粉”们:

雪粉非雪粉，光里有光尘。真心待万物，不舍利众行。
知行更合一，悟空不偏空。积善成大德，无时不光明。
寄语诸雪友，八方有佳景。吾当化万物，聊伴诸君行:
雪漠是双鞋，穿了你不倭；雪漠拉头驴，你也可以骑。
雪漠是阵风，清凉你的心；雪漠化团火，让你不瑟缩；
雪漠成细雨，随风潜入你；雪漠是块地，容你开条路。
雪漠也是你，净中两相宜。会当融一味，滴水入大池。
咿呀好兄弟，姊妹或父母。人生转眼过，莫可太拘泥。
长夜须长歌，快乐无忧虑。明月照大夜，一宿奔千里。
千里在足下，白月映大旗。独唱大风歌，笑对浮云起。
浩气化文胆，把笔风虎虎。一笑扫残云，相融我与你。
此时光皎洁，无我亦无彼。君心当如月，返照我和驴。

从“成为雪漠”到“享受雪漠”

——“大漠三部曲”新版总序

“大漠三部曲”终于结集出版了。

从《大漠祭》初版至今，已过去十二年了。世界发生了很多变化，时尚文学过了一茬又一茬，许多畅销书的寿命也越来越短，《大漠祭》却越来越热了。各大网上书店也常常断货，常有人托朋友找书。虽然有了多种版本，仍常常供不应求。虽没人热炒过它们，它们还是靠作品本身的力量赢得了时代和市场。当然，日后，还会有个有力的助缘，让更多的人发现它们。那时，它们的价值将会被重估。那时节，会有许多人惊叹：嘿，这可真是个宝藏啊。呵呵。

我是1988年开始动笔的，2000年《大漠祭》在上海初版，2003年《猎原》在北京初版，2008年《白虎关》在上海初版，我终于完成了“大漠三部曲”的写作。出版历时八年，写作时间则超过了二十年。从二十五岁开始写初稿，到四十六岁完成初版，历时真有些长了。写初稿时，我刚刚踏上文坛——只发表过中篇小说《长烟落日处》——到《白虎关》出版时，我已成了“著名作家”，按《小说评论》原主编李星先生的说法，我完成了从一个小学教师到著名作家的“神话”。

这一过程，我用了二十多年。下笔时，还风华正茂；收笔时，已须发斑白。

二十多年时间写三本书，委实有些长了。

不过，我说过，这二十多年，其实也是我人格修炼的二十多年。我从一个凉州农民的儿子，欲望多，烦恼盛，毛病不少，经过二十多年的努力，成了别人眼中的“证悟者”“成就者”——对这类词语，我其实并不随喜，因为我实无所证，亦无所得，更无所求，但有人需要，就那样叫叫也没啥，就像我老将自己说成是一头见到光明的驴子一样。

某次，一有名寺院的住持僧问我，雪漠，你闭关二十年修光明大手印，太浪费时间了，我只诵《大悲咒》，一个月就有感觉，你得到了啥？我说，我啥也没有得到，只得到了一颗啥都不想得到却啥都不缺的心。

所以，那“成就者”“证悟者”之类的说法，是别人认为的雪漠。我自己，其实就是个平常人，有颗真正的平常心而已。我最想做的，就是当好一个作家，静静地写自己想写的书。我理解的幸福，就是静静地待在属于自己的房子里，没有人来打搅，能静静地禅修，静静地读书，静静地写作，在生命消失之前，做完自己该做的事，仅此而已。幸好，到目前为止，那被强制拆迁之类的破事还没有骚扰到我。虽然树欲静而风不止，老有些不愿遭遇的事，但总算还在可控的范围内，生命就有了一份属于自己的色彩。

我的所有修行，仅仅是为了让心属于我自己，活出自己想活的那份从容和宁静。所以，对于我写的那些关于佛教的书，你觉得有意思了，就读读，没意思了，就扔了。那只是过来人的一点儿心得，权当分享而已。倒是对我的小说，我一向聊以自慰，因为我创造了一个世界，正因为有了它们，我才有了一种独行天地间的人间之乐。自从我成了想成为的自己后，许多别人眼中的享受，就不再是享受了，只有写作和读书，还能让我享受到一种平常人的喜悦。它成了我享受生命的重要方式。

说真的，我从来没想拯救世界，我只想拯救自己。无论我的创作，还是修行，都是为了实现对自己灵魂的救赎。文学让我有了另一个世界，大手印则让我实现了对那个世界的升华和超越，很难说哪个更重要。只是到了后来，因为发现这类文化太珍贵了，它已成了风中的残烛，我不想叫岁月的飓风吹熄它，才花费了生命和稿费去研究，去传播，去抢救。一人之力不够，才有了广州市香巴文化研究院，才有了人们眼中的那些利众之行。我当然没想到，大手印文化反倒回报了我的文学。我的小说后来的热销，除了它真的很好，那些老读者仍在口碑式地传播外，还因为很多人认可了我承载的文化，有些人真的离苦得乐了，就想再读读我的小说，这才发现了我那独有的文学世界，进而又开始了口碑式的传播。在这一点上，也应了老祖宗说的“善有善报”。

其实，文学和文化是雪漠的两个翅膀，是一幅织锦的两个侧面，是太极图中的阴阳鱼，不要将它们分开。要知道，自从我超越了二元对立后，创作和修行达成一味了，创作是我的修行，修行也是我的创作。熟悉我写作习惯的朋友知道，我的写，才是一种真正的修。写这“大漠三部曲”的过程，也是我从张牙舞爪，到回归平常心的过程。虽然费时太长，我因此失去了别人眼中的那种精彩人生——连我爹都说我一辈子没“耍人”。“耍人”是凉州人对“精彩人生”的一种怪味描述——也有过《西夏的苍狼》中的黑歌手的那种无奈，但一向无怨无悔。要是上帝再让我重新选择一次，我还会这样活。

这不，此前我这样活，今后我还会这样活。过去我闭关二十多年，后来出来了几年，发现我独处时，非常充实，一到人群中时，却十分孤独，总不想充当别人期望的那种角色，只好再进关房了。像我的新书《光明大手印：参透生死》的封面那样，虽刚到五十岁，却常常把“死亡”二字顶到头上，当成一把悬着的剑，老想它随时会落下来。因为，凉州人老说，“人上五十，夜夜防死”，就想在死神追到自己之前，写完该写的书，做完该做的事，不要留下啥遗憾。于是，除了吃午饭时见见家人，其他时间，我都在享受着明白后的雪漠。这一来，真成诗中写的那样了：

挥挥手
还是到山上去吧
山高
高到太阳里了
太阳里有个亥母洞
洞是我命中的乐曲

念珠握在手里
木鱼在心头敲响
黑夜是今生的袈裟
高屋是前世的岩窟

于是，我又成了《西夏咒》中的那个苦修的琼，除了送饭者，我又一次将红尘拒在了门外。

书倒仍在流行着，它成了我跟世界的主要联系方式。从《光明大手印：实修心髓》《光明大手印：实修顿入》开始，每年都会有它的这个系列的新作问世，如《参透生死》《文学朝圣》

《智慧人生》《当代妙用》，等等。这次，“大漠三部曲”也换了面孔，初版以来，这是第三次换“婆家”了。

从2000年至今，这三本书，有多种版本，多不统一，原因很多。比如，读者出版集团版的《大漠祭》就将《白虎关》中的一部分选入了，因为《大漠祭》要入选“农家书屋”，有人想叫农民们多了解一下莹儿的命运，我同意了。本想以附录的形式，将《莹儿的轮回》选入，但正式出版时，却变成了最后一章。这样，版本就显得乱了。有位教授就问我：莹儿咋死了两次？

还有很多内容，是被删节了的。如《猎原》中的《母狼灰儿》那一章，非常精彩，也非常感人，原稿中有，但出版时叫编辑删了，删得当然有道理，但我总有些可惜，因为那是我很喜欢的章节。这次，又恢复了。

《大漠祭》更是这样，有许多内容，在当时出版时，编辑有些顾虑，或是为了评奖，就忍痛割爱了不少。很多内容非常精彩，对农民的命运和心态有十分传神的描写，这次也恢复了。此外，还保留了村野和民间文化的内容。在初版中，许多民间文化的内容是被删了的，如二舅帮老顺家祭神的详细经过，如牌位的内容，如齐神婆给憨头燎病禳解的详细经过，如憨头的丧仪经过和老道念的《指路经》，等等。我想，多年之后，再找这类东西，也只能在我的作品中找了，就留下了。我想，就让我的作品有点毛病吧，保留一个真实的雪漠。

《白虎关》亦然，在原稿中，莹儿的死活一直很模糊，我没有确定她的归宿。因为这是个悖论，死不忍心，活不可能——除非她不再是莹儿。但《收获》某编辑约稿时，希望我写死她，就那样写了。后来，此情节一直不为人随喜，在复旦大学开研讨会时，雷达老师等专家都认为她不该死，这次，我就恢复了原稿的一些文字。还有那“引子”，是为了推销的需要，是机心的产物，虽然也精彩，但因为损伤了整部作品，这次也删了。

这样一来，本次出版的版本，也算是修订版吧。至此，距我动笔写《大漠祭》时，已过去了二十五年。虽然期间也写了称为“灵魂三部曲”的《西夏咒》《西夏的苍狼》《无死的金刚心》，但学界认为最能代表雪漠的，还是“大漠三部曲”。

当然，我自己不这样认为。要是没有“灵魂三部曲”，雪漠也不全面。当然，“灵魂三部曲”也同样面临上面我谈到的那些问题。下次有机会，我也会将它们重新修订一下。因为初版时，为了出版方便，它们也被删改得面目全非了。像初版的《西夏咒》，跟我的原作，甚至有些黑白颠倒了，把张三做的事，安给了李四，我希望能还原原作面目。《西夏的苍狼》亦然，我甚至想重写它。重写要看因缘，修订则是定然会做的事了。

随着年岁渐长，我越来越散淡了，越加喜欢离群索居，不想见人（送好书者例外），不想多事，不想浪费一丁点的生命，就索性常住在关房里了。那关房在岭南的森林旁，远离世俗喧嚣，触目皆是生机。我或禅修，或读书，或写作，看看星星，望望月亮，沐浴清风，聆听雨意，耳闻鸟鸣，眼观翠色，就显得逍遥了。

当然，静处观物动，闲里看人忙，这本身，也是一道风景呢。

心静到了极致，一切就哗哗地远去了，除了疯长的头发和指甲外，我几乎感受不到时间了。只觉得，世界、生命、万物，都往那看不见的远方逃了去。真没个啥执著的了。吃穿够了，除了“享受雪漠”外，再也没个啥值得追求的了。就将过去的书再修订一下，权当留一个存世的版本吧。

我心中的“雪漠”

——《解读雪漠》代序

这些年来，雪漠文化网上积累了大量雪漠作品的评论和随笔，但随着时光的流逝，它们一篇又一篇地消失在网络世界当中了，所以，在出版《解读雪漠》时，我希望能将那些文章收录进去。我虽然不在乎外界对自家的评价，但我随喜那些读者花了宝贵的生命，来关注我的作品。无论是认可也罢，批评也罢，我都非常感恩。尤其是批评，因为，每一种批评的声音背后，都代表了一种新的眼光和角度，了解了它，我也就了解了它所代表的那个世界，那么，我就会实现进一步的升华和超越。

我真是“活到老，学到老”了，现在，我仍然在学习。前些时，人民文学出版社和上海作协联合开了《野狐岭》的研讨会，过一段时间，北京也要开《野狐岭》的研讨会，而民间也有大量的读者不断在写《野狐岭》的随笔。他们所有人发出的声音，不仅仅是他们自己的生命印记，其实也是我生命的某种养分。当他们发出自己的声音时，他们所代表的世界就会向我敞开，我就会从那世界中汲取自己需要的营养。我说过，我总能从自己的学生和读者身上，甚至从一些孩子的身上，学习自己缺少的一些东西。我是真的做到“水低为海，人低为王”了。我的意思是，我做到了心态上真正的谦虚，而不仅仅是姿态上的谦虚。

好多人看到我对自己的一些评价时，总会认为我过于自信，甚至有些狂妄，从小到大，一直是这样。很小的时候，我的“骄傲”，就令我吃尽了苦头，同学排挤我，老师教训我，但到了后来，他们不管怎么说，心里都会为我感到骄傲，觉得自己是雪漠的同学，是雪漠的老师，是一件值得对人炫耀的事情。能给他们带来一种快乐和自豪，我当然非常高兴。一直以来，我都非常感恩我生命中出现的每一个人，因为他们都以自己的方式帮助了我，有些人是直接地帮助和鼓励，有些人是间接地帮助，比如用一种恨铁不成钢的方式鞭策我成长。少了他们任何一个人的帮助，我不知道，自己能不能成为今天的雪漠。但是，有一点是可以肯定的——假如我做不到真正的谦虚，始终像小时候那样敏感、易怒，就肯定成不了今天的雪漠。因为，敏感虽然是一个作家最基本的素质，但是，有了这个素质，却不能善加处理，让它生起妙用，它就会变成一个巨大的烦恼，让我成为一个小作家，甚至成为一个庸人。因为，雪漠最重要的成功，不是技术上的成功，而是心灵上的成功，我是因为有了一颗足够博大的心灵，有了足够开阔的眼界，有了足够深厚的学养，才能写出今天这些书的。你去看我的那些作品，里面的素材和生活比比皆是，每一本书无论在人类学、社会学，还是哲学层面，都有着很高的价值。所以，我的作品才吸引了那么多关注的眼光。

《解读雪漠》没有刊发完所有研究我的文章，但是已经有厚厚的三部书了，我们计算了一下，有上百万字。而现在，研究“大漠三部曲”和《野狐岭》的专家、学者和读者仍然在不断地增加着。因为，我的作品给他们提供了这样的空间，引起了他们的兴趣，或者说好奇。我当然很高兴自家的作品被人喜欢，也很高兴有那么多人研究自家的作品。因为，我的作品中充满了一种古老文化的信息，而这种文化信息进入更多的心灵，通过更多的方式被展示出来时，其实就已经实现了另一种意义上的实践和与时俱进。我写作，主要是为了爱，另外，就是为了定格一个即将消逝的世界，保护一些濒临灭绝的优秀文化。

在《解读雪漠》中，你会发现很多人都能读懂我的这颗心，这是让我非常感动的事情。我当然不需要他们称赞我——其实，那么多人赞美我，是令我最脸红的事情。我始终希望能低调做人、低调做事。虽然文化传播需要我站出来，承担一些东西，改变我的生活方式，但我还是希望能尽量地低调一些，不要让人塑造成供台上的佛，或是供台上的神。因为，那时，不但自家会遭到误解，我所传播的文化也会变味，我最担心的，其实就是这一点。我始终认为，真正有益于这个时代的，不是带着迷信色彩、狂热色彩的东西，而是一种纯净、清凉、智慧、安详的文化。所以，我总是对那些自己能控制的人强调，绝对不要神化我，绝对不要拔高我。好多时候，为了尽量杜绝这种现象，我甚至发了狠话。一直以来，我从不承认自己有多么的了不起，所有的了不起，只是别人因为某种需要——虽然很多时候都是很好的需要——贴在我身上的标签。我只承认自己是个明白的作家，只愿意自由、安详、明白地活着，做些我该做也想做的事情。虽然，很多时候做的事，都让我感到很累，因为一旦做事，我就要花费一定的生命，去处理一些作家不用顾及的事情，比如社会性的事务，但我还是选择了做事。因为，我太明白信仰的重要性了，不管怎么样，我愿意做一个文化志愿者。我也是《野狐岭》中木鱼爸那样的人，总想尽可能地保留一些珍贵的文化。很多人不一定能发现其价值，甚至弃之如敝屣的一些文化，在我眼中，其实是非常好的宝贝，比如木鱼歌，比如凉州贤孝。凉州贤孝在武威的时代广场上被严打了，瞎仙们的生活也得不到很好的保障，传承者日稀了。而木鱼歌，在很多人眼中，也不过是一些盲人唱的小调而已。许多传承千年的文化，就是这样消失的。

不管到哪里去，你只要有一种敏感的眼光，就会发现过去的世界在不断地死去。像今年早些时，我们去甘肃一带采访了两个月，在很多地方，我们都发现当地文化在飞快地消失着。包括那些表面上非常繁荣的文化，其实也在飞快地消失着，无常的大口，正在吞噬一切。而我，却仍然想跟时光赛跑，我真是堂吉诃德了。我做了一辈子的堂吉诃德，现在仍然在做着，我仍然在守护着一个很多人都认为不可能实现的梦想。或许，正是因为这种守护，我才成了今天的我。我不知道，有多少人会像我这样，甘愿做一个堂吉诃德，在明知不可为而为之的同时成就自己呢？当然，这种成就的背后，无疑意味着你必须付出许多。但是，我仍然希望，这条路上，会有更多同伴——哪怕不是跟我结伴同行，而是走自己的路，也没有关系——我们一起来努力，让人类的优秀文化能多一个传承下去的可能性，能尽量地延长寿命。因为，放手很容易，一旦放手，就是永远的消失，而有些东西，是不应该让它轻易消失的。

现在的人心已经被欲望笼罩了，贪婪和执著就像梦魇一样遮蔽了人的心灵。很多丧失良知的事情一直在发生着，但最可怕的是，好些事已经不再被人们谴责了，而变成了一种习以为常的东西。为啥？就是因为传统善文化的缺席。很多人都认为文化太远了，文化是一个太虚的词，而生活太实在了。生活的压力压垮了人的心，让人的生命越来越萎缩了，很多有可能伟大的人，都变得越来越庸碌，越来越狭隘，为了一星半点的利益计较不休，为了争权夺势而蝇营狗苟。文化的盲目，导致人心的盲目，这是我们不能忽视的。每一个看到这种景象而不作为的人，就像看到高速上有个大坑，却不采取任何措施的人一样，是有罪的。“各人自扫门前雪，不理他人瓦上霜”，是这个时代最大的心病，也是文化最大的弊病。功利化、欲望化，让人集体变得不像是人了，而是一种动物——或许还不如动物，因为动物比人单纯，比人有情有义，而人，在欲望面前真的丑态百出了。

所以，这本书中，几乎每一个人都在解读雪漠，都在分析雪漠，我当然很随喜，很感恩，但我更希望的，其实是他们来解读雪漠作品中的那种文化，而不仅仅是雪漠这个作家。雪漠其实很简单，日食三顿饭，年穿两套衣，除了吃饭睡觉锻炼身体，就是看书写作涂鸦，有时发发脾气，也不过是做做样子，为了训训牛鬼神，让混混也能变成大师，为世界多留几粒好种子。更重要的，是我书中的这种文化。我的演讲，我的著述，我的做事，不仅仅是我选择的一种生活方式，也是我选择的一种使命——我是真的想要留住一种非常优秀的文化。

任何一种优秀的人类文化，都需要发现它的人去挖掘、去研究、去弘扬的，如果没有这样的人，或者只有一个这样的人，那么这种文化的灭亡就是迟早的事情了。当然，没有人会等待这一天的，甚至没有人会意识到这一天，这种忽略，其实才是最可怕的。昙花不管多么美丽，都需要有人看到，要不，它在半夜里开了，又谢了，其实没有任何意义。虽然它自己不追求意义，它只想盛开，但人们需要它的美，因为它的美能陶冶人类的心，能给人类带来一点清凉、温暖的东西，但是睡着的人们，咋知道半夜里有一朵那么美的花在盛开，然后凋谢呢？文化虽然是千百年积累下来的，但是经过时代的变迁，经过诸多的冲击和挤压，它们的生命力已经越来越弱了。因为，新时代不接纳它们，不了解它们，新时代呼唤它们的改变，否则，迎接它们的就是淘汰，就是死亡。世界永远都是这样的，一切都在生生灭灭，但我总是希望，有些存在不要那么容易就消失了，至少留下一些我们能够保存的东西。所以，直到今天，我仍然在作品中宣扬凉州贤孝；直到今天，我仍然在混混堆里培养大师。我也真的希望，这种行为，将来会有人效仿，因为，我一个人的力量实在太微薄了。在整个时代的海洋中，在整个岁月的沧桑中，我一个人的力量，能起到多少作用呢？

所以，我非常随喜《解读雪漠》的出版，它不仅仅保存了很多朋友的心血，留下了他们生命的印记，也让世界多了一个了解这种文化的窗口。文化需要无数个展示的窗口，每一个展示的窗口，都是它与世界对话的机会，多一个与世界交流的机会，它就会多一种延长寿命的可能性。而这一点，才是真正让我欣慰的事情。

第二辑 以文学铸心，以文学铸魂

《大漠祭》的开放式结构

初读完《大漠祭》，会产生一个错觉：作品中有许多精彩的章节和不少鲜活的人物，但遗憾的是作品结构松散。

这似乎很矛盾。因为小说的意图很大程度上是塑造人物，人物既已鲜活，为何结构又感觉松散呢？

其原因是：阅读习惯引起了阅读错觉。

以前读《安娜·卡列尼娜》等书，总喜欢读书后的翻译家编的“内容提要”，因为只有结合着它读，我才能走入作品的迷宫。它帮我了解了作者的结构意图。我曾对托翁的小说结构进行过剖丝析缕般的研究。因为读他的作品，总吃惊于其作品的丰满和博大、生活容量的丰富和人物的鲜活。但那时，我总疑惑作者为啥不在作品中加些小标题，以帮助读者了解作品呢？现在，我才明白，他是怕使读者产生阅读误区。

因为一见小标题，读者总会寻找小标题后面的“故事”。

我的《大漠祭》在结构上借鉴或说师承了托尔斯泰和曹雪芹。我着意选择了以生活纪事为小说线索。它的构架不是故事，而是人物和生活，或者说是整体氛围。翻开每一章、每一节，你很难找到明显的故事。作品所描绘的是一幅幅生活画面。所以，想从每章每节中寻找故事的读者，无疑会失望。

但作品无疑有故事，而且有很多故事：老顺的故事、孟八爷的故事、灵官与莹儿的故事、灵官妈的故事、齐神婆的故事、大头的故事、憨头的故事、猛子的故事、瘸五爷的故事、兰兰的故事，甚至许多老百姓的故事。这无数个故事和生活化为经纬，编织了整部作品中一群老百姓的故事，或说描绘了广阔的社会生活画面。

当然，这一个个故事不是单个的孤立存在。我的小说，花费心血最多的恰恰是结构。因为一个个人物和一个个故事在我创作之初就已活在心中了。如何将他们浑然一体地融化在作品中，的确不是件易事。

我也曾试图用时下小说创作常见的手法，讲完一个个故事，或者说，用许多个短篇或中篇汇成长篇小说。但我深知，那样一来，就不是严格意义上的长篇小说了。严格意义上的长篇小说不是中短篇的荟萃和拼凑，而是一种中短篇小说无法替代的文学形式，像《红楼梦》，就不能把它分解为“贾宝玉的故事”“薛宝钗的故事”和其他许多人的故事；《安娜·卡列尼娜》也不能简单地分为“安娜的故事”“列文的故事”和一个个大小人物的故事。中国当代，虽有许多名之为长篇的小说，但那不是严格意义上的长篇小说。长篇小说这种体裁，应该是其他任何一种文学体裁都不能包容、兼并，或是取代的形式。相反，它倒有可能或说应该包容各种文体。

时下有些畅销小说，就不是我所心仪的，甚至有些获了茅盾文学奖的，读过一遍后，我没法再读第二遍。因为我对它的故事和脉络已了如指掌，并因其不耐读而失去了对它的敬畏。

好读但不耐读的小说也许算不上好小说。经典小说至少有一个特点：百读不厌。

这便是单纯以故事取胜的小说最致命的弱点。它们可以成为畅销书，但可能成不了经典。随着故事的完成，小说的使命也相应结束。

这也是我后来迷上托尔斯泰并花了很多气力进行研究的主要原因。我甚至可以不用任何参考书而写出一部研究托尔斯泰的专著。

托尔斯泰的小说发表之初，遭受非议最多的也恰好是结构。人们无法接受他后来称之为开放式的结构。

托尔斯泰把小说结构分为“封闭式”和“开放式”两种。福楼拜的《包法利夫人》代表了封闭式结构的经典模式。它有严格的故事框架，几乎对每个人的命运都做了详细的完整的交代。故事完了，那些人一生的使命也相应完成。这仅仅是小说的一种。

另一种，是被托翁称之为开放式的结构。我所认同并努力实践的也是这种结构。

这一类小说不以故事为主要框架。它的每个人物都不是孤立的个体，他只是社会经纬网上的一个坐标点。甚至连小说描写的生活，也只是社会大网中的一小块网，像蜘蛛网的一部分。小说中的每个人物的线索可以伸向社会和人生的各个角落，人物也只是网上的蜘蛛。这种小说结构的优势是能最大可能地反映生活，生活容量大。缺点是，不耐心的读者简直读不进去。

中国的《红楼梦》就具有开放式小说的一些特点，但有些作家甚至也读不进去。我有好几位作家朋友就说，他们至今无法读完《红楼梦》。当然，他们也不喜欢托尔斯泰。

我在一篇文章中说过："爱托尔斯泰也需要资格，当自身修炼达不到一个境界时，你绝不会了解他，自然也不会爱上他。他的作品是一座巍峨的城堡，真正攻入，需要实力。"我也是勤奋地读书到三十多岁才迷上托尔斯泰的。此前，我硬着头皮也读不进去，也曾经浅薄地否定过他，如同现在的一些浅薄的人否定鲁迅一样。

读托尔斯泰需要资格，读曹雪芹和鲁迅同样需要资格。

探测一小碟水，火柴棍即可；探测一茶杯水，筷子即可；探测小湖，竹篙可矣；而探测大海，则非得靠全副武装的潜水专家了。

火柴棍够不着大海，并不是大海的过错；有人读不懂鲁迅，又焉能视鲁迅为庸常。

但有个奇怪的现象：不算那些大家级的作家，如林语堂、张爱玲等人，当代作家中，迷了《红楼梦》的作家几乎都很优秀，如北京的李国文、王蒙等。也许，这不是偶然的。一个作家的习好和禀赋会很大程度地影响他的成就。毕竟，小说是写人的，没有对人超乎常人的近乎病态或特异的体验和感悟，很难有太大的成就。

还有个现象是，我的妻子在上初中时就迷了《红楼梦》，并一直津津有味地读了半生，她说读别的书，没意思。像这样文化程度不高而迷《红楼梦》的也有不少。

这就说明了，读者的性格和习好能在很大程度上影响阅读。有时，它甚至与文化程度并无太大关系，所以，不能生硬地将阅读习好和文化水平挂钩。这是我想强调的。

中国的《红楼梦》和托翁的《安娜·卡列尼娜》一样，采用了开放式结构。它的线索就是贾府的生活，有人甚至说是四大家族的生活。换言之，线索就是家庭纪事，我的《大漠祭》亦然，采用的便是家庭纪事的开放式结构。若是执意要从中找一条主线的话，就是老顺一家的生活。正是以老顺一家人的生活和活动为线索，我才把西部某个时期的某群人的生存状态鲜活地描绘出来，告诉读者和历史：在中国西部，有一群农民，就这样活着。

所以，翻开小说，你很难从哪一章、哪一节中找出个完整的过瘾的故事。但你一旦读完作品，就会发现这部书确实讲了许多故事，并因了这些故事，许多人物也活了。而且，小说给人的感觉和氛围是完整的，并不因开放式结构而给人以支离破碎感。

读开放式结构的作品容易走眼。就像面对一棵大树，容易产生错觉：这片无关紧要的叶子可揪，那个显然多余的小枝可折。你只要有兴趣，可以一直揪下去，或折下去。但到后来，你就会吃惊地发现：那棵树已不能叫树了。因为每一个看似不重要的小枝或小叶均是构成大树的材料，都是它生命的组成部分。高明的剪枝专家，只是剪去损害美观的个别被称为“贼条”的，让大树在整体上显得更美观更匀称。不能为了减少字数做损害整体的删削，因为这相当于把大树变成小树。自然，更不能因为你喜好梅树，就硬生生地在白杨树上扭曲出病梅般的曲干。

我以往的一些中短篇，常因为编辑没耐心读完而被退稿。《大漠祭》第一次投稿时，我吸取了教训，在章节前加了小标题，以帮助编辑在整体上了解作品内容。但后来，我发现，小标题也损害了小说的浑然一体感。因为，小标题会错误地诱导读者，给他们造成错觉：某章某节中，会有个什么故事，结果却发现，几乎每个章节都没有完整的故事。于是，正式发表时，我便删了那些小标题。但若是有人终于能读完作品，就会发现，小说又确实讲了许多故事，也同时写活了许多人。

其实，开放式结构中几乎没有可有可无的章节。几乎每个人的故事和命运在书中都或明或暗地贯穿始终。

如憨头的病在第一章就出现了，他的病或明写或暗写直到他死去。又如猛子和双福女人的奸情，灵官与莹儿（他们毕竟有了儿子，这肚里的儿子成了憨头挺棺材的资格），老顺的兔鹰（从抓到放，其间，或粘毛，或病，或放回山中，或于次年再次下网）亦贯穿始终。孟八爷的打狐子，遭到了大自然的报复，结果老鼠横行；千年白狐子的传说从第二章开始，时有耳闻，直到引弟之死；兰兰的爱情悲剧在第一章老顺老两口的谈话中就出现，后时有顾及，终而成形；瘸五爷只是在作品中偶尔出现，与五子的病相呼应，终于完成其形象塑造。此外，许多人物都是在生活进展的点点滴滴中完成其性格塑造的，如大头、北柱、毛旦、花球、白狗、双福及其女人、兰兰及其婆婆。

为了把早烂熟于心的人物和丰富的生活融入作品，我费了一定的心血和气力。基本上做到了浑然一体。当你读完作品，你马上就会感受到扑面而来的生活和人物。一个个人物、一个个故事，浑然一体地交织成广阔的生活画面，从而反映出了一个时代的某一群人是如何活着的。

《大漠祭》：沧桑与迷惘

小时候，总爱订计划，长至年，短至月，把人生切碎了，放上一些人为的使命，仿佛不如此，便是浪费生命了。结果总是失落，那计划，不过是暂时安慰了自己，终究还得靠一些新理由开脱自己。于是，青年时的我，是在设计中度过的。

进了中年，反倒模糊了时间。记得时间于我，大抵是指甲的长短。每到修指甲时，才诧异时间又过去一段了，那年呀，月呀，日呀的，反倒模糊了。偶尔填表，反倒问："几几年？"自然得觉不出"自然"了。

《大漠祭》就是这样写成的。那时是不管年月的。每日，从窄窄的小床上爬起，就写了，本不敢有太大的奢望，仅仅是想写而已。终于有一天出版了，都说好。可一算，十二年过去了。想来是好长的一段日子，但感觉中只是晃了一下。仅仅是晃了一下，就把我从二十五岁，晃到了三十七岁。

生命竟是如此的短，仿佛那过程都忽略了，俯下身写下第一行，到写完后吁口气，只是瞬间。俯下一张年轻的脸，抬起却须髯飘飘了。人生无常，以至于斯。中间的苦略了，乐略了，艰辛略了，剩下的，只是沧桑。那沧桑，让人宁静，又叫人心酸。欣也？悲也？总是难说。只觉得时间的脚步匆匆。那匆匆，甚至到了来不及品味、只有伤感的地步。

面对我眼前的西部，心中却总是迷惘。

老有读者问：《大漠祭》中出走的灵官，何时回来？出版社也约我写灵官归来后的西部，《文汇报》也这样报道了。但我心中，总是迷惘。有时想，真不敢叫他回来，回来做甚？一个回来的灵官，又能做甚？但心底还是希望他回来，因为书中说了："他的出去，就是为了他的回来。"但回来的灵官，又能做甚？

倒是灵官出去后的日子好写。出去的出去了，带来了希望。这段孕育了希望的日子里该有多少故事发生？灵魂的期盼，阵痛的涌动，观念的胶着，生存的艰辛……又是别一幅西部的景象。在我的印象中，这便是新世纪中的西部了。

世纪换了，心灵总该有一些新东西的。我老说，这大开发，最该开发的，应是西部人的心灵。这土地，包容了太多的文化，异常丰富，却又沉重不堪。那心灵，想来也如此了。

黄土掩埋了无数个不甘贫困却又无可奈何的灵魂。灵官的出去，无疑迈出了很艰辛的一步，那么他的回来，能否背负千百年来西部人的希望？想想，心头浓了的，仍是迷惘。

时代的机遇在叩响西部人的命运之门了，但传统的文化怪圈仍在笑着，用那把庸碌的刀子，一下下阉割灵魂。

一个健康的孩子，在狼窝里生活几年，复回人间，终生便难脱狼性了。要是你我，在庸碌里生活十年，二十年，甚至一生呢？想来，总是可怕。

倒不怕出去的灵官不愿回来，也不怕回来的灵官仍会出去，怕只怕回来的灵官，想振聋发聩，却终于打起哈欠，从此迷失了自己。

上海的一位编辑是极力赞同灵官出去的，他们说："不出去，还不把他憋死？"那么，灵官回来后，那"憋"他的东西会不会消失？

你不妨联想一个话题：孔雀为什么东南飞？当西部人感叹人才外流时，是否还该进一步想："不出去，又怎样？"有一个公开的尴尬是：许多人踩了千里马，却翘首远望，呼唤良马。韩愈于是感叹，千里马常有，而伯乐不常有。只是这千古之叹，却只对了一半。那另一半是，那伯乐，明知你是千里马，偏当个毛驴使唤，你能奈老子何？

回来的灵官成啥样子？仍驯兔鹰？仍偷嫂子？"憋"心消失，复归麻木？但我们期望的是：他终究还是觉醒的好，便免不了要"憋"了。"憋"极了，结果就有两个：一是再次出走，杳如黄鹤，直至老死，永不再来，乡人再感叹“孔雀东南飞了”；一是改变“憋”的环境，这一来，就有了鲁迅抛下手术刀，拿起警世笔的味儿了。但接下去就别问了：“那又将如何？”鲁迅死后半个多世纪了，灵官仍不是要出走？

但终究，灵官还是回来的好，毕竟有一个历史机遇了。在完成了心灵的重塑之后，最终开发自己的，仍是自己。不是吗？

《猎原》的笔外之笔

《猎原》写了大漠腹地一个叫猪肚井的所在，其中有牧人，有猎人，有牲畜，有狼。这所在，是社会大网上一个最敏感的点，偶有响动，便波及四方。书中写了猎人与狼的较量，牧人间为争水源争草场而发生的一系列叫人哭笑不得的纠纷。那每一场纠纷，皆源于心灵之纠葛。人的贪欲，导致了心灵的恶化，而心灵的恶化又助长了人的贪欲。这一恶性循环，是猪肚井最终毁灭之因，又何尝不是人类所有罪恶之由来。

这部小说和《大漠祭》不一样，《大漠祭》以逼真鲜活的笔法写了西部农民的生存状态；《猎原》则超越了西部，上升到人类共同面对的问题。

《猎原》是反《大漠祭》的，创作时，我努力想回避《大漠祭》的影子。比如结构上，我有意采用了短篇小说才用的横断面写法，且拒绝叙述，纯以画笔描绘，每一小节，是一个生活画面；每一章是一幅大社会画面；整部作品，则是一幅历史画卷。我有意拒绝了传统的故事构架、人物构架、史诗构架等，而选取绘画构架。

阎晶明先生很有眼力，他在《文艺报》撰文称：“《猎原》展示的是一个群体人的生活场景，注重的是场景之下的冲突与交融。或者说，这不是一个可以改编成连环画的故事，更像是一面墙壁上展开的油画，有场景、有人物、有表情，也有故事的痕迹，但效果却不在故事的起伏线索中，而在整体的、强烈的视觉冲击中实现。”

构思和写作《猎原》时，在每章每节中，我均以横断面的方式描绘生活和透析生活。所以，按时尚小说的阅读习惯，它不好读，但它却很耐读，责任编辑王洪先先生说他读了六遍，越读越好，毫不嫌腻。这类读者，尚有不少。

《猎原》的构思，与《大漠祭》同步，亦有十多年。对布局，我费心很多。那一幅幅或大或小的生活画面，错落交织，看似无序，其实皆是我精心设计，无一游离于主体之外。这许多个日常生活画面，最终构成了一幅巨大的社会历史画面。

如开篇写狼，既为整部作品定基调，又描绘了人与自然曾有或应有的那种和谐。书中的狼被人们称为“黑胡子舅舅”，是土地爷的狗，是父亲似的“骨头主儿”。而小说后面写到的人类的贪欲，破坏了小说开始时的和谐，并招致了大自然疯狂的报复。

狼的形象贯穿始终，或明或暗，开头起于狼，结尾仍是狼。由人和自然和谐而始，到人与自然和解为终，小说完成了一个应该在人类社会中出现的轮回和循环。若无开头那看似游离于主题之外的“狼来了”的画面，小说中狼的形象无疑会残缺不全的。

“老山狗”亦然，它雄性十足，我眼中，它几乎等同于某种已断裂和丧失的西部精神。“孟八爷盼了几十年，想从癞皮狗堆里巴望出个老山狗来”，却终而失望。“老山狗”贯穿始终，明暗相间，小说开头写狗，结尾复归于狗，草蛇灰线，不曾断绝，跟狼一样，成为小说的暗线索之一。

《猎原》同《大漠祭》一样，也想写出一种存在，但多了反思、追问和审视。写《大漠祭》时，我扑入生活，水乳交融；写《猎原》时，我则尽量跳出生活，俯视鸟瞰。如同不能把《堂吉诃德》说成是骑士小说一样，也不能把《猎原》说成是环保小说。环保仅仅是明线索和故事层面，其深层，还是写存在，还是在挖掘农民的精神品性，还是在写人性、写灵魂，写马上会被时代狂潮卷得不知去向的生活。

如老顺打老鼠一章，有环保外形，但他开头猛打，继而懊悔惶恐，终而封鼠为“神”，就多了环保之外的许多深层内涵。西部的许多神，如树神狐仙，就是这样被创造出来的。再如斗“疤鸡”、抢草场等场面，表面与环保有关，深层则是借此来透析人性和灵魂。整部作品，我尽量追求笔外之笔，画外之画，仅仅用眼睛去读，而不借助于心灵，是很难深入的。

创作《猎原》时，我着意采用一种网状结构，猪肚井仅仅是其中一点，牵一发而动全身，由此波及开去，终连至社会大网，甚至是历史大网。

小说有多条线索：孟八爷们的环保是明线索，狼、狗、猪肚井等是暗线索，作品自始至终，不曾稍离。此外，整体的大线索，就是对农民——何尝又不是人类——精神品性的挖掘。整部小说，是展示人性的舞台，是透析灵魂的猎原，更是人类生存资料的档案库。崔道怡先生称其精确性，达到了文化志、风俗志的地步；其寓言性，则又超越了时空。他说："作者的主体性体现在以大悲悯之心之气贯穿于小说的每一个章节，尽量使那看似零乱的生活画面终而成为浑然天成的大构。"

《猎原》的几个层面

构思《猎原》时，我想尽量达到几个层面，以使不同层次的读者得到不同的收获。

第一层，是最浅的故事层面。时下，读者触及的，多为这一层。

也许是因为有了忏悔的猎人孟八爷这一典型，一些读者便将《猎原》看成了环保小说，却不知书中的孟八爷，既寄托了作者的思想，又充当了一个线索。书中一切，曲径通幽，皆沿孟八爷的脚步展开。孟八爷既是忏悔者和实践者，又是见证者。他目睹了几十年的风云变幻而大彻大悟，幡然觉醒，毅然和过去告别，走入了灵魂建设者的行列。

第二层，我想写出牧人——何尝不是农民——的苦难史。

因生存环境的日益恶化，也因为乱收费等问题的愈演愈烈，农民仅靠像祖宗那样刨土，已不能维持哪怕是简单的生机。除了进一步掠夺土地外，他们的出路只有两条：一是走出去打工，《大漠祭》中的灵官当属这类；另一条路就是开辟新的生存空间，《猎原》中的牧人即属这类。当土地无法养命时，他们转而到大漠寻梦。他们没有别的奢望，只求能养活三寸喉咙，养个儿，引个孙，别当“破头野鬼”就成。可怕的是，土地的梦想破碎之后，大漠的梦又化为虚无。因为环境的日渐恶化，水源也日渐稀罕。

为了生存，他们抢水，抢草场，视同类如仇敌，不惜以命相搏。为了充填没有希望的无聊生活，他们总想闹些纠纷。人中若不如愿，便在羊中搞些角斗。窝里斗已成为他们的天性，仿佛不如此，便不足以体现其生存价值。其中固然有性格因素，但希望破灭后的空虚无聊和现实挤压下的无奈占了很大成分。

在绝望之中，他们唯一的目的便是“混”，“今日有酒今日醉，不管明日喝凉水”，“活上一天是两半日子”。这几乎同于等死了。这是多么可怕的绝望。

除了“混”，他们更热衷的，便是自相搏杀。为抢水，他们纠斗不休；为抢荒草湖，他们群殴械斗。当炭毛子最终靠阴毒占了上风时，便凶相毕露，不但要抢驼抢羊，还打算填井，目的是叫谁也别想再活。在填井护井的纠斗中，炭毛子不慎叫人蹬入井中，一命呜呼。牧人仍害怕他的鬼魂会欺负同死的炒面拐棍。这是多么可怕的灵魂扭曲。

偷猎者鹞子也是绝望者之一。乡上借修路乱收费，他不服上访，却遭报复，被拆了房子。为了生存，也为了报复，他才偷猎。他被警察抓走的那段话是振聋发聩的："……那大道理，我已不信了。我看得太多了，啥都不信了，多可怕。你想，心里连一点希望也没了，多可怕。我多想有希望呀。可没希望，索性就毁了它。打个野兽算啥？本来，我还有大想法呢，可惜……"

一个农民，一个品行不坏而且讲义气的农民，就这样被逼上梁山堕落为贼。他的绝望是叫人战栗的。

张五是另一个绝望者。他猎狐无数，声名远播，既是好猎手，也是当地最有本事者。他本该是一富户，谁料却家贫如洗。害了个不要命的病，可就是没钱治愈。临死时，他连打止痛针的钱都没有。他的所有价值仅仅是养活了几个并不优秀的人，遗传了一些同样并不优秀的基因。为了这，他不惜牺牲数以千计的动物。他死后，老伴坚决地埋了那杆曾扬名四方的枪，她显然知道，这枪，并不能改变他们贫穷的命运。

《猎原》中的每一个人，都是寻梦者，又都是梦想破灭者。没有梦想的苦难，是最大的苦难。那是没有光亮的茫茫长夜，是梦魇一样无法摆脱的钝痛，是目瞪口呆的绝望，是欲哭无泪的幻灭，是噎在心中永远也发不出的长叹。写它时，我老在梦中痛哭。

牧人们没有了生路，走出沙漠已成为必然。他们是因无法生存才走向沙漠的；走出沙漠之后，又将走向哪里？小说结尾看似有希望的那条路，似乎又不是路，路在何方？

没有路的苦难历程，是最大的苦难。

第三层，人与自然的层面。

《猎原》用了很多篇幅写狼。书中用了裕固族的叫法，将狼称为“黑胡子舅舅”。按当地的习俗，舅舅是骨头主儿，其地位等同于父亲，称狼为“舅舅”，很有意思。

此外，狼的另一称谓是“土地爷的狗”。土地爷在《西游记》中，虽辄被猴子欺辱，在西部却受到普遍敬仰。寻常农户，每年至少要祭土地神一次，并称其为“土主”，家人自然是臣仆了。在一般人眼里可憎的狼，在凉州却备受青睐。祁连山区，称之为“山神爷的狗”，言谈间亦多有敬意。

每遇瘟疫等灾，西部最有效的法儿便是给土地神上表文，请他派狗来撵瘟神。狼们也真听话，一长排儿排了，朝天长嚎，那瘟神就叫撵没影了。

后来，鹞子打狼，遂招致狼疯狂的报复。对狼的报复，我用了较多的笔墨。孟八爷下了夹脑，狼扒出夹脑耳子，旁边屙堆狼粪；牧人投下毒药，狼将药衔到一处，盖以粪尿。那巨大的身影无处不在，那幽咽的长嚎无时不有，惊人心魄。西部人称狼有状元之才，我们确实从狼的行为中看到了大自然神秘的魅力。

书中有个引人深思的情节：沟北沟南两派牧人争草场，抢水源，不亦乐乎。却不料，狼将胜者的牧畜咬了个七零八落。大自然可不管谁是人间的胜者，谁掠夺欺辱了它，它便复仇谁。这类充满象征意味的情节，在书中比比皆是。

当“狼反了”的讯息惊碎了牧人的梦时，我们很是怀念书的开头人与狼和睦相处的场景。那种惊恐和末日般的情绪与其说来自于狼，不如说来自那颗贪婪的心。人是自然的产物，又是自然的最大破坏者。黑羔子的牢骚充满了诅咒意味，他虽是对自身命运的诅咒，又何尝不是对人类的诅咒。他说：“我知道，我是个断子绝孙的命。”同样，当人对自然的破坏到了极致时，又何尝不会断子绝孙呢？

崔道怡先生在《文学报》撰文说：“只要人类尚未进入大同世界，（《猎原》）其形象所昭示的意义便会长存。我甚至发奇想：为免西夏文书命运，应该借助先进科技，把这部书发射到另外一个星球去。亿万光年之后，那个星球上的生命研究宇宙，《猎原》就会成为一份参照：‘噢，地球是这样毁灭的。’”

第四层：人性和灵魂的层面。

透过《猎原》的故事表层，我想尽量写出一个个鲜活的灵魂，尽量使他们血肉丰满，呼之欲出。孟八爷、黑羔子、豁子女人、老顺、张五、鹞子……甚至一些次要人物，如炭毛子、炒面拐棍、红脸，都想尽量使之成为文学中的“这一个”。许多读者认可了这一点，他们说书中几十个人物，无一重复模糊。

豁子女人初是受害者，被人贩子卖到这里，贪恋所谓清静，随遇而安。有读者说，她每一出场，便挟带无穷风情，举手投足间，总有种叫人心旌摇荡的魅力。

写豁子女人时，我有意模糊了她的身份，不明写她来自何处，只写她历尽沧桑，看惯了“毒蜘蛛一样你咬我啃”的日子。到猪肚井后，她开始也不安分，老逃跑，想叫鹞子带她出去。但很快，她便被这大漠腹地独有的宁静所打动，为了享受这份清静，她甘愿做豁子女人。不过，她的身上迸发的那份魅力，又是“豁子女人”这一个身份所不能涵盖的。她不为利，不为名，也不为爱情，只为那份无嗔无怒无怨无争的自然清静。她随遇而安，但又不是糊涂的浑浑噩噩。她是看厌了外面世界的纷争，才随遇而安的。当乡长问她名姓时，她说：“一个名字，认啥真？天名字，地名字，百年后还是没名字。除了福大的外，一茬一茬的人，名字比身子烂得快。”这份洒脱和超然，是时下的都市男女所罕见的。她喜欢猛子，也喜欢偷猎者鹞子。当孟八爷的生命受到威胁时，她又毅然做出了抉择，但她又非一般意义上的“大义灭亲”。当警察带走鹞子时，她也痛哭，那是在为一个男人的苦难命运哭泣，其中不乏女性的缠绵，但又非世俗的爱。当牧人们争夺草场，争水源时，她说：“这井，明明是豁子打的，咋成沟北的了？照他的理，一线儿划下去，美国、欧洲、半个地球都成沟北的了？问他，有那个贪心，可有那个脏腑不？别贪得太多，却胀破肚皮。”其心其胸，不逊须眉。

生活中的豁子虽然卑琐，虽然不是她心爱的男人，虽然他也曾桎梏过她的行动，但是巨大的灾难降临到豁子身上时，女人身上就迸出了耀目的光芒。豁子叫她别管他，并将积蓄给她，以免人财两空，女人却义无反顾地全力抢救，不惜低声下气地向她不喜欢的炭毛子们求救：“放心，这是借的，老娘松裤带卖肉，也不会把债拖到下世还。”那份决然，令人肃然起敬。

对女人来说，猪肚井显然是展示她人生的场景之一。写她时，我融入了对凉州女人的许多思考。不管她从何处来，到何处去，她那灵魂的巨大力量却使我们相信：无论到哪儿，她都是响当当的“这一个”。

老顺是我着意塑造的另一个人物。贫穷是他的影子。自他降生，直至衰老，他一直为生存挣扎，“老牛不死，稀屎不断”，“没个卸磨的时候了”。《大漠祭》中的老顺形象，在《猎原》中得到了升华，成为一个复杂的、最有个性的人物。他没有力量改变贫穷，却是心灵的富翁。他可以哀叹，可以哭泣，但从不绝望：“老天能给，老子就能受”，老天能给是老天的能耐，老子能受是老子的尊严。他的那种无怨无争、坦然承受苦难，是他最高贵的行为之一。相较于这种高贵，施予他灾难的老天反倒显得十分无聊。

但老顺不是传统意义上的英雄。《猎原》中，命运让老顺发了一次。他逮的兔鹰竟然能卖钱，而且数目不小。而后，一个问题又摆在他面前，那些“疤鸡”（对巴基斯坦人的戏称）们买了鹰，是去贩海洛因。这样，老顺便陷入了矛盾之中：卖了鹰，就能给儿子娶媳妇，养儿引孙，繁衍后代，但同时，他心爱的鹰就毁了，成为凶手；不卖，他将一如既往地贫穷，一如既往地发愁，一如既往地长吁短叹。灵魂折腾了一夜后，最后还是祖宗教诫占了上风。那教诫，其实只有一句话：“昧心黑钱，使不得。”

在老顺身上，智慧和愚昧，大气和小气，质朴和狡诈，宗教情结和世俗生活，高贵和卑微，都和谐地结合在一起。为了表现他性格中的两个极端，我着意设计了“卖鹰”“灭鼠”两个情节。

此外，为了尽可能地展示人性，我花费了大量笔墨写了两个大场面：一是大沙河里斗“疤鸡”，二是猪肚井周围抢草场。两个场面，分别有几十人，或数百人。每个人物的灵魂展示无遗，且极具象征意义。

诸多人物的性格就是借抢草场而凸现的：孟八爷的豪爽大气，红脸的强悍好斗，炭毛子的贪婪阴险，还有炒面拐棍、犏牛、小豁子等诸多人物，皆借此场面展示出了各自的灵魂和人性。人性的高贵与卑劣，灵魂的伟大与渺小，生命的庄严与琐屑，在抢草场时一览无遗。其界限，并非高不可逾的山脉，而仅仅在于心灵一线。

根据佛教理论，人类悲剧的根源是贪、嗔、痴，因贪婪而愚痴，因愚痴而嗔恨，因嗔恨而残杀争斗，从而产生了罪恶。人类是罪恶的制造者，又成为罪恶的承受者。几乎人类每一次巨大的灾难，都与人类自身的贪婪有关。贪欲掩蔽良知，扭曲人性，蒙昧灵魂，增添罪恶。我写的，虽然是猪肚井牧人的故事，直指的，却是人类共同的命运。

为了更好地表达我的创作意图，并塑造出鲜活饱满的人物，我尽可能地摒弃主观叙述，而纯用客观画面。整部《猎原》，皆是画面构成。它和单纯编造故事者有本质的区别。生活画面的描绘对作者要求较高，它要求作者必须能真实地感受生活，而非仅仅靠想象力进行编造。我常说，托尔斯泰之所以伟大，并不是他写了多少个故事，而在于他的作品真实地展示了那个时代广阔的社会画面。编故事是必要的，因为我们的读者需要读故事的愉悦。但一个真正的作家，不能仅仅局限于故事层面，他必须能更进一步地展示生活，展示人性，剖析灵魂。文学的真正意义就在于忠实地记录一代人的生活。

为实现我的创作意图，我对生活素材的取舍跟一般作家不一样。有许多章节对故事小说来说是无用的，但对生活、对人物、对整部作品，却又缺少不得。如豁子进入火化炉的一节、老山狗“死”的一节、葬埋豁子的一节。按一般作家，仅仅是一句话就可以交代的，我却不惜浓墨重彩，而情节已退至次要地位。我想展现的，是人物的命运，是世间的沧桑，是灵魂的感悟。崔道怡先生几句话就概括了它："鲜活的形象之中蕴涵着悠远的思索。由生态而环保而争斗，由历史而当代而未来，以至'忧天'，臆想到人类的消亡、地球的毁灭。感受大无常，生发大悲悯。"（《地球是这样毁灭的》）

评论家白烨在《文汇读书周报》上撰文说："（《猎原》）在为西部造影中反思西部，在为人生摹相中审视人生……在冷静平和的绘描中让读者热血沸腾，在不动声色的叙事中让读者震撼不已，这是雪漠在《猎原》中成功运用的艺术手法，也是《猎原》在众多的长篇小说中的与众不同之处。为此，我欣赏《猎原》，敬重作者雪漠，感谢这个在西部一隅却在深入研思现实人生的作家，这样的作家当然卓有才气，更重要的是葆有良知，而这更为重要也更为难能。"

第五个层面，也是最容易被忽视或发掘不到的层面，是它的形而上层面。

《猎原》构思之初，我就想用最实在的笔法写一个大寓言，使其意义尽量超越地域，上升到人类的层面。猪肚井与其说是西部的一个所在，不如说已成为人类命运的象征，启发人思考：人类应走向何处？人类应如何活着？

对猪肚井，牧人猎人视为生命的依靠，其感情已超过生存的层次，上升到近乎宗教的情结。孟八爷初入大漠时，井尚水汪。

夜间，豁子还能在槽中盛些水，夜里的黄羊和狼们还能解急。不久，水头下降，牧人开始轮流排队。再往后，水已无法满足饮用，抢夺间有发生。书中群羊渴急奔井的场面，令人扼腕。前面明明是死亡，但渴疯的羊还要往前猛挤。结果，许多羊坠井而死。这时的水，已不仅仅是水，而成为生命的保障。那井，也不是传统意义上的井，而成为一种近乎宗教的东西。

但井的最终死亡，并不是自然的原因，而源于人的争斗。炭毛子们争草场失败，损失惨重之后，并不甘心，他们夜袭成功，抢夺了大量的牧畜后，开始填井。这时，炒面拐棍舍命保护的，已不仅仅是井，而成为一种信念，一种寄托，一种希望，一种生命的意义。他与其说在殉井，不如说是对生命的绝望，对人生的绝望。心灵依靠的那个支柱倒下了，此后的苟活，仅仅是动物性的生命延续。所以，牧人们没有泪，只有一种浓浓的情绪。炒面拐棍的心灵绝望，他们也定然感觉到了。

后来，牧人们或死，或走，井的归属似乎不再有纠葛。按惯常思维，牧人们应该掏井、打井，把自己的梦再延续几日。谁知，牧人们在一种癫狂状态中，开始填井。牧人掩埋的，已不仅仅是某个赖以生存的东西。举锨的那一刻，他们内心的失落绝不逊于虔诚的基督教徒听说“上帝死了”。那是一种由绝望而引起的失态的亢奋，一种漫无目的的诅咒，一种充盈于胸的愤懑。此刻，他们是不去想填了会如何的，填就是目的，填就是结束，填就是一切。中国历史上充满了这样的“填”，一茬茬的人“填”了，一茬茬的人又去“挖”，人类就是在这轮回中繁衍的。

相对于盲目的填井，孟八爷的“谢猎神”更有理性。前者是情绪的宣泄，后者是灵魂的升华。前者是无奈的结果，后者是生命的超越。前者寓示一个旧世界的死去，后者象征一种新纪元的开始。前者更多的是一种破坏的快感，后者则充溢着灵魂的阵痛。后者的色彩重浊，情绪激昂，灵魂在剥离。忏悔、自责、觉悟、超然交织在一起，激荡出一股壮美的旋律。此刻的孟八爷，便是黄昏中的猎神，他似乎已非实在的肉身凡胎，而且衍化为一种图腾，一种精神。人类在千万年的繁衍中，凭的就是这种精神。

拉姆的死亦然。为了保护鹿，她被偷猎者杀死。她聪明、善良、智慧，她能坦然地面对死亡，看淡死亡。在她死前，谈到死时，曾说：“我死了，就去天葬。”她想用自己的身体去喂那大鹰，使它不再去伤害比它更小的生命。其精神，等于佛经中舍身饲虎和割肉喂鹰。那份博大，非寻常屑小之辈所能理解。

在拉姆眼中，人与动物是平等的。人并不因为自己的强大而高于别的生灵，也不能倚仗那强大而去伤害别的生命。对任何动物来说，命只有一次，一旦失去，永不再来。所以，善待每一个弱小的生命是人类应该遵循的准则。

拉姆的意义是超越时空的，正如书中所说：“那饲虎的身和喂鹰的肉早不见了。那故事却在。那精神，也随这故事传了下来，传给一个个活着的人。”精神是永恒的，精神是超越历史，超越国度的。人类需要这样一种精神。

写《猎原》时，我还尽可能地融入了我对生命、死亡、人生的意义等诸多问题的思考。何为生命？生命是流动的死亡。生命由无数死亡和新生组成，不明白死亡者，便不会明白生。《猎原》中的许多悲剧便是愚者执著于生的幻象，而产生无穷贪欲所致。炭毛子若明白片刻之后他就会死去，他也许会宽容善良一些，也许会放弃一些执著，也许会因此有了另一个人生轨迹。可惜，愚痴和贪婪蒙了他的双眼，他并不明白，生是暂时的虚幻，而死是永恒的归宿。不能一任自己黄金买不来的生命，去换取罪恶。

人世间所有的罪恶，都是不明白的死亡所致。

专制独裁者，算天算地，将所有政敌都置于死地，将所有臣民都玩于股掌。其算也，不谓不精，可惜却算不出自己的死亡。正如《猎原》所说：“在心灵的猎原上，你我都是猎物”，“一个黑的幕布，便了结了强者和弱者的所有账目”。

当死亡来临时，所有的罪恶所得都会离你远去，如影随形般跟定的，是罪恶。千古罪人，都曾风云一时。而今，财富已散，权势已消，那罪恶之名，却千古不灭。

以上是我在创作《猎原》时的点滴想法，一直没有公开发表，后来，有人采访我的创作意图时，我就将此文发给他们。时下，网上流行的许多文字，便是对此意图的大量引用。

谈谈“大漠三部曲”

有人问我，“大漠三部曲”中，我最满意哪一部作品。我告诉他，我最心爱，也最看重的，是《白虎关》。

《大漠祭》为我赢得了声誉，也是我的成名作，但是它被删去了一些内容，这一点令我非常遗憾。相对来说，《猎原》的遗憾更少一些。

《猎原》也很好，它渗透了我的好多心血。完成这部作品，我用了三年，其间我多次前往草原和大漠，采访了上百位猎人和牧民。其中充满了我所追求的精神。书稿完成之后，北京十月文艺出版社的王洪先先生读后，很是惊喜。他说，多年来，他一直渴盼西部能诞生一部真正写出西部精神的作品，没想到，直到快退休了，才终于如愿。当时，出版社请了最好的设计单位进行装帧设计，选用最好的印书纸张，前后校对五次以上，首印三万册，这在纯文学读物中，是不多见的。

《猎原》出版时，是“2003年北京市图书重点项目”，发行不久，就位居重庆市畅销书排行榜第一名，西安等地畅销书排行榜前五名，还多次登上《当代》杂志“专家推荐排行榜”，也获了奖。著名评论家雷达先生如是评价道：“《猎原》是雪漠继《大漠祭》之后的又一力作，浑厚、大气、严酷、细腻，以生活的深刻性见长。”又说，“环保只是其外壳，实际上还是写西部农民的艰难存在。”《文汇读书周报》《文学报》《文艺报》等多家报纸都发表了评论。直到今天，我的读者群体中，仍然有很多人非常喜欢《猎原》。

在我看来，《猎原》的感人程度虽然不如《大漠祭》，却更能引人深思。只要读者用心去读，就会从中得到很多东西，可惜有的人读不懂。人们读不懂，我也没有办法，总不能叫我削足适履吧？不过，读不懂的人，可以一遍一遍去读。王洪先先生说，他读了六遍，越读越好。一些“雪粉”读了十多遍之后，仍然在反复地读，而且一直在写读书随笔。这样的读书，质量远胜于为读而读。因为，在此过程中，他们总会得到一种感悟，产生一种反思，得到一点智慧熏染，等等。所以他们总说，每次读《猎原》，都能发现新的东西。在这一点上，《猎原》不同于那些只需要泛读的小说。

《白虎关》同样很好。第一，它是我文学成熟期的作品，是我在文学技巧、文学追求、文学理念、文学修养都比较成熟，人生历练也达到了一定境界时完成的作品；第二，它通过写三位西部女性的命运，交织着表达了这个时代中诸多独特的东西，例如农业文明向城市文明转化时面临的很多问题。它写的不是一个故事，不是一群人物，而是一个世界。而且，它不是对世界表面化的描摹，而是对人物灵魂的深入刻画。它已经不再局限于文学的层面，而上升到了灵魂的高度。

雷达老师认为，《白虎关》比《大漠祭》高出了许多，是能让浮躁心灵沉静下来的一部作品。他在《2008年我最看好的几部书》中重点谈到了《白虎关》，这篇文章被好多网站转载。然而，这部书直到今天仍然没有受到《大漠祭》《猎原》那样的重视。

其原因可能在于：第一，《大漠祭》出来的时候，正值西部大开发，很多的目光都集中在西部。这时候，西部出现一部好作品，肯定会得到许多人的关注与认可。

第二，《大漠祭》出现之前，中国文坛没有这样的作品。雷达老师也说过，雪漠的出现是中国文坛的一个特例。因为，在那个时代的那样一种格局下，不可能出现那样的东西，但偏偏出现了。所以它就赢得了一片喝彩，也引起了轰动。《猎原》也是这样。但《白虎关》不是这样。《白虎关》出现的时候，这个时代已经非常丰富了，当信息像飓风和海啸那样席卷而来的时候，好多东西就会轻易被淹没。

第三，西部文化没有话语权。因为，西部的经济没有东部发达，西部没有像东部那样炒作、推广一部作品的实力，所以甘肃文学一直默默无闻。在这个时代当中，经济与文化虽然没有必然的关系，但是没有财富的大力相助，文化就有可能会被埋没，就像没有火车，多好的货也未必能运出去一样。所以，媒体或者高校应该尽量多地关注西部的优秀作品，多给西部作家提供一些展示自己的平台，以及与外界交流的机会。

不过，创作《大漠祭》也罢，《猎原》也罢，《白虎关》也罢，只是因为我想做一些自己该做的事情，而且我已经做到了。至于它们的影响力有多大，能得到多大的认可，轰动还是不轰动，畅销还是不畅销，就随缘吧。我的创作，追求的从来不是这些东西。

以文学铸心，以文学铸魂

有人说，我的“大漠三部曲”渗透了数不尽的苍凉和无奈。这是对的，好多东西都是无奈的。因为，我们的命运和欲望之间有着非常大的差距。

有个学生告诉我，她母亲最美丽的青春时光，是在大山里度过的。她喜欢读书，但没有可读的书；她想要学习，但找不到好老师；她的心中有着非常美丽的幻想，渴望崇高，渴望爱情，但生活的寂寥和单调，把一切都打碎了。流言蜚语和罪恶的集体无意识行为充斥了她所处的环境，她能做到的，仅仅是在一种巨大的裹挟中，坚守自己内心的一种良知，不随波逐流，不同流合污。当时的她，无疑是无奈的。

《大漠祭》中孟八爷的生活原型之一是我的大伯，也算是当地公认的有本事的人，但是他仍然一贫如洗，得了癌症的时候，他连止痛药都吃不起。晚期癌症剧烈的疼痛折磨着他，他只有像牛一样吼叫，此外再没有一点办法。这又是多么无奈啊。

我在《白虎关》中描写过一个农民企业家。这个企业家发财之后，回到家乡，拿出自己的血汗钱来修建小学，又在银行里为贫困学生设立了奖学金，但他的乡亲反而掘了他家的祖坟，这不但无奈，已是可悲了。“大漠三部曲”中有许多可悲的故事。比如《白虎关》里有个美丽的女孩月儿，她走出农村，走进城市，但是被碰得头破血流，她的命运没有改变，反而走向了更为巨大的无奈，她被欲望和现实之间的巨大差距给吞噬了。

我在一所大学里演讲时，一个农村里出来的孩子对我说，我作品中更多的是透露出一种无奈。我告诉他，是的，今天你是走出来的一代，但你想想看，要是你没有走出来，待在家乡的话，那是多么无奈呀。你什么都不是，而仅仅是一个符号，仅仅是一个孩子。面对巨大的生存压力时，你是无可奈何的。即使你进了大学，等你毕业后，也可能还会发现自己是无可奈何的。这就是苍凉和无奈。在个人追求与巨大的社会压力之间，你是无法调和的，结果可能会有两种：一是你被压垮了，最后被社会同化，再也找不到自己，世上大部分人都是这样；另一种人也明白这种无奈，但他不认命，而是选中一个目标，朝着那个目标不停地走，一步一步地走，总有一天，他就会走到自己向往的目的地，我就属于这另一种人。

许多人在进入社会之前，都有着某种梦想和向往，可是一旦他们进入社会，在社会那种非常功利的大染缸中浸泡一段时间之后，就会像被酱油腌透的萝卜一样，失去了原来那种非常美好的东西。社会共有的价值观会主宰他们的心灵，让他们像木偶一样，被社会公认的游戏规则所操控，在欲望的驱使下不能自主，像蒲公英一样在命运的飓风中飘摇，找不到自己能够落脚的地方，也找不到行走的意义，甚至找不到自己。我曾经至少用了二十多年的时间来抵御环境对我的同化，不使自己变成狼孩，不使自己变成一个浑浑噩噩的混世虫。我总是坚决地抵御着周围环境对我的同化，不然，我就会找不到自己。正是因为这一点，我才能在命运的无奈当中，活出一份明白和快乐。

一个人要想实现自己的价值，要想活得有意义，就必须坚守自己的向往，即便面对巨大的无奈和绝望，仍然要非常清醒地明白自己向往什么，明天的路要怎么走。你必须坚持你自己，然后在这种坚持之中，发出自己最美的声音，唱出自己最美的歌，这才是生命真正的力量，也是一个人真正的价值。当然，人想要超越命运的无奈，或者说改变命运，需要的还不仅仅是一份坚持，还必须要改变自己的心，心明了，路才会开。

《白虎关》中那个农民企业家的悲剧，源于一种可怕的心态。在传统文化心理中“不患寡而患不均”的落后、惰性思想的影响下，人们不思上进，不懂感恩，不知珍惜，愚蠢地扼杀了别人为自己提供的宝贵机遇，亲手抹杀了一个又一个改变命运的可能。这是非常可悲的。再比如，在《猎原》中我写到了一口沙漠中的水井——猪肚井，这口井滋养了沙漠中的牧人，但后来，它也引起了牧人之间非常激烈的冲突。它像是现在社会网络中的一个点，伸向凉州，伸向藏区，伸向内蒙古，伸向社会各个角落，也伸向西部人的灵魂。它所折射的，是人类命运的全息，包括环保问题、生存问题、心灵问题、文化问题，以及从农业文明向工业文明过渡时的阵痛，等等。比如，牧人抢草场、抢水源时那种人性的丑恶，今天仍然在巴勒斯坦和以色列继续发生着，就是说，这里面所反映的事情不仅仅发生在中国西部，也是人类共同面对的问题。

所以，我一直认为，贫困的生活环境固然应该改造，但真正迫切的是改造人文环境，改变人心，完成民族灵魂的重铸，这才是最根本的问题，也是文学义不容辞的责任。

文学应该展示一个比现实更真实的世界，让一些懵懂未知的人看到这个世界上的另外一种存在的可能，看到选择与命运之间的联系，看到自己还能追求一个更好的世界，意识到自己有着这样的一种能力和权利。更重要的是，文学应该让人们发现，对真善美的追求必须通过完善自我来实现。假如文学不能承载这样一种精神、这样一种意义的话，它就跟人们茶余饭后消遣时吃的那些小点心一样，仅能提供一时的欢愉，吃完了也就没有了，不具备久远的意义，也留不下任何东西。世界上许多非常优秀的文学作品之所以能够超越时间、空间、种族的局限，流传至今，并被翻译成不同国家的语言，正是因为它们承载了一种精神，一种能够铸就人心、重铸民族灵魂的精神。

《西夏咒》中的原型们

《西夏咒》看似光怪陆离，其实，其中有好多人物和故事，都是有原型的。比如雪羽儿。

雪羽儿有两个原型：一个是飞贼。凉州某山区有个叫作贺玉儿的飞贼，因为名字跟我的一个朋友很像，我怕别人对号入座，就更名为雪羽儿。另一个原型，是甘肃刘家峡罗家洞的一个女孩。

几百年前，这个女孩和一个叫做盘唐巴的僧人发生了一段故事：他们以一种特殊的方式一起修行，最后共同实现了终极超越。《西夏咒》中，我对他们的修炼过程进行了一种文学化的描写，很抽象，但非常诗意。此书当中，我最看重的，实际上就是这段描写。它或许是这本书最难读的一段内容，但却是我最具激情的一次灵魂流淌。写它时，我一直处于一种岩浆喷涌般的状态。而且，在这一领域的描写，我似乎真正做到了“无可取代”。日后，它或许可以为心理学、人类学等诸多学科提供另一种研究范例。

直到今天，罗家洞仍有无数的朝拜者。某年，我也带着妻子，去朝拜过罗家洞。因为，在西部的宗教界，罗家洞是胜乐金刚的圣地，盘唐巴被认为是胜乐金刚的化身，罗姓女子则被认为是金刚亥母的化身。我也是胜乐金刚教法的传承者。相关故事，《光明大手印：实修心髓》中有详细记录，有缘者可去此书中查看。

雪羽儿是整个男性世界的向往，我同样也希望遇到这样一个女子。她代表了我对女性的所有向往。我的一生中，都在寻觅这样一个人，她可能是女神，也可能是红尘女子。但我的所有寻觅，其实也是在创造着她。我在生命的不同阶段，向往着不同的“雪羽儿”。她是我心中关于完美女子的一个符号。她不一定是肉身的女子，有时，她仅仅是一个灵魂的图腾。

关于对“雪羽儿”的寻觅，我在《西夏咒》中写道：“你一直在寻找她。你走向一个个人流涌动的所在，一次次失落着。你想从人海中发现她，这成为你一生最重要的寻觅。你的心中涌动着激情和大乐。那大乐中流出的文字，被一位女子称为‘神性’。”“那一切，便成为你生命激情的由来。你可以没有人间女子，但不能没有雪羽儿。于是，你的世界空寂无人，四顾湛然，犹如旷野，却总是喷涌着无穷的诗意。”

不过，她不仅仅是完美女子的象征，她还象征了一种当下关怀的精神。

在《西夏咒》里那个饥饿的年代，雪羽儿为了救老百姓，不惜去偷赈灾粮，她不在乎名相，不在乎当贼，不在乎百姓们会不会感恩自己，也不在乎百姓们是否值得被拯救，甚至不在乎自己的行为能不能给世界带来好处。但是，这么好的一个人，这么伟大的一种行为，却没有得到相应的回报。

她被抓住之后，代表官府的谝子要打断她的腿，但在场的老百姓没有一个人敢为她说一句话。后来，连跟她相依为命的老母亲，也被这些老百姓们给吃掉了。但是，不平的命运，巨大的苦难，都没有让她堕落，没有改变她做人的宗旨，反而让她升华了。她超越了仇恨，超越了愤怒，也超越了过去的自己，进入了另一种境界。如果没有经历过那么多苦难，她就绝不可能拥有这样的一种生命价值。

所以，宗教文化非常强调苦难对人类的正面推动作用。例如，佛教总是告诉人们，要接受苦难，接受命运带给自己的一切，不要怨怼，不要堕落，要在苦难中成长为一个更好的人。基督教也是这样。基督教所有精神的来源，都是耶稣的受难。如果没有耶稣的受难，就没有今天的基督教。同样的道理，西方文化中许多被奉为圣徒的人，都是殉道者。

所谓的殉道者，就是甘愿为真理而献身的人。这些人非常像我们所说的烈士，也就是那些为了信仰，宁愿放弃生命的人，比如刘胡兰、江姐等。这些人用生命向往着某种比现实更伟大、更崇高的存在，因此，不管他们信仰什么，不管他们如何实践自己的信仰，都值得我们尊重和敬仰。即使他们属于不同的教派、宗教、政党，我们也仍然尊敬他们。以是缘故，我们至今仍然非常尊重国民党的张自忠将军，因为他为了一个理想、一个信念，在抗日战场上付出了自己的生命，这使他具有了一种比肉体更永恒的人格魅力。孙中山先生也是这样。

在《西夏咒》中，与雪羽儿一起通过特殊修炼达到终极超越的，是琼。他们的故事，有一部分以盘唐巴与罗姓女子的故事为原型。但琼的身份非常复杂。他是个和尚，又不仅仅是个和尚，他还象征了人类的自省，以及对神性的向往。

实际上，大部分人——包括那些不是和尚，不信仰宗教的人——都在向往神性。比如说，很多人都希望能帮助别人，希望自己的存在有价值、有意义，希望自己能发挥某种正面的作用，不希望自己只是平平庸庸地活着，也不愿意活得跟世界毫无关系。所以，每个人都有自己的追求，都有对自己的要求，每个人都有自己的底线，都有自己必须遵守的一套标准。人与人的追求不一样，底线也不一样，相同的是，违背良知、打破底线的时候，每个人可能会歉疚痛苦。有的人守不住自己的底线，又不想承受那种痛苦，就会选择逃避，以冷漠来换取表面的宁静与充实。但总有一天，他们会发现，自己追求的一切都非常善变、无法永恒、毫无意义，就会生起一种强烈的厌倦感。这时候，他们的很多欲望就消失了，就会开始反省自己。违背良知的程度越深，自省带来的痛苦就越大。然而，正是因为有了这种痛，人才有可能升华、有可能感受到爱与善、有可能活得像个真正的人，而不是欲望的傀儡，或者精神空洞的木偶。

因此，每个人都是琼——包括我在内——每个人都是修道者，都向往着一种东西。失去这种向往的时候，我们就不仅仅是俗人了，还是失去灵魂的空壳，是行尸走肉，要依靠外物的刺激来感受自己的活着，这是非常可悲的。

在这一点上，《西夏咒》中有个人物非常典型，她就是阿番婆。

好多人可能想不到，阿番婆的故事，其实是有原型的。她是西部的一个老奶奶。这个老奶奶的儿子喜欢外面的世界，跟着骆驼客走了，留下了孤苦无依的老母亲。母亲一直在家乡等着他，她老是站在一个土丘上，望着他离去的方向。母亲一边望，一边期待着儿子能踏着夕阳的余晖，回到自己身边。但是，若干年过去了，儿子一直没有回来。后来有一年，村里爆发了大饥荒，母亲饿得没有办法了，就开始杀人。她把来村里要饭的乞丐骗到家里，给他们水喝，趁其不备将其一棒子敲死，然后把尸体捞到地窖里，剔着吃肉。她做了无数次这样的事，村里人都知道，但没人制止她，也没人去警告那些乞丐。因为，在那个年代，诸如此类的事情比比皆是，欲望与罪恶已经蔓延成一种集体无意识了，它根植在人类的心灵深处，演化出一种非常邪恶的东西——既纵容恶，又行使恶。

这是一个真实的故事，发生在西部的某个地区。

后面的情节有种神来之笔的味道：最后，阿番婆的儿子终于回来了，但她却没认出来。血腥和暴力已经变成了她的习惯，她的眼中，不再有活着的人类，只有活着的食物。直到准备剔肉的时候，她才忽然发现，自己亲手杀死的，竟然是自己的儿子，但却无法挽回了。这个结局，是陈亦新帮我构思的，真的是意味深长。

书中还有一个孝子杀母的故事，也是真实的。它就发生在我们村里，被杀掉的老奶奶，就是我奶奶的邻居。

我们的村子在一条河的上游，非常像《西夏咒》里的金刚家，河下游的村子很像明王家。我们那儿非常干旱，灌溉庄稼，全靠村子旁边的一个水坝。围起水坝，我们就有水可用；水坝一旦被打开，水就会流到下游的邻村去。有水才有收成，没有水的话，全村人都要挨饿。所以，我们村跟邻村经常为了抢水而打得一塌糊涂。就像《西夏咒》里描写的那样，我们村只有几百户人，邻村却有几千户人，于是我们总是会输，水也总被他们抢走。结果，我们每个月只能浇一两个昼夜的水，每年都那样。后来有一天，村里人实在受不了了，就想了办法：杀一个老人，然后栽赃给邻村人，说他们抢水时打死了人。这个被杀掉的老人，就是村里一个孝子的母亲。这个孝子就像《西夏咒》中的瘸拐大一样，原本对母亲非常好，但他后来竟然真的帮着村里人，把母亲骗到抢水的地方，然后一铁锨砍破了她的后脑勺。老人死后，村里人抬着她的尸体去邻村闹事，最后终于赢得了七昼夜的水。

直到今天，乡亲们每次谈到这件事，都会自豪地笑，非常得意。为什么呢？因为，他们和邻村人抢过无数次水，打过无数次官司，从来就没有赢过。只有这一次，他们赢了。因此，他们不光是为多了的那点水而高兴，更是觉得自己终于扬眉吐气了一回。

童年的时候我不懂，长大之后，我才从这个故事里，读到了一种疼痛。我的心痛，不只为了老人的死去，也不只为了孝子的堕落，更是为了这种集体无意识的罪恶。这样的集体无意识，导致每个人都把荒诞的暴行当成了一种荣耀，这意味着，一旦有机会，同样的悲剧还会上演。最可怕的是，这样的邪恶理念，会荼毒一个又一个原本非常纯洁、非常善良的孩子，影响他们的行为，进而影响他们的命运，甚至影响整个人类的命运。

现在或许有好多人不明白我为什么要这么说，可是，一旦他们的关注点不再局限于某个特定地域，而是可以更高的眼光感受到整个世界时，他们就会明白我说的这些话。他们也会明白，我为什么要说这些话。我爱自己的父老乡亲，也爱凉州这块土地，爱这块土地上的文化，然而我不仅仅关注西部人，也关注整个人类，关注整个人类的灵魂、命运与历史——《西夏咒》就是在这样的一种状态下诞生的作品。因此它一言难尽。

每个人都可以根据自己的理解去解读它，而我的关注点，则主要是欲望与暴力对人类的困扰。因此，《西夏咒》里出现了很多血腥的场面，包括上面谈到的那些有原型的故事，也会出现很多有悖常理的内容，进而招来一些人的反感。但明眼的读者，总能从中发现作者的悲悯。

对我来说，《西夏咒》的声音，就像是黑夜中的萤火虫，它或许无法照亮太大的空间，但已发出了自己应该发出的一点光明。这就够了。我不在乎世界是不是认可《西夏咒》，是不是认可其中的反思与反思的结果，也不指望它能给我带来多大的荣耀，我甚至没有拿它去报什么奖。我的一切努力，仅仅是希望它不要被黑夜所消解、所淹没，希望它能被传播出去，如此而已。所以，我不但愿意接受人们的赞美，也愿意被大家所批评。我甚至非常感谢那些反对《西夏咒》的人，因为他们也是真诚的。

在中国作协开《西夏咒》研讨会的时候，我就说过，我感谢批评家对《西夏咒》的认可，也同样重视别人对我的批评。因为，批评者的话代表了一部分人的观点。虽然有些观点我不太赞同，但我非常欣赏其真诚的态度。而且，批评者的真诚，让更多人从各个角度仔细地思考《西夏咒》。有些人会因此发现，原来世界上还有另一种可能性，另一种价值观，另一种活法。那么，我就没有白写这本书，也没有白说这些话。

《西夏咒》中的“一团混沌”

有人觉得《西夏咒》里面有一些穿越剧的概念，这是对的。写《西夏咒》的时候，我并没有把它放在一个平面的世界里，而是把它放在了一个立体的世界当中。而且，这个立体的世界包括了不同的层面和不同的领域。

比如，这部小说里有西夏的历史，有千年后的历史，也有千年来凉州大地的沧桑巨变，还有一些当代的、现实的、梦魇性的内容。什么叫“梦魇”？就是焦灼的现实对灵魂构成的诸多投影、折磨，以及它给灵魂带来的阵痛。这些东西胶着在一起，以至于你根本说不清《西夏咒》到底写了什么：是现实？是历史？是当下？是物质？还是精神？说不清。我把所有概念都打破了，也没有刻意想要去表现某个具体的东西。所以，这部小说看起来就像是一团混沌。而“一团混沌”，正好就是我们生活的真实状态。

我举个例子：对于凉州，我们感受到的，更多的是一种氛围，一种感觉，一种说不清、道不明、扯不断的东西。有时候，我们会想起凉州的历史；有时候，我们会想起凉州的现在；有时候，我们对它只有一种感性的印象。这种印象，既没有固定的主题，也没有明确的线索，仿佛所有关于那片土地的信息，都在瞬间向我们涌来。这时，你想要清晰地评判它们，是非常困难的。

《西夏咒》反映的，正是这种剪不断理还乱的东西。

其实，小说里的凉州，已经不仅仅是地域意义上的凉州，或者人文意义上的凉州了。它承载的东西，远远超过了当下某个凉州人所能拥有的文化信息，而是千年来所有凉州人的信息，是所有关于凉州的信息，甚至是人类的全息。它将当下、梦魇、精神、物质、现实、过去、未来都糅合在一起，构成了一个迷雾般的世界——实际上，这就是世界的本来面目。

当我们清晰地划分了一个混沌的世界，人为地将各种不同的世界观、各种不同的“主义”加入其中，试图拨开这团迷雾的时候，我们不一定就真正地把握了这个世界。而遭到分割和归类的世界，也已经不是本有的世界了。本有的世界就像大自然，谁都说不清楚。

例如，我们不能用几个词、几个“主义”、几个教条去清晰地评判千年来的所有凉州人，如果我们真的那么做，得出的结论就肯定是错误的。在佛教看来，评判是一种分别心，是一种概念化的东西，它往往是远离真相的。

不过，不同的人心中肯定有不同的“凉州”。比如，我想起凉州的时候，脑海中浮现的一般是罗什寺、凉州的街道、凉州的历史、凉州当下诸多的人、凉州人的好多故事，以及未来可能会发生在凉州大地上的很多事情。当这些东西瞬间向我涌来的时候，我会感受到一种巨大的存在，但又无法清晰地将其表达出来。再后来，我便用作家的眼光和笔触，将我心中的印象直接展示出来，而不是把这个世界剥离开来。当然，创作的时候，我也有取舍，但我舍去的，会不会恰好就是最美的东西呢？

所以，在《西夏咒》中，我尽量让心中的凉州从笔下流淌出来，而不是用我的逻辑与思辨去筛选与归纳。我想写出自己对这片大地的印象，写出那种大自然般的、说不清也道不明的混沌。这个混沌的世界，是一种无法被某种主义或者某个概念所拘束的存在。这个存在当中，本身就蕴含着无穷的信息。

因此，从《西夏咒》开始，我的作品很难用主义来表达，因为我把所有的主义和理念都从心里扫掉了。甚至就像彭岚嘉教授所说的那样，我把“小说”这个概念也打碎了。不仅如此，我连“作家”以及作家的许多“思想”，包括我所拥有的那个世界都打碎了，然后运用一个作家的所有想象力、创造力以及解释生活的能力，在这块土地上重新创造出另外一种可能性。所以，我此后的所有作品，都会焕发出一种不一样的色彩。至于它是否实现了我的理想，则是另一回事。对我来说，这并不重要。因为，作家必须有这样的追求。它或许会让一个作家彻底失败，也可能会让一个作家获得巨大的成功。说不清。但就目前而言，至少我没有失败。

《西夏咒》的出版，引起了很大的反响。人民文学出版社有个编辑，叫陈彦瑾，是北京大学科班出身的文学硕士，她甚至认为，《西夏咒》就是中国的《百年孤独》。很多批评家也说，这本书不是写出来的，而是“喷”出来的。他们说得有道理。

我在创作的时候，确实处于一种激情喷涌的状态。我觉得，许多东西都在向我涌来，我的心中有一种巨大的力量在不断喷涌，指头也在自己跳舞。我没有写作的概念，也没有刻意想表达什么，但有的时候，我一“喷”就十几个小时。我不知道自己喷出了什么，也不知道下一步自己想要喷什么，那种感觉，就像被一种神秘的存在裹挟了，终于找到某个突破口，于是就迫不及待地流淌出一个世界。所以，这部小说中那种浑然天成的激情，并不是人为的造作，也不是故弄玄虚、玩弄技巧的产物。这一点，是《西夏咒》与某些先锋派作品最大的区别。

当然，这种状态并不是偶然出现的，它来源于我对凉州大地的熟悉、热爱与把握，也来源于我与某种不为人知的神秘存在的智慧连通。

我在青年时代有过一次神秘的经历，你当然可以把它当成一种象征。1985年，我还是一个文学青年。那时，我参加了一次凉州笔会，跟作家们一起参观凉州的雷台。当我进入雷台汉墓的时候，突然感觉到一种巨大的震撼，仿佛有一种奇怪的东西进入了我的生命。当晚，我进入一个光明梦境，梦见好多白须发的老人举着装满黄色液体的针管，要给我往体内注射。我害怕极了，就不断地逃。老人们追不上时，就把针管朝我扔来，那纷飞的针管就插进了我的身体，里面的黄色液体也注进了我的体内。这本是一个梦境，但怪的是，自那以后，我的骨相明显发生了变化，心性也开始成熟了，觉得自己明白了很多东西。

当时发生了什么事？其实连我自己也说不清楚。后来我只好将其理解为，一个地方的文化在经过千年积淀之后，就有了一种灵性，这种灵性能孕育出一些非常优秀的文化代言人——也就是老祖宗所说的“人杰地灵”——这些人可能是政治家，可能是文学家，也可能是诗人。不过，他们的身份并不重要，重要的是，他们能汲取这块土地的养分，成为这块土地的文化代言人。这时候，他们很可能已经不属于他们自己了。作家的写作也是这样。如果一个作家的心灵足够强大，就能接受这块土地上的灵性文化，然后诞生出伟大的作品。湘西的沈从文，绍兴的鲁迅，俄罗斯的托尔斯泰，都是这样。我觉得，写《西夏咒》的时候，我也感受到了凉州文化中巨大的灵性——神秘的、天然的灵气。所以，《西夏咒》跟《大漠祭》《猎原》和《白虎关》一样，也是我的标志性作品。

我认为，真正的作家，不能为了取悦人群而创作，他必须不断打碎自己，超越自己，超越自己熟悉的那个地域、那种文化，在一个更高的立足点上进行创作。然而，这并不是说我上一次写了西部农村，下一次就要写东部城市；也不是说我上一次写了凉州贤孝，下一次就要写西方的管弦乐。我所说的超越，是一种心灵层面的东西，而不仅仅是文本层面的全新尝试。技巧、形式或者内容上的简单置换，无法达成我所追求的超越，也不足以实现我的文学追求。

不过，即使单纯就技术与形式而言，《西夏咒》也实现了一种打破与创新。《大漠祭》非常像工笔画，它追求形似，所以看起来非常逼真，属于《清明上河图》那样的作品。《西夏咒》则非常像写意画，它不追求形似，而追求神似。因此，它走的是一种抽象的路子，不再注重故事与线条——也就是形式，不带一点点局限性，更多的是表现一种大象无形的东西，一种线条之外的神韵——文化的神韵，人性的神韵。

所以，无论从艺术境界，还是文学形式、文学价值上来说，《西夏咒》都是我的一次超越。这一点，也得到了国内外专家的高度认可。

《中国作家》原副主编杨志广先生看完《西夏咒》的原稿之后，给作家出版社的社长，即中国作协副主席何建明先生写了一封信。信里说，《西夏咒》是雪漠最具特色、最有价值的作品。

我很感谢杨先生对《西夏咒》的认可与推崇，遗憾的是，这么有文学责任感的一位编辑，却因为肺癌去世了。

《西夏咒》出版之后，我还把它寄给了法国的一位汉语言学家，那位专家看完之后告诉我，这部作品和那些得了诺尔贝文学奖的作品相比，毫不逊色——可惜，凉州人自己却不一定读得懂它。

凉州人更喜欢《大漠祭》《猎原》和《白虎关》那样的作品，也就是一些停留在现实层面的东西。再者，他们已经接受了《大漠祭》们，形成了一种阅读的定式。在这样的情况下，他们就无法接受截然不同的《西夏咒》了。

但是，《西夏咒》才是西部文化的集大成之作，里面有诸多文化拧在一起，无法分割，也说不清楚，这才是西部文化的真实面目。你说西部文化慈悲吧，它又有其邪恶的一面；你说西部文化在人文上是进步的吧，它又有落后的地方；你说西部文化有很多糟粕吧，它又有精华的东西。它既高贵，又卑琐；既博大，又渺小；既包容，又狭隘，是诸多悖论构成的混合体，也体现了人类文化的复杂性。因此，它确实是一种说不清、道不明的存在。

凉州文化就涵括了中国文化乃至世界文化的全息，因此，是一片值得挖掘的文化沃土。然而，对于这样的存在，你只有用心灵去感受、去体会、去品尝、去接纳，才能真正地把握住它。因为，它更多地存在于人的心灵与潜意识，以及诸多文化元素构成的某个空间当中，单纯从书本到书本、从知识到知识的研究，是很难契入其中的。可是，一旦契入其中，你就会惊叹凉州文化的深度和厚度。

复旦大学有一个高端讲坛，叫作“星空讲坛”，我曾经在这个讲坛上做过一次演讲，讲的就是凉州文化。当时，中国新闻社有位记者正在复旦大学读博士，他惊叹于凉州文化的优秀，但同时也感叹道，凉州文化能在这样的高端平台上展示自己，这是从未有过的事情。

其原因在于，目前的凉州文人中间，能真正把握凉州文化，并且能全面地将其描述出来的人，可谓寥寥无几。我甚至觉得，没有人在这方面的探索，能超过我在《西夏咒》中做到的事情。这是一件非常令人叹息的事情。

我告诉大家，《西夏咒》中看似魔幻的东西，实际上是一种真实存在的西部文化，它那种复杂的、灿烂的、神秘的人文景观，在西部的土地上，其实是屡见不鲜的。但是，好多凉州人根本不知道这些东西。好多知道这些故事和历史的老人们，都已经死去了。我之所以知道，是因为我从十几岁起，就开始有意识地搜集创作素材。那时我深入凉州，深入很多老人的生活与记忆，因此才发现了很多真正属于凉州特色的东西。

以是缘故，《西夏咒》不仅仅是一部有价值的文学作品，也是一部有价值的文化作品，其中有很多值得去挖掘、去研究的东西。若干年以后，它或许还会成为珍贵的历史研究资料。

《西夏咒》背后的大爱故事

2009年，我在法国法兰西学院演讲时，专门谈过孤独和超越。我在长篇小说《大漠祭》《猎原》和《白虎关》中，重点写的，也是当下现实的孤独。在《西夏咒》中，除了写现实的孤独，也写了历史的孤独，更想实现一种超越。

《西夏咒》的创作契机，源于一个流传于西部的故事。我曾在《大手印实修心髓》中写过它：

喜马拉雅山南麓的尼泊尔有个叫盘唐的小村，村中有三个兄弟，父母早死。兄弟相依为命，他们不事俗务，专以清修为乐。大哥拜谛诺巴为师，成长为一个文化大师。临终前，他叫两个弟弟到中国西部的罗家洞去修行，说是在那儿会遇到一个女子，他们会借助大爱之力，实现终极超越。

大哥圆寂之后，两个弟弟听从哥哥教导，来到中国。由于途中屡遇艰险，年过六旬的二哥圆寂了。圆寂前，他叫小弟一定要到西部的罗家洞去。

盘唐巴在四川乐山稍作逗留，继续西行。在五台山，他隐居苦修了二十一年。有一天，一位女神模样的人来催他：“你快到罗家洞来呀，我早到了。”盘唐巴中午吃过饭后，运用神通，下午就到了甘肃永靖县。到达罗家洞后，他站在山上，见一家人房顶上，有个神奇的红字，就前往这一家。这家老两口有个十六岁的女儿，很是可爱。盘唐巴知道她是金刚亥母，就问其父母：“我想在不远处的山洞里闭关，你们能不能给我送饭？”女孩父亲说：“成哩，就叫丫头送吧。”此后，每天中午，那女孩就去洞中送饭。

不久，母亲觉出了女孩异样，对丈夫说：“不好了，那老和尚看上我家丫头了。”老两口慌乱一阵，忙托媒人，在黄河对岸找了个人家，想匆匆将姑娘嫁出去。迎娶的前一天，女孩又去送饭，说：“以后，我不能再来了，我妈已将我许了人，明天迎娶哩。”盘唐巴说：“别怕。”他抓起一把沙子，持咒吹气加持后，叫女孩用纸包好，待迎娶和送亲的两船在黄河中相遇时，就将纸中的沙子撒入黄河。次日，待迎娶送亲的两船将遇时，女孩遵嘱，将那沙子撒入黄河，顿时黄尘满天，狂风大作，将两船推向各自的岸边。风息之后，女孩不见了。村里人以为她已落水而死。正叹息时，忽听罗家洞发出大声，山上滚下一块猪头形的巨石，堵住了洞口，人们以为老和尚被压死了。

十二年后，女孩父亲正在地里干活，忽见两只小白兔蹦跳而来，到了近前，边跳边叫："开门！开门!"老汉诧异，不知如何应对。回家后，他将这怪事告诉了老婆。老婆说："明天，它再叫时，你就说开了。"次日，那两只白兔又蹦跳而来，边跳边喊："开门！开门！"老汉大叫："开了！"话音未落，天地大动，彩虹下注，天花乱坠，罗家洞口那猪头似的巨石滚向一旁。一团彩云飞出洞口，上面站着老和尚和小姑娘。村人们惊叫："哇！那老和尚没死，丫头也没死。"那彩云渐渐飞向天边，消失了。

女孩父母召集了村里人，去罗家洞探望。进了洞，看到一个梯子通向上层。到了上层，见那老和尚跟女孩已以双运相入定圆寂。人摸之，心口尚热。

老汉却不知道他们已圆寂，上前拉扯道："起来，起来，这个女婿我认了。大白天不穿衣服，人会笑话的。走！走！洗个澡。"可是，他用尽力气，却分不开两个肉身。村里人又拿棒子撬，也撬不开。一个见多识广的老人说："别乱动了。他们不是凡人，怕是佛菩萨的示现吧。"众人于是备了各种供物，供养时，天降花雨，彩虹盈空。女孩母亲祈祷道："我肉眼凡胎，不知你们是何方神圣，请你们给我托个梦吧。"当夜梦中，女孩告诉生母："我是金刚亥母，他是胜乐金刚。"村人才知二人是佛父佛母显现，遂将二肉身供养。每到农历二十五日，那密轮处仍会流出红色甘露，据说很是吉祥。

后来一支外国兵路过永靖，驻在洞中，他们架以干柴，倒以清油，将二圣身焚烧，肉皆化灰，只剩骨架。再后来，三世贡唐仓在骨架上涂以香泥，塑成双运圣像，跟原来的一模一样。每至农历二十五日时，密轮处仍有甘露流下，洞中充满檀香味。

“文化大革命”破四旧时，造反派命人将二佛骨抛入黄河。有人偷偷取下了拇指，将其余的骨舍利抛入黄河。“文化大革命”结束后，拉卜楞寺的喇嘛将拇指舍利请去，装藏供养。

现在，人们又在罗家洞里塑了两尊圣像，每到农历二十五日，便有人前来朝拜。那洞口，还塑了两个玉兔呢。

从此后，罗家洞成了人们心中的圣地。至今，这儿仍然迎接着无数的信仰者。

我第一次听到这个故事时，很是震撼。究竟是什么力量能让盘唐巴兄弟历经险艰、不远万里来到罗家洞？后来我想，也许是西部文化中的大爱和智慧使然。

《西夏咒》的另一种孤独和超越

老有人问我：雪漠，你为啥要写《西夏咒》？对不同的对象，我有着不同的回答。但基本内涵大致相似，便是“打破魔咒，实现超越”。

对这魔咒，我同样有着不同的解释，比如欲望魔咒、文化魔咒、时光魔咒等。其实，所有的解释，虽有着不同的外相，但本质差不多。我说的“魔咒”，便是岁月的变化和人类的欲望对我们想建立的永恒价值的腐蚀。去年，我在法国法兰西学院演讲时，专门谈过孤独和超越。我在长篇小说《大漠祭》《猎原》和《白虎关》中，重点写的，也是当下的现实孤独。在《西夏咒》中，除了写现实孤独，也写了历史孤独，更想实现一种超越。

现在许多人所谈的孤独，大多是现实对自己的挤压，是欲望得不到满足时的失落。那不是孤独，而仅仅是一种情绪。雪漠也有孤独。我想建立永恒，但我留不住时光，无法打破岁月的无常，无法建立岁月毁不掉的绝对价值，便注定孤独了。

孤独源于灵魂深处的明白和无奈。孔子想传播他的仁爱，世界却热衷于血腥与屠杀，他只能像丧家狗一样“周游列国”，这便是孤独。在整个世界陷入热恼和欲望时，庄子却想做他的逍遥之梦，这也是孤独。许多伟大哲人也有大孤独。他们发现世人被一种迅速消失的假象迷惑而不能自省，人们在贪婪、仇恨和愚昧的驱使下，无休止地糟蹋地球、残杀同类。哲人们在悲悯和无奈之中，明知不可为而为之，想完成一种救赎。这也是孤独。真正的孤独是一种境界。

《西夏咒》想写出的，便是一种大孤独。但同时，我更想写出一种超越的可能性。拥有并享受孤独，是为了实现超越。

超越就是从世上流行的概念对你的束缚中挣脱出来，实现心灵的主体性。若将世界喻为池塘，超越便是其中的莲花。当你成为一朵莲花，俯视池塘时，你会发现，那些休眠的莲子们，都可能成为莲花。你于是希望所有的莲子都能超越污泥，升华而出。当这愿望无法达成时，孤独便产生了。

《西夏咒》想描绘的，就是这种孤独。

《西夏咒》想实现的，就是发现这种孤独后的超越。

中国文化中，充满了超越的智慧，我们赋予它不同的名相。但真正的超越，总是超越了所有的概念。超越是心灵自主后的产物。要是真正实现了超越，那世界“池塘”中的一切，其实都是

“莲花”的营养，而不是束缚。世界让你长大，让你丰富，让你包容。于是，你有了一种百川入海后的博大，有了很强的自主性，更有了无数的可能性。

东方哲学认为的超越跟西方不同。东方哲学关注的焦点，永远是内心。它提倡的超越，像太阳一样，能发出自己本有的光明。而西方人提倡的自由和超越，则像“借光”的月亮，要靠法律、宪法、资本等诸多的外部因素来提供保障。

超越的关键，在于心灵的明白和自主。当一个人消除贪婪、愚昧、仇恨时，人类本有的心灵光明——大爱和智慧——就会焕发出来，就可能消解小我，融入大我，得到自由。它提倡以战胜贪欲来赢得世界，而不是靠掠夺和侵略来征服世界，更不像西方某些列强那样，把自己认为的某种真理强加给世人，在一种高尚的旗帜下满足自己的卑鄙贪欲。

在实现自己超越的过程中，我们首先面对的，是自己内心的欲望。这便是《西夏咒》中所说的魔咒。地球的恶化和人类的灾难，大多源于人类欲望的膨胀。人类最大的敌人，永远是自己填不满的欲壑。

《西夏咒》的主人公琼和雪羽儿，就一直以自省和向往的方式，期望实现超越。后来，经历了书中描写的诸多磨难之后，他们实现了超越，升华为智慧图腾。他们追求的终极目的，便是超越的另一种表述：有大悲悯而无热恼，有大快乐而无贪欲。

人与动物最大的区别便是人类有自省和向往。正是有了这种自省和向往，猿人才完成了向人类的进化。也正是因为有了这自省和向往，我们才会生活得更自由、更快乐、更清凉。

《西夏的苍狼》的寻觅与向往

《西夏的苍狼》跟《西夏咒》不太一样，它有一条清晰的主线。它的缘起，是一个真实的故事：一个岭南女子，从西部带回了一条纯种苍狼，却被西部的狗王给偷走了。狗王为什么要偷她的苍狼呢？因为狗王觉得，苍狼应该自由地留在西部大地上，或者中国大地的任何一个地方，繁殖更多具有阳刚之气的苍狼，而不应该堕落为一个城市女人的玩物。但是，这个女子不一定仅仅把苍狼当成一种玩物，她或许把苍狼当成了自己的某种向往。所以，苍狼不见了之后，女子就开始了她的寻觅——既是寻觅苍狼，也是寻觅她的向往。在寻觅的过程中，她发现西部大地上有一种博大的文化，这种文化里面有黑将军、黑歌手等好多令她窒息的人物。她被震撼了，就像被西部文化的旋风席卷了一样，不由自主地对其生起了向往。她开始反思，慢慢地感受到一种灵魂和信仰的世界。于是，她发现，这个时代正在消逝的很多精神方面的东西，仍然隐藏在那片陌生的、厚重的西部大地上。她开始向往西部的清凉，做出了新的选择。

这就是这部小说的主线，看起来很俗。不过，它以灵魂的流淌为主，其中包括了南方女子的心灵流淌，也包括了西部歌手的心灵流淌，还包括了很多人物心灵中间的东西。无数个灵魂在这部小说里歌唱，于是构成了一部灵魂的交响乐，这就是《西夏的苍狼》。

好多人不知道什么是苍狼，他们还以为苍狼就是一种狼，于是问我，雪漠作品中的狼，与《狼图腾》中的狼，是不是同一种意象？我告诉他们，不是的。

苍狼不是狼，而是一种西夏时期在祁连山上繁衍下来的狗。它代表了一种包容的文化，承载了一种大善的精神，而不是一种你争我斗的东西。而且，我在小说中，既不把它当成一种具体的动物，也不把它当成一个有着局限性的符号，只把它当成一种精神的象征。这种精神，与某些以狼为主题的文化，有着本质上的区别。

《狼图腾》中的狼，代表了一种强势的、弱肉强食的狼文化。当你将这种文化精神用于升华自己、战胜自己的时候，当然无可厚非，要是用来对付别人，就容易为欲望所控。有位批评家便认为，《狼图腾》炫耀的是法西斯主义。而我的小说恰好与之相反，我追求的是一种和平、大善、包容的东西。这种东西，能让人类和平地共同生存下去，而不是互相掠夺，互相伤害。它提倡的，是将小爱升华为大爱，将大爱上升至信仰，再由信仰制造出一种大善的、大美的、属于灵魂的文化。

以是缘故，小说中出现了一个黑歌手，他总是在唱一首凉州的史诗，这首史诗叫做《娑萨朗》。实际上，凉州没有史诗。所谓的《娑萨朗》，只是黑歌手自己的心灵史诗。歌手想把大善、大爱、大美注入这首歌，用一种当代人能接受的形式，把这种精神传播出去，把这首史诗真正地放进人们的心里。

雪漠的作品，或许也想像《娑萨朗》这样。

用寓言和象征建构一个心灵世界

《大漠祭》《猎原》《白虎关》，我写了二十年，好多人认为雪漠就是为写这三部书来的，他们说得也许有道理。因为那个时候，我就想为那片土地留下一段最忠实的历史记录，留下那个时代的那些人最真切的一种生命体验。因为那个世界正在飞快地消失，作为那片土地上的人，把自己生命中最宝贵的二十年献给它，留下这三部书，是我义不容辞的责任。

但是，那个心愿完成之后，我的人生也发生了变化。我在成长着，我的作品也在不断地成长。我不再仅仅关注某一个地域范围内人的某一种生存状态，我更关注他们的心灵追求、灵魂向往以及除了物质需求之外的一种形而上的东西。我不再单纯关注现实世界，而是开始想要构建一种心灵的世界。别人喜不喜欢我后面的作品不要紧，这时候，我已经开始需要另外一种东西，需要一种关注整个人类、关注整个人类文化、关注人类灵魂的东西，它不再局限于哪个时代、哪个地域。之所以会发生这种变化，主要是因为我的心灵开始变化了。我的写作主要是为我自己而写的，为了自己的快乐，为了灵魂的安宁，为了自己活着的一种理由。所以，我的心灵发生变化之后，作品就自然随之发生了变化，虽然其中仍然会有西部的东西，也会加入岭南文化的元素，但更多的是讲述整个人类的文化与灵魂，而且其中的寓言色彩会越来越浓厚。实际上，我在《大漠祭》之后的作品，都带有一种寓言性。比如说《猎原》中就已经出现了寓言色彩，好多人认为，其中的“猪肚井”就象征了人类的命运；《白虎关》中，兰兰与莹儿有过九死一生的“沙漠之旅”，也是一个巨大的象征；《西夏咒》《西夏的苍狼》《无死的金刚心》以及我正在创作的小说，更是进入了完全的象征。

我作品中的寓言色彩之所以会越来越浓，是因为我感受到一种巨大的存在，这种存在超越地域、超越文化、超越时间、超越空间，当我感受到它的时候，已经没有办法用一个故事、一个人物或者一个地域将其表达出来。它就像是宽广无垠的海洋，无论我将目光集中在哪个局部区域，仍有许多东西是我无法尽述的，所以我只能用一种象征的手法，来表述那种巨大的存在。在《西夏咒》和《西夏的苍狼》中，我选择了西夏文化来象征人类文化中的许多东西。

西夏文化非常特别，因为西夏出现的时候，正是中国历史上最为复杂的时候，北宋、辽国、西夏等多种文化、多种政治力量，都在历史舞台上上演着一幕又一幕非常惨烈的故事。所以，展示西夏文化，就能最大限度地让中国文化中的某一种东西格外鲜明地被展示出来。而且，西夏位于西部，是西部人所建立的，是最具西部特色的王朝之一。它存在的时间不长，但这个王朝在许多方面都建设得比较完整，包括文化、政治等。西夏的文化非常辉煌，尤其是佛教文化非常兴盛，现在的出土文物中，就有很多西夏文的佛经。

西夏文化中有诸多原始野性的东西，它具有一种生命本有的巨大活力，但是它同时也具有一种负面的东西，比如暴力。西夏人崇尚暴力，和宋朝打仗的时候，经常把大宋军队揍得一塌糊涂，让一个堂堂大国不得不求和，还让大宋做了一些非常屈辱的事情。可是，即便西夏如此强大，仍然被更为强大的蒙古给彻底灭了。所以说，崇尚暴力的文化必然会被暴力消灭，这既是一种历史的必然，也是一种自然规律。

在《西夏咒》中，我借琼的口诅咒了这种血腥与暴力，甚至不惜犯忌，直接对此进行了大段的议论。在《西夏的苍狼》中，我则描写了一个西夏文化的标志性人物——黑将军。这个人物，历史上也是确有其人的，他就是历史上黑水国的统帅。我们常说“弱水三千”，那弱水，指的就是黑水。直到今天，黑水国遗址仍然存在。我用这个黑水国的黑将军，代表了西夏文化。西夏文化中的一种精神延续到今天，已经有了很大的转变，它的标志性人物，也已从当时的黑将军，变成了今天的黑歌手。

好多人看到这里的时候都问我，为什么当代的标志性人物不再是将军，而是歌手呢？我告诉他们，因为人类需要的不是战争，不是暴力，而是歌声，并且是一种承载了大爱、大善、大美的歌声。我宁愿人类多一点歌声和笑声，少一点暴力，哪怕这种暴力能让人感受到一种英雄气概，但所有的暴力最终都是人类的灾难。所以，在《西夏的苍狼》中，整个西夏文化到后来都演化为代表人物黑歌手所唱的歌——《娑萨朗》。“娑萨朗”代表心灵的、向往的、形而上的一种符号。人类需要这种超越物质和肉体的精神层面的东西，比如和平与倡导和平的理念，比如善文化等诸多的东西。没有暴力、战争、血腥，能给人类带来清凉、和平的文化，才是人类真正需要的。它是从心底里涌出的歌，是能够抚慰灵魂、消解烦恼的安详的爱。所以，这个世界不应该需要将军，世界需要的，应该是心中有天堂的歌手。只有当每一个孩子都成长为这样的歌手，并且齐声唱响心底最美的歌时，人类才能真正地被拯救，世界才会真正地被照亮，天堂才会真正地降临人间。

所以，即使武力能在短期内取得一种非常明显的效果，一切的血腥、暴力也仍然不是正确的答案，它无法带给我们任何幸福，即便它的出发点是善，也难免导致人类走向“自作自受”的一种结局。明白这一点的时候，我们真正应该做的，就是像黑歌手那样，用爱消解恨，用歌声取代枪炮，净化灵魂，修炼心灵，然后唱出心中最美的歌，这也是我们能够为世界所做出的最大贡献。

第三辑 · 当下关怀与心灵超越

写作和做人一样，需要心灵自主

十多岁的时候，我就想当作家，为了实现这个梦想，我付出了很多努力。比如，我到处采访搜集素材，每天凌晨三点起床练笔，连走路的时候都在背诵唐诗宋词，读大量的书，等等。正是经历了这样的一个过程，我才完成了知识积累和文字训练。不过，纯粹将其归纳为知识积累，并不妥当，因为在这所有过程当中，我汲取到的心灵养分、获得的生命体验，总是比我吸纳的知识更多。我搜集素材时，也是这样。

从中学时代起，我就在有意地搜集素材，为将来的写作作准备，但是那些素材后来大多没有派上用场。比素材本身更重要的，是它们都转化成了心灵的营养，一直滋润着我心中的那粒文学种子，让它一天天长大。这就像一个母亲在怀孕的过程中会吃大量的营养品，但是在生下的婴儿身上，已经看不到那些营养品的痕迹了，你只能看见一个完完整整的婴儿。就是说，当你认真细致地观察生活、体验生活，在这个过程中发现和汲取许许多多营养的时候，你就会渐渐长大，你在生活中经历过的一切，包括你看到的、听到的、想到的，都会为你的创作提供养分。有一天，你就会生下一个又一个健康强壮的“孩子”。所以，想要成为一个作家，就先要成为生活的有心人，要培养第三只眼，始终关注你周遭的一切。比如，有多少女孩子，上学时花枝招展，但一嫁人，一被生活折磨，就变成邋遢婆娘了。你想，从花枝招展到邋遢婆娘，她有过怎样的心灵折磨？能找到并抓住这些东西，你就可以写活她。如果你忽略了不该忽略的东西，比如说变化的过程以及变化的原因等，就无法塑造活的人物。

你不一定要亲身体验所有的事情，但是你一定要非常细致地去观察它们。比如，吴承恩写猪八戒时，不一定要变成猪，但他必须观察猪，知道猪的习性，知道猪的特点，然后进行合理的想象。创作就是这样，在观察的基础上展开想象。我写猎人之前，曾经跟着猎人一起生活，非常深入地与他们交流，非常细致地观察他们，并且向他们了解一些打猎的常识，在此基础上，再创造出新的猎人形象。当作家，最主要的是想象力，它和体验同等重要。我文学修炼的过程，主要在修炼想象力和文学感觉。

当然，我也曾经历过一段非常痛苦的练笔阶段。第一个阶段，我会记一些日记，训练我的笔法，比如说对话场景、生活场面的描写等。第二个阶段，是单调乏味的练笔。那时候，我凌晨三点起床，简单洗漱后，就坐在桌前，有时候呆呆地坐上许久，却一个字也写不出来。硬写出来的东西，也不能令我满意，因为我完全找不到合适的文学感觉。那段时间，是我最痛苦的阶段。但是，到了后来，我在文学上达到顿悟时，就进入了一种“真空生妙有”的境界。那是一种什么样的境界呢？我的大脑始终明空如镜，像万里晴空，除了光明外，什么都没有，可是一旦我需要风雨雷电，它就会马上显现出来。但是，即便在心中有着诸多显现时，我仍然是宁静的。我的写作，只是一种心灵的流淌，而不是机心的堆砌，不是刻意去写一些东西。这时，我想写的一切，都已活过来了，我和人物是平等的关系，而不是我描写他或者创造他。他们和我一样，有着独立人格，有着人权，我可以和他们交流对话，但不可以粗暴干预。到了这个阶段，我已不需要再去练笔了。

需要注意的是，刚开始创作时，别去读那些理论文章。到什么时候再读文学理论呢？到我这个程度的时候。你什么时候写出了《大漠祭》《猎原》《白虎关》，还想在它们的基础上更进一步，就可以去读理论书籍。因为，这时的理论已经不能影响你了。这时读理论，就像我跟别人的交谈一样，是一种思想的撞击，是从一种新东西当中寻找让自己成长的营养。在思想的交流与碰撞当中，会诞生全新的东西，完成另外一种对自己的打碎与超越，而不是寻找一种用来束缚你的理论。所以，在你的心灵没有达到完全自主时，尽量少看理论。在这个时候，所有的理论都会变成枷锁，束缚你心灵的自由，束缚你的想象，束缚你的好多东西，让你的心无法飞翔，让你的诗意无法流淌，让你怀疑自己。写作和做人一样，都需要一种心灵的自主，假如你不能达成心灵的自由，就很难发挥你全部的潜力。千万不要觉得理论与知识的堆砌能够让你实现超越，这是不可能的。真正的超越，永远只存在于心灵的自由与自主当中。你真正的巅峰，也不是世界的巅峰，而是你的巅峰。我的意思是，你在有限的生命时光中，可以达到一个怎样的高度，这个最高点就是你的巅峰。不要去管这个世界对你的回应，不要去管自己是不是比其他人更强。永远都要记住，人类真正的敌人是死神，而不是世界或者人类本身。所以说，面对写作也罢，面对人生也罢，不要去给自己设置许许多多的条条框框，不要功利化地做事，要把那些条条框框都打碎，要不断超越自己。当你完完全全地超越了自己之后，就会发现，这个世界上的一切，都不能束缚你的心灵，你的心灵总是能够自由飞翔。你的心灵中，总是充满了无穷无尽的诗意。你说，自由的鸟儿需要指导它飞翔的理论吗？不需要。它只需要食物，只需要健壮的身体与足够的营养。

写作也是这样。

一切训练都应围绕心灵来进行

《大漠祭》出版的时候，许多人最关心的问题，就是我怎么能把人物写得那么鲜活。我跟他们说了郑板桥的一个比喻：眼前之竹，胸中之竹，笔下之竹。就是说，郑板桥在下笔作画之前，必须先观察眼前之竹，当他胸有成竹的时候，才会下笔画竹。作家也是一样。作家在写作前，必须观察眼前的世界，然后形成胸中的世界，最后才是笔下的世界。

在写《大漠祭》之前，我胸中已有《大漠祭》了，写的时候，不过是流出我胸中的世界而已，我从没考虑过人物的设置和情节的安排——如果你考虑这些，就正好表示你还没到下笔的时候——我不是着意去做这些事的。当我翻开我的写作原稿时，发现出版社没有对我的东西进行太多的修改，说明他们认为这样很好。他们认为很好的原因，就是我曾经在一次QQ访谈中说过的："语出真心，打人便疼。"就是说，你不要去想怎样说话才能让别人喜欢你，也不要去想怎样说话才能说服别人，你只要展示出自己的真心就行了。要知道，真心中有最美的声音。你只要让它流出来，不要去考虑别人喜不喜欢听，不要去考虑你能赚多少稿费，不要去考虑其他的东西。一旦你考虑这些东西，你写出的文章、说出的话，就带了一种功利的味道，显出了一份虚假。

你必须明白，自己并不真心认可的东西，是无法让别人认可的；没有真正感动自己的东西，也是无法感动别人的。所以，一切训练，都应该围绕心灵来进行，而非仅仅是训练一些文学技巧，即便那些搜集素材的过程，也是为了滋养心灵，让心灵成长，让心灵成为博大的海洋，然后让心灵的海洋荡漾出最美的浪花。你不要仅仅是去勾勒浪花的形状。一定要明白，从真心里流出的，是一种最本真的东西，它没有任何刻意编造的痕迹。

在写《大漠祭》《猎原》《白虎关》时，我就给自己定了几条戒律：第一，不编故事；第二，从心里流出文字；第三，只写老百姓如何活着。

为什么我只写老百姓如何活着呢？因为，我问过好多人：你知道你三代以上的祖宗是如何生活的吗？答案总是“不知道”。我发现，许多人，甚至连祖宗的姓名也不知道，不知道他们的梦想，不知道他们经历的灵魂历练，不知道他们在无数撕裂般的灵魂挣扎之后发生的诸多改变。没有人知道这些东西。人类心灵中的许多风暴，就这样被岁月抹去了。不久之后，我们这一代人也会被生活遗忘，被岁月掩埋，多么可怕！

许多人带给历史的，仅仅是一些空白。我不知道唐朝人如何活着，也不知道西夏人如何活着，但是我却知道清朝的贵族们如何活着，因为我看了《红楼梦》。正因为《红楼梦》定格了一些本应消失于岁月风霜之中的生活和灵魂，它才能够千古不朽。如果宋朝的时候，有一位作家，哪怕是个末流文人，只要他不加修饰地写出宋朝的老百姓如何活着，为历史填补上那一块过去了就无法弥补的空白，那么他就足以名留青史。比如《清明上河图》，它的价值不在于画家有多么高超的艺术手法，而在于他忠实地描绘了那个时代的生活画面。从古代到今天的作家中间，像这样做了的人并不多。因为好多作家都不关注这些东西，他们只关心这个世界有没有倾听他们的话，只关心自己的付出是否能得到回报，只想赚取更多的稿费和更大的名声。就是说，他们更关心的，首先是一种非常功利的东西。我不想这样。我觉得，要是我能把作家的一些狭隘的东西抛弃掉，只写老百姓如何活着的话，我的作品就一定能留下去。因为，百年之后，如果谁想了解今天的老百姓如何活着，他只要翻开我的书，就可以得到他想要的东西。好多东部人，就是从我的小说里知道了西部农村的老百姓们是如何活着的。在看我的小说之前，从来没有人能清楚、直观地告诉他们这一点。他们不知道西部人心里在想什么，西部人有着怎样的高贵与卑微、快乐与疼痛。他们不知道西部文化当中，有着怎样一种能给人带来正面力量的东西。假如连我也不把这些东西写出来的话，它们就会飞快地消失在历史车轮扬起的烟尘当中。

所以，单纯编故事的作家是很难伟大的，他们只能激起读者的某种情绪，却没有办法为世界留下更有价值的东西。从春秋战国时期到今天，会编故事的人多如繁星，几千年后的人也会编故事，他们编的故事也许一个比一个好。一个作家虽然需要编故事，但更需要忠实地描绘生活。当然，这生活可以是一个世界，可以是一个人物，可以是几个生活画面，也可以是发生在一些人生命中的一些事情。这些形式都不重要，最重要的是，你自己是不是已经变成了一个世界？

当你已经变成一个世界，并且能写活这个世界的时候，你就可以写长篇小说了。当你还仅仅是一杯水的时候，就去找一个小杯子，把你的这杯水贡献给读者，叫他们品尝你的奉献，这也很好。这个小杯子，就是中短篇小说。

在没有达到写长篇小说的境界时，你可以试着写中篇，写短篇，如果能把中短篇写好，那也很好。我的《新疆爷》只有几千字，却是我的小说中第一个被翻译成法文的，被认为是中国最优秀的短篇小说之一，成为法国人学汉语的一个范本。后来，它又被翻译为英文，发表在英国最有影响的《卫报》上，获得好评。许多外国朋友，正是通过《新疆爷》，才了解到雪漠，进而了解了我的其他作品。所以，我们不能忽视中短篇小说，因为中短篇小说同样能表现这个世界的某个方面。

在写作过程中，你要注意人格的修炼、心灵的修炼，让自己的心灵渐渐大起来，慢慢从一杯水，变成一个水塘，变成一条河，变成一条大江。什么时候你变成了大海，可以溅出许多浪花的时候，你就可以写长篇小说了。所以说，一个作家，最主要的，不是文学训练，也不是吸纳各种各样的理论，而是让自己像这个世界一样，变得大气、复杂、丰富。

一个作家乃至一个人，最宝贵的东西就是他的心。他有什么样的心，就会写出什么样的文章；他有什么样的心，就会拥有什么样的命运。所以，没有任何一种修炼，比人格的心灵的修炼更加重要。当你拥有了一颗自由的充满爱与智慧的心灵之后，你就能与这个世界平等对话。你心灵的海洋就能在这种对话中，撞击出各种各样的浪花。你不要想去控制它，也不要臣服于它。你应该始终记住，人应该是心灵的主人，而不是世界或某种观点的奴隶。在撞击的过程中，你感受它、触摸它、抚慰它，与它分享同一种心跳，与它呼吸同一缕空气，你就会变成它。一旦你变成了它，它就会在你的内心世界中活过来，成为你创作的营养，为你的创作提供无穷无尽的可能性。为什么无穷无尽？因为这个世界非常广阔，每一分每一秒当中，生活都会以各种不同的面貌出现，这些面貌的背后，是一颗又一颗跳动着的心灵。当你感受到这一点的时候，就会发现遍地都是黄金，你取之不尽、用之不竭。当你有着这样的一种心态时，就能写出优秀的长篇小说。

现在，随着科技的发展，随着电视、电脑进入了千家万户，人们在消遣方面的选择也越来越多。如果小说仅仅停留在消遣的层面，就没有太大的生存价值与空间。它很快就会被别的东西淘汰。能够定格某种生活和历史的小说，才具有更为强大的生命力，具有更高的生存价值，尤其是长篇小说。因为，长篇小说是其他任何文学形式和文艺形式，包括电视、电影、动画等，所不能替代的。我们不是为了写长篇小说而写长篇小说，我们是为了写活一个时代，为了写活一个世界，为了给世界贡献一种真正的文学价值。

侧重写人物的灵魂

我的小说里有一种特别的东西，那就是，它们不仅仅是故事，除了故事、人物、生活之外，里面还有一种灵魂的东西。有一天，一位朋友读到我的小说《莹儿的轮回》时，非常震惊，他说我把人物的灵魂写活了。这篇小说本是《白虎关》中的内容，那时因朋友约稿无法拒绝，所以就先选出这一段发了。这位朋友说得很对，写作时，我确实更侧重于灵魂的东西。

我给大家讲个真实的故事。有一次，我到甘肃的张掖开会，跟几位作家去洗头，在发廊里遇到一个小女孩。这个小女孩才初中毕业，显得非常单纯。她每天要干十多个小时的活儿，不但拿不到一分钱，而且还要给老板交好多所谓的学费。我非常同情这个小女孩，就劝她别干这营生，去好好上学。我还向她承诺，如果她经济上有困难的话，我可以提供一些帮助，但她说父母不让自己继续读书。我仍然劝她，叫她再去跟父母谈谈，若是他们同意的话，就给我打电话。当时我留给她一张名片，还请她和她的同伴吃了饭，送了她几本书。后来，我一直等着她的电话，可是她一直没有给我打电话。回到武威，我心中一直很难受，那么好的一个孩子，却不能上学。好在那发廊很正规，没有一些说不清的勾当。我真想帮帮她，所以后来我去张掖的时候，就又去发廊找她，这才知道，原来她已经不在那儿干了，回了一趟家之后，就到了一家洗浴中心工作。我按照她同伴给我的地址，去那洗浴中心找她，她正好从里屋出来，看见我，就问我啥时候来的，我说下午，她说自己很忙，就又进去了。既然这样，我想还是算了，于是准备回去，谁知道她的老板追出来拉我，说这儿尽是小女孩，一个才一百五十元，全套服务。我拒绝后，出来了。这件事，对我心灵的触动相当大。

这是一个小说题材，要是别人来写的话，它就会变成一个故事，但要是我写，仍然会侧重写她的灵魂，而不是简简单单地叙事。我会从她的心灵着手，从她向往崇高、向往上学，写到她走上了今天的这样一条路。她的心中有过什么样的想法？有过什么样的挣扎？她会不会痛苦？她的父亲对她说过些啥？她如何从一个非常纯洁的女孩变成个卖淫女？在这过程中，她有哪些心理变化？要是你把这些东西写出来的时候，可能会打动很多人。不过，我更关注的，当然不仅仅是这个女孩身上发生的事情，而是发生这种现象的某种必然性，就是说，除了生活所迫之外，这个女孩子和她的家人之所以会做出这样的选择，背后还有一种文化土壤，让她的心灵发生了一种变化。相对于事情本身，我更关注这些东西。因为我非常明白，当一个地方有着某种文化土壤的时候，类似的故事就会不断发生，即便在具体的表现形式上有所不同。我认为，这种整体的反思比叙述一个女孩的悲惨人生更加重要。

当然，这个小女孩身上所发生的悲剧本身也给了我很大的触动，她一直活在我心中，当我不把她写出来的时候，她就会一直折磨着我。她的家乡离那洗浴中心很近，这意味着好多人都会知道她现在从事着什么样的职业，她将会面临什么样的命运。当然，世上还有许多女孩也做出了她那样的选择，但她们大多远赴他乡，而这个孩子却没有经验，留在了家门口。这样，她未来的命运就会受到此时选择的影响：谁还会娶她？她会幸福吗？她的男人可能会扇她耳光，会一直把她折磨到死，每次吵架，就会骂她“婊子”，可能还会有人骂她的孩子是“婊子养的”。这样的一种选择，可能会影响她一生的命运。

这样的事情带来的触动会一直滋养着我，我的作品就会一天天长大，直到有一天，它会在我的心里整个地活过来，我就会像女人生孩子一样，把它“生”出来。生不出来的时候，我可能会不舒服。《大漠祭》也罢，《猎原》也罢，《白虎关》也罢，《西夏咒》也罢，我的所有作品都是这样“出生”的。所以，我的心里没有一点点的技巧，也没有一点点的功利，有的仅仅是一些活生生的人，一些活生生的灵魂，一些活生生的生命。他们活在另外一个生命时空，只有通过我的笔，他们才能找到一个出口，与这个世界交流。所以，我的人物都是活的。

当然，我的创作也会经历一个构思的过程，但是我的构思，是先找感觉，一旦进入创作，我就不再读书，而且会拒绝一切其他的东西。因为如果这时候我还要读书，或者不能舍弃一些概念的话，就会出现杂音，受到干扰。我也不管文风，不知道自己下一刻会写什么。当文字自己流出时，我的脑中甚至没有文字。当我太在乎文字时，灵魂就无法流淌了。这是我与许多作家不一样的地方。

有些作家的作品中只有角色而没有人物，他们笔下所谓的人物仅仅是为了表述故事而存在的，不是一种很鲜活的存在，但是俄罗斯作家则不同，他们写人物就是重在写作家与人物的对话，二者的关系很复杂，甚至形成了激烈的冲突。我读过许多国外的作品，各个流派都有所涉及，对我启迪最大的就是俄罗斯文学。它们形成了传统，有肥沃的文学土壤，产生过像托尔斯泰这样的世界级大作家，也有过别林斯基这样的大批评家，使俄罗斯文学摆脱了雨果及法国浪漫主义的影响，成就了十九世纪俄罗斯文学的辉煌，这是中国文学所不及的。

当下关怀与心灵超越

与时俱进是文学的灵魂。随着时代的发展，我们必须对某些文学概念进行新的诠释。我便对现实主义和浪漫主义进行了跟过去不太一样的解读。我认为，现实主义重当下关怀，浪漫主义重心灵超越；现实主义重存在，浪漫主义重信仰；现实主义重形而下，浪漫主义重形而上；现实主义重生存状态，浪漫主义重生存理由；现实主义重关注现实，浪漫主义重照亮世界；现实主义重活着的过程，浪漫主义重活着的意义，等等。

对一位作家来说，关注现实的同时，还要向往群星。所以，从严格意义上说，许多伟大作品都是前面两种“主义”的完美结合，它们渗透了我向往的文学精神。

我曾在《我的灵魂依怙》中写道：2004年，我去罗马尼亚参加“国际文学节”，文学节的主题是“地球村里的孤独”。二十多个国家的一百五十多位作家都在抒发自己的孤独感慨，但几乎全部的内容，都在怨时下媒体对文学的挤压，都在叹作家的边缘化。我接受国际广播电台的采访时就说："作家们把孤独谈小了。他们所说的孤独，仅仅是一种情绪，是个人欲望和贪婪不能满足时的失落，是个体处于边缘时对世界的埋怨，是一种堕落的标志。那不是真正的孤独。真正的孤独是智慧的觉醒，是感悟生命的易逝、世间的无常和作家想建立的永恒价值之间的矛盾和冲突。真正的孤独是一种境界，是独上高峰望八都，前不见古人后不见来者的怅然，是举世皆浊我独清、举世皆睡我独醒的冷寂。被钉在十字架上的耶稣是孤独的，菩提树下觉悟的佛陀是孤独的。"

显然，那些有孤独感的作家是很在乎现实反应的，他们大多忽视了灵魂的超越。其实，对于有信仰重超越者来说，现实的挤压和沉重仅仅是助缘，丝毫影响不了其作品的伟大。许多时候，他们总能像诞生于现实淤泥中的莲花一样，焕发出浪漫主义的智慧光芒。

令我们欣慰的是，在人类文明史上，虽然充满了现实的孤独和挤压，但还是有一种能令我们敬畏的存在，有一种能叫我们仰视的精神，有一个会令我们发觉自己渺小的群体。中国文学史上也不乏这样的存在：如屈原，为了他活着的理由，他宁愿选择不活；如李白，为了追求梦想，他不愿摧眉折腰事权贵，甘愿漂泊一生……文学史上充满了这样的例子。他们曾和我们共居一个星球。他们的肉体烟雾般消失了，但他们的精神，却成为我们灵魂的滋养，能令我们自省并向往。在文学史上，我们称其为浪漫主义的代表。他们承载了人类最富有诗意的一种精神。这世界也因为那高贵孤独的存在而大放异彩。他们像一个旅人，在风沙搅天中步入沙漠，欲将绿洲种入大荒；他们像一位智者，深入不毛之地，对蒙昧者宣扬他感悟的真理；他们像一个夜行者，举着摇曳的烛光，进入亘古的黑夜……无疑，他们是孤独的，但这种孤独，绝非空虚的无聊，而是清醒的微笑。

遗憾的是，那些曾充满理想精神的浪漫主义文学，渐渐成了时代的绝响。当代文学创作中，大多重现实主义而淡化浪漫主义，文坛上充满了功利性的写作，但中国文坛还是不乏那些脚踩坚实的大地，又能向往星空的作家，如张承志、莫言、张炜、闫连科……他们既有着大地的坚实，也有着心灵的超越，成了中国当代文坛一道独特的风景。

一些评论家也将我的长篇小说《白虎关》视为现实主义和浪漫主义相结合的文本。木弓在《文艺报》著文称："仔细琢磨《白虎关》人物个性气质，不难发现这些人物身上的浪漫主义文学的特性。作家把他们当成现实真实人物来写，出自一种现实主义的责任感，但在同时，作家又不知不觉赋予人物气质上的浪漫精神，使之超越了一般农民的形象。例如，莹儿与兰兰的苦旅进程的许许多多描写，特别是不断受到豺狗子进攻的描写，完全是典型的浪漫主义文本。其间这两个女性人物身上执著的个性本身，我们很难不把她们和浪漫主义文学的观念联系在一起。从这个意义上说，猛子身上的浪漫性也非常突出。他性格中被渐渐挖掘出来的人性光辉显然更多的来自作家内心的理想与渴望。雪漠的小说总是洋溢着一种近似宗教热情的冲动，而《白虎关》肯定是这种冲动火山般的迸发。有意思的是，我们在认识猛子、莹儿、兰兰等小说主要人物时，我们感受到的是这些人物活生生的血肉，并没有直接就跨入哲学层面上去评判。只有我们在回味的时候，才感受到人物个性内涵的哲学意味。我们更愿意说，成功到位的艺术处理来自作家深厚的功力。”

雷达等批评家也认为笔者在真实地描写严峻的生活现实的同时，不乏充满诗意的浪漫主义叙述。

不过，在创作时，我没有任何主义的概念。我眼中的所有理论，都仅仅是我的营养，我不会当成枷锁。其实，我的写作理由很简单，概而言之，不过两种，一是，当这个世界日渐陷入狭小、贪婪、仇恨、热恼时，我希望文学能带来灵魂的清凉。它应该有一份光明，有一种能使我们豁然有悟的智慧，它能使我们远离愚痴、仇恨、贪婪和狭隘。

因为有了那种心灵超越的“救世”的念想，我的小说主人公便跟时下文学中流行的人物有着本质的不同，如小说《白虎关》中守着“盼头”九死不悔的莹儿，如为了信仰同凶恶的猛兽拼死较量的兰兰，如《猎原》中怀揣救世梦想的孟八爷，如《大漠祭》中寻找活着的理由的灵官，等等。他们的身上，明显洋溢着人们常说的那种浪漫主义光芒。

而同时，更多的人将我的作品归于现实主义。这同样源于我的另一个写作理由：我想用我的笔将这个即将消失的时代“定格”下来。当然，我指的是农业文明。全球化的浪潮正在卷走许多地域性的东西。时下我所描写的这种生活，已到了夕阳西下的时候了，那亘古的暗夜很快就会淹没一切。只是这种淹没，是永恒的消失，决不会再有回光返照的可能。除非在另一个新生的大劫里，重新诞生人类，重新孕育出新的农业文明。

所以，我便想用我的这支笔来“定格”那种存在，但我的小说并不是照搬现实世界，它们是我创造出的精神世界。只是因为它比现实世界显得更真实，才有人称我的小说是典型的现实主义文本。

同样，我理解的浪漫主义，是更高意义上的精神的反映，而绝非风格上的热情和虚浮。一个作家的想象力不应该体现在故弄玄虚和神神道道上，而应该把虚构的世界写得比真实的世界更加真实。我的小说中那扑面而来的生活和呼之欲出的人物，都是我“熟悉”并“消化”了生活后的创造，是更高意义上的创造力和想象力的表现，更是一种极深的生命体验后的产物。但同时，我更向往和崇尚一种质朴、干净、超然和清凉，它有着像六祖慧能的那种质朴安详的微笑。当这种精神和智慧外现于作品时，人物便自然有了浪漫的光明。

要建立自己独特的东西

我的“大漠三部曲”被一些评论家认为是“真正意义上的西部小说”，有一部分原因就在于小说语言的独特。甘肃作家要取得成功很难，因为没有什么传统可以继承，如果没有甘肃独特的东西，是站不住脚的。有专家称，甘肃文学一直在陕西文学的阴影下，《大漠祭》开始走出这种影响，贡献了许多新的东西，语言便是其中之一。在“大漠三部曲”中，叙述语言和人物的个性化语言是浑然一体的，非常鲜活，很有嚼头，而南方作家多用书面语，所以“大漠三部曲”显得非常独特。而且，如果五十年后，这一茬凉州人死了，将来的后代想了解祖宗如何说话，就可以拿出“大漠三部曲”，一看就知道，噢，他们原来是这样说话的。这就是小说语言的另一种价值。

当然，更重要的，还是我写出了西部人的独特生活和复杂心灵，这才是“大漠三部曲”被称为“真正意义上的西部小说”的主要原因。有些东西是客居作家很难表达的，因为他们对凉州人和凉州文化了解不深，而我却对此了如指掌。要是一个人没有感悟或感受不深、总是隔着一层的话，他也许可以写出一些文字，但只能是“文化衫”，不可能有更深的挖掘。

我曾经写过一些文化散文，从文化角度对家乡老百姓的群体性格进行了深层的分析。一个地方的文化，不能用一句话轻易地否定或者肯定。比如凉州文化，从人文性格上讲，它很优秀，是一种和平的因素。几千年来，凉州没有爆发过农民起义，相对稳定。任何人到凉州，都能和当地人和平共处，被当地人接受；但从经济性格上来说，凉州文化中有很多保守和落后的东西。有时候，经济的发达程度与幸福是不成正比的。凉州的老百姓们冬天在南墙湾里晒太阳的时候，无疑显得很幸福，他们处变不惊，知足常乐，而在一个别的什么地方，可能就有一个千万富翁痛苦地跳楼了。当然，在小说中，我只是展现而不加评论，我也不管这种生活是优秀还是落后，我只是想把它保存下来，让后人去评判。因为，目前凉州的这种生存状况，不会延续太久，很快，它就会被历史淘汰，我必须把它们保存下来，作为一种历史的记载。

西部文化的封闭性使世界很难了解它，外部的人很难进入它的文化圈，但同时它又有包容性，各类文化它都能容纳，所以西部的文化积淀非常厚实，富有张力，呈现出多元化，有许多待开垦的处女地。如果有个作家能把它上升到人性的层次、灵魂的层次、人类的层次，他就能成为大家。可惜一些作家舍弃不了世俗的东西，致使他们的文学缺乏对灵魂的观照。

有的时候，我觉得可惜，为啥生活中有那么多可写的东西，有那么多终将成为岁月风尘的景致，等着作家们用自己的笔去定格，但好多作家宁愿去编一些毫无意义的故事呢？为什么不质朴地反映老百姓的生活呢？当一个作家高高在上的时候，他就抛弃了老百姓，老百姓也会相应地抛弃他。我和《飞天》杂志的李禾老师闲谈的时候感叹：那些作家为什么不去写身边的生活呢？他是没有发现，还是他拒绝了？李禾老师说，有些人是没有发现，他感受生活的能力不强，心灵到不了那个层次，他发现不了；有些人，虽然发现了，却把扑面而来的生活拒之门外了。

中国有许多莫高窟一样的文化宝库，有许多好生活、好文化，需要我们的作家去发现。当作家拥有智慧的眼和慈悲的心时，他的成功就是必然的。一个作家要经常把自己放在历史的坐标系里来衡量自己。他的存在，只有在为某个地域和某个时期的文化增添了一种光彩的时候，才有更大的价值。就像我总对学生们说，做人要守住本分。种田是农民的本分，写作是作家的本分。如果一个作家写不出作品，或是写出来的作品不受老百姓喜欢，又不从自己身上找原因，反倒怨天尤人、埋怨社会的话，是很可笑的事情。我常说，在这个世界上，挤压自己的，只能是每个人自己，折磨自己的，也只是自己那颗贪婪的心。

我举个简单的例子：有的人没得到茅盾文学奖，就气得不行，觉得世界不公平，凭什么别人能得奖，自己却什么都得不到。但是他忘记了自己还拥有一副健康的体魄，还有一个美满的家庭，家里还有老婆和孩子等着他回家。他只关注那些他不能拥有的东西，只专注于那些不能被满足的欲望，却不知道有的人连生命都快要失去了，有的人原本美满的家庭即将破碎了，有的人心爱的孩子突然死了……当他明白这一点，懂得珍惜自己拥有的一切时，他就会从巨大的痛苦折磨中解脱出来，因为他学会了知足。

要是作家有颗强大而宁静的心灵，那么任何外现都不足为惧。他不会在乎眼下的很多东西，不会为了迎合某种口味而去刻意炮制一种远离生活，或者非常肤浅的东西。他会用整个心灵、整个灵魂去感受生活，感受自己身处的世界，品味自己置身其中的那种文化，用最大的真诚和善意去感受这个世界的温度，去触摸这个世界的脉搏，然后在创作中流淌出自己心里的世界。在这个过程当中，他自然会建立起一种非常独特的东西。这种独特的东西，就是他独特的人生感悟、独特的艺术追求，和自己独到的艺术发现。

所有人物身上，都有我的影子

很多人都知道，《大漠祭》《猎原》《白虎关》中的灵官也罢，《西夏咒》里的琼也罢，《西夏的苍狼》中的黑歌手和灵非也罢，身上都有"雪漠"的影子。但他们可能不知道，我书中所有人物的身上，都有我的影子，包括《西夏咒》中的王善人、瘸拐大、宽三、谝子等人，甚至连那些因妒生恨的女人们，也都是我打死了的"雪漠"。"雪漠"不是神，也不是圣者菩萨，不是应该被谁歌功颂德的神秘存在，而仅仅是一个明白了的普通人。我的生命里，包含了我作品中所有人物的全息，我并不是一直以非常神圣的形象示人的。所以，我常常提醒大家，不要神化雪漠。

我在文章和讲座当中，贡献的是一种非常独特的生命经历，我仅仅是在用自己生命的经验，来诠释许多人生中难以解答的问题。除此之外，我不想拯救谁，也不想拯救这个世界，我只想明白且快乐地活着，又不想一个人躲起来偷着乐，所以我愿意把这份明白与快乐分享给需要它的人，就是这样。有缘者，我们可以交流，可以探讨，我也愿意以一个过来人的身份，为他们解答一些问题，但我绝不是掌控谁命运的神。

在这个世界上，本来就不存在一个至高无上的神，有的仅仅是“不明白”和“明白”的这两种人。明白人，不会被世界上的各种表象所迷惑，因此自主、快乐、逍遥；不明白的人，总是把什么都看得非常实在，心不断随着现象的生灭而发生着变化，心灵不能自主，因此痛苦烦恼。人与人之间的区别仅仅在这里。这很像一个人找到了房间的钥匙，就可以打开房门，舒舒服服地坐在床上；另一个人没有找到房间的钥匙，就只能坐在门外，期待和猜度着啥时候才能等到那个为他开门的人。

而所谓的命运是什么呢？它是行为的集合。你有什么心，就会有什么样的选择；你有什么选择，就会有什么样的行为；你有什么行为，就会有什么样的命运。不管你信仰哪个宗教，信奉哪种哲学，都不能否认这一真理的正确性。这就像作用力与反作用力一样，不管你用什么话语体系来诠释它，都不能否认它的存在。正如你无法否认无常。

我不但不愿意在现实生活中做一个所谓的神，操控他人的命运和选择，即便在我所创造的文字世界当中，我也不愿意做那些人物的上帝。在我的心中，每一个小说人物都是一个活生生的人，是大自然的产物，不是我编造出来的。他们有着自己独立的个性、思想与追求，也有着各自的命运，我不会去干预他们，就像一个母亲不会干预腹中胎儿的成长一样。我所做的，仅仅是像怀孕期的母亲们一样，给我的“孩子们”补充营养，然后用我的笔，把他们健健康康地带到这个世界上来。写作的时候，我的脑子里没有机心，没有文字。写什么人物，自己就变成了那个人物，写大漠，自己就变成了大漠，他们都是活生生的。

好多人在读了《大漠祭》之后，很为里面的一些人物感到悲伤，尤其是那个异常懂事的小女孩引弟。有人问过我，你为啥要让引弟死掉？我告诉他，结束引弟生命的，不是我，而是她的命运。乡下有好多这样的例子。好多地方，为了生个男孩，人们都要弄死小女孩。这是一种命运的必然。当然，也不是没有偶然。有的小女孩可能会被别人救下来，收养了，非常健康地长大，但她仍然会承受那种父母承受过的痛苦。人生就是这样。当欲望像潮水般淹没了人类的良知与智慧时，每一个人都会受到来自于外界的各种挤压。有的人在生活的挤压中堕落了，有的人却实现了超越，成为足以令万世敬仰的伟大人物，比如历史上的孔子、密勒日巴等，比如《西夏咒》中的雪羽儿。其区别在于，你选择在痛苦中觉醒，还是宁愿在痛苦中放纵自己的贪婪和仇恨，因而变得更加愚痴？

每一个人都要明白，在这个世界上，能救自己的，不是你的老师，不是你的父母，而是你自己，而且永远都只有你自己。那么该如何自救？学会取舍，就是最好的自救之法。教会你如何取舍的人，便是你生命中的贵人，也是你生命中最重要的老师。

当然，智慧觉醒的时候，你会发现，真正的挤压，并不是外部世界对我们的挤压，而是我们对自己进行的一种挤压，是我们自己在跟自己过不去。我们为什么要跟自己过不去呢？因为我们不明白，让我们感到痛苦的，其实不是别的东西，而仅仅是自己的贪欲。陈亦新的母亲有句名言："只要依靠双手，捡垃圾也会吃上饭的。"就是说，单纯地生存用不了多少物质，在基本的生存满足之后，幸福与否就取决于心灵的明白与否。当我们懂得珍惜、懂得知足的时候，生活是快乐而简单的；一旦我们想得到更多自己不能拥有的东西时，痛苦就会爬上我们的心头。殊不知，所有贪求的对象都是一种因缘聚合之物，无论我们拥有与否，它都不会永恒不变，包括贪婪本身，也不过是一种瞬息万变的情绪。当我们不明白这一点，把它们都看得非常实在的时候，我们的内心就会感到痛苦，因为生活不一定每次都会让我们拥有自己想要之物。你可能会爱上一个不爱你的人，可能会看上一部你买不起的名牌手机，还可能会很想得到一个不属于你的工作机会……欲望与现实之间总是存在着差距，当我们执著于欲望时，得到的往往是无奈。所以，有人说，人生是无奈的。对于不明白的人来说，确实如此，即便苦中作乐，也是一种巨大的无奈。但是对于明白人来说，生活中则是无苦也无乐，仅仅充满了各种经历和各种可能性，这些经历和可能，便构成了生命的丰富。

再者，苦难是什么呢？除了巨大的命难之外，苦难其实是生命中最大的财富。我有个学生说过，她最大的进步总是发生在经历痛苦、放下痛苦之后。她说得很有道理。有的人看起来命很好，有很好的家庭，有很好的工作，也有很好的收入，一帆风顺，平步青云，这样的他，是不可能想要改变自己、改变命运的，这样的人往往会庸碌无为地了却此生。相反，那些命运多舛的人生命中充满了痛苦，他们从灵魂深处渴望解脱，用所有的生命呼唤着解脱与救赎。所以说，有时候苦难是另一种动力，你要享受它，享受厄运，享受所有命运的留难。当你静静地观察、品味并享受它们的时候，它们就成了你灵魂的营养，让你的心灵一天比一天强大。

有人曾经问我，莹儿在一个靠不住的盼头中死去，她的出路在哪里？我告诉他，莹儿的出路就在于自己的真正强大，真正强大的人的盼头在自己的心中，而不是心外的“灵官”。就是说，心外之物不可能给我们带来解脱与救赎，真正给我们带来解脱与救赎的，是我们强大的心灵力量。在这一点上，不只莹儿，每一个人都是一样的。

小时候，我最喜欢在床头贴写着“战胜自己”的纸条，而且，我一旦开始贪啥，就果断地戒啥，绝不给自己任何借口。我老是揪着自己的习气不放，跟自己过不去，久而久之，才有了心灵的自主力。当你愿意跟自己的习气过不去时，你也可以像我一样，慢慢地培养出一份对自心的控制力。这个过程也许不是那么的好受，但是没关系。要打破一些惯性，必然得有大力。实现那大力的过程，也许就是人们所说的代价吧。不过，对于智者来说，命运给予的一切，都是财富。

艺术世界比现实世界更真实

现在有一些人把我当成了心灵导师，但这仅仅是他们的看法，在我自己看来，我既不是心灵导师，更不是教徒，我从不给自己一个概念化的定位。我进行文学创作的初衷，仅仅是为了给农民造像，写写农民的生活，告诉这个时代，或者以后更多的人，曾经有一群这样的人，以这样的一种生活方式活着。当年《大漠祭》的成功，正是在于它写了那一代的西部老百姓如何活着。

我们都不知道四代以前的祖先做过什么，如何生活，如何劳作，如何谈恋爱。仅仅四辈，那一茬人就泡沫般地消失了，没有留下一点儿痕迹，就像苍蝇飞过虚空一样，我们甚至不知道他们的名字。以后，如果我的重孙子辈想知道他的爷爷们怎么活着的话，就会捧起《大漠祭》：瞧，你的爷爷们就是这样活着的。百年千年后的人，若想知道百年千年前的西部人咋活，也可以看《大漠祭》。当然，也可以看《猎原》，看《白虎关》。正如我们知道十九世纪的俄罗斯人如何活着，是因为出现了托尔斯泰和陀思妥耶夫斯基一样。所以，在我看来，一个作家的价值，是忠实地记录一个历史阶段的老百姓如何活着，而不是写一些莫名其妙的东西去取悦读者，去赚更多的稿费。当然，赚更多的稿费也很好，作家也是要吃饭的，但问题是，读者的喜好类似于一种时尚，而时尚仅仅是一种幻觉般的情绪。这一拨人在这样的时代背景下有了这样的一种情绪，但下一拨人可能就会不一样，你能迎合一种情绪的时候，就无法迎合另外的一种情绪。因此，仅仅迎合世界的作品，缺乏长久的生命力，很容易被时光无情地淘汰掉，什么也留不下。

有一些作家满足于写枕头拳头，或是卖弄技巧，或是汲汲于获奖。我不愿这样。我的儿子陈亦新曾说：“爸爸，你不要希望获奖。获奖，不过是几个专家的意见，你要活在老百姓的心里。”他说得有道理。

我刚开始决定写《大漠祭》，已是二十多年前的事情了。在那个时代，我的父母，包括很多像他们一样的老百姓，都生活得非常苦，他们是弱势群体。但是那个时候的文学界却不怎么关注他们，反映他们真实生活的作品不多——有的作品也写了，可写的大多是作家的一种自以为是的臆想，是一种对生活的图解，而不是生活本身。所以当时，我就埋怨那些作家们，为什么不好好写写农民呢？后来我想，与其让他们写，不如我自己写。小时候，父母怎么苦都要供我上学，他们没多大要求，只希望我别忘本。我是唱着《读书郎》长大的，那歌词，早已印入了我的灵魂：“小嘛小儿郎，背着那书包上学堂，不是为做官，也不是为面子光，只为做人要争气呀，不受人欺负呀，不做牛和羊。”那时我就决定要用文学创作来践约我儿时的梦想。

但是，当年我才二十五岁，仅仅是一个文学青年，决定要写这样一部作品的时候，并不知道该怎么去写。1988年初，我写了一部中篇小说，叫《长烟落日处》，在省里获了奖，之后我就着手写《大漠祭》，用的就是《长烟落日处》的那种浓缩笔法。完成之后，不满意，就废掉又写了一遍；仍然不满意，就再废掉，再写一遍。我也说不清到底写了多少遍，后来搬家的时候我才发现，光当时留下的草稿，就有一个三四年级的小学生那么高。写了无数次之后，我才终于发现用《长烟落日处》的笔法，很难写出优秀的长篇小说。所以，我毅然抛弃了自己写得很顺手，而且也受到了认可的那种笔法，重新开始练笔。那练笔的五年时间，单调乏味，十分艰苦。我连梦里也在写，它似乎成了我的梦魇。有时在深夜，我孤独极了，就一个人出去，在街上流浪。那时，知道我梦想的朋友，好多都不相信我能成功，或觉得我疯了，或觉得我是个自大狂，有的也是因为跟我在一起时，我总要谈文学，他们对文学不感兴趣，就没情致再跟我谈了。我没有可以喧谈的朋友，也没有可以请教的老师，幻觉中，我常拿一把刀在自己的心上插。那段日子，确实很苦。

我那时的闭关修炼，主要就是想解除这种痛苦。

直到有一天，我才豁然开朗，放下了文学。这时，我发现整个世界都在向我微笑。这时的“豁然开朗”，实际上就是一种顿悟。不顿悟，你只能在黑暗中摸索。从开始执笔到豁然顿悟，你需要全身心的投入，千万不可分心。要不然，你就永远没有顿悟的可能。顿悟后，我早上三点起床，修行写作到十二点，下午修行或处理一些事务。在刚开始探索时，不能有杂念。这就像一个小和尚在修行时，必须拒绝所有的欲望，等他苦修得道后，一切诱惑就不存在了，见了漂亮女子，他也不动心了。像禅宗二祖，得道后，就去妓院、屠门，为的是检验自己的心是不是真的能如如不动，后来，一切外现都已经无法干扰他的心了。如果熬不过顿悟前的那个阶段，你就永远都是一个小作家，成功不了。即使成功，你也是个小作家，难有很高的境界，不可能成为大作家。中国有许多这样的小作家，很有名，他们有一班哥们儿，你一炒，我一炒，就把他们炒成名家了，但他们写的东西仍然是小东西。真正的文学不能有一点点投机，因为你什么都可以骗，但你骗不了自己的灵魂。

三十岁那年，在我生日的那天，我剃光了头发和胡须，离开了家，躲到一个别人不知道的地方，开始了与世隔绝的四年。每天，我边修行，边写作。我的修行是一天四座，一座两到三个小时。坐禅的间隙，进行写作，从而完成了作品的主要部分。此后几年，我边修行，边对作品进行修改和重写，前前后后大约用了二十年时间，作品原名《老顺一家》，后来为了方便读者购买，就改成了三部相对独立的长篇，也就是后来大家看到的《大漠祭》《猎原》《白虎关》。

当然，在闭关之前，练笔的那段时间里，我早已跑遍了武威，深入生活。我对武威的了解程度，几乎等同于自己的家了。好多人读《大漠祭》的时候都会流泪，他们都觉得非常真实。他们经常问的一个问题就是，这些故事都是真的吗？我告诉他们，这些故事比真的更真实。

创作《大漠祭》《猎原》《白虎关》的二十年里，我经历了西部许许多多的生活、场景，经历了非常多的人和事，以及诸多别人不一定能经历到的东西。在这样一种生活和文化的滋养下，我才能创作出一个世界，一个艺术的世界，这个艺术的世界甚至比现实的世界更真实。

用灵魂去撞击人物的灵魂

我的写作，有自己的追求，我将创作当成一生中最重要的事来对待，而不仅仅是为了博得别人的叫好。我从来不在乎别人对我的议论，也不在乎成名还是不成名。我知道，我是活给自己的灵魂的，不是活给别人的，这个世界怎么看我，跟我没有太大的关系。所以，一直以来，不管别人说啥，我都觉得必须完成我自己的宿命。即便有一部分读者反映，从“大漠三部曲”到《无死的金刚心》，我的作品越来越难读，但是我不能为了迎合这部分读者，而放弃我自己的艺术追求。

刚开始我写《大漠祭》，仅仅是想为农民写几本书，后来到了《白虎关》，我有眼光了，发现这个世界正在飞快地消失，农业文明在消失，传统文化在消失，中国很多地域性的东西都在消失。这个时候，我非常朴素的出发点就变了，我不仅想为农民造像，写写农民生活，还想把飞快消失的时代定格下来。所以，在《白虎关》中，我就题记道："当一个时代飞速消失的时候，我抢回了几撮灵魂的碎屑。"当这一代农民，这一代西部人，可能会在岁月、在全球化浪潮的冲刷下，永远消失在历史之中的时候，我的这几本书却想让他们成为一种历史的定格。当我有了这样一种目标的时候，我的整个创作，整个写作意图，以及对自己的要求就有了一个坐标系——横的世界和纵的历史。在横的世界和纵的历史之间，我选择了一个制高点，所以我对自己就更加严格了。

再后来，到写《西夏咒》的时候，我就想写那些生活在另一个时空中的人们。他们生活在世俗之外，追求灵魂安宁，忽视红尘喧嚣。他们有自己的梦想，有自己的价值判断和灵魂求索，不进入他们的世界，是不可能了解他们的。我想用文字，为他们建立一座与外部世界交流的桥梁。所以，就有了《西夏咒》。

《西夏咒》包括两个重要的内容：一是对当下的关怀，另一个我称之为"终极超越"，就是说，其中更多的是追问和反思历史与现实、信仰与灵魂，以及诸多心灵层面的东西。这些内容很难用传统的写作方法表达出来，因此我用了"反小说"的形式来写。什么叫"反小说"呢？就是没有完整的故事情节，并且尽量避免程序化的小说形式，进行大胆的探索。比如，书中有一个叙述者阿甲，他是从西夏到今天千年历史的见证者和文化承载者，因此他有一种历史的眼光，充满沧桑。他在小说中有大段的议论，这是一般小说非常忌讳的，但又对书中人物非常重要，是对历史的全面解读，有了这些，里面的人物就升华了。所以说，是我要写的内容决定了《西夏咒》的形式，不是我在故弄玄虚、玩弄技巧。

因为市场的原因，好多作家注重可读性，讲究作品的好看、好读，但在文学本身的探索上就弱化了。好多故事轻松好看，大家都爱读，但读完也就完了，没什么值得回味的东西，也留不下什么独特的价值。我们中国文学与世界文学最大的距离，就在于文学本身、文学价值。当然，中国也有非常优秀的作家，比如莫言、阎连科等。我在创作过程中，也希望自己能做一些力所能及的探索，为这个世界提供文学的一种可能性，一种范本，它可能是一团混沌的，像迷宫，也可能像大自然，像天籁。

当然，我并不是故意把《西夏咒》写成那样的，里面的好多东西都是自己喷出来的，像火山爆发一样，是灵魂的流淌。灵魂里的好多东西，它不是故事，是一段段的情绪，当你把这些情绪自然释放出来的时候，无数章节也就写出来了。比如其中的一些章节，像《澄明境中的雪羽儿》《汤锅中的雪羽儿妈》，它们有非常写意的部分，那都不是人为的叙述，而是一种情绪的释放。这很像一些非常好的演员在演戏，他们进入那个角色之后，好多表情、情绪的东西，就已经不是在模仿或者表演，而是一种自然流淌，它会与宇宙间的某种存在达成共振，以自己的方式赋予它们一种鲜活的生命力。好多非常优秀的作曲家、艺术家都是这样，我的写作也是一样。我所做的就是让它更像一本书，更能为读者所接受，仅此而已。

但是，当你打定主意要写灵魂时，作品必然会难读一些。灵魂毕竟不是故事，不是“从前有座山，山里有座庙……”那样轻而易举就能解构得了的。作家要想写活一个人物，必须用自己的灵魂去撞击人物的灵魂；读者要想读懂一个作家，也必须用自己的灵魂去撞击作品的灵魂，才能撞出智慧的火花来。所以，我的作品可能会越来越难读，但或许会越来越值得一读。而且，总会有读懂我作品的人，他们会对我的作品做出自己的解读。文学史上有好多这样的例子。在灵魂的碰撞下，人们得到的，可能是更有价值的东西。好的作品，应该像大海一样：有表层智慧的，可以看到表层的风景；有深层智慧的，可以凭灵魂的撞击进入深层，看到别人看不到的景致。从某种程度上来说，这或许是只有我能贡献的东西，因为我是作家，同时也是信仰者，进行过严格的宗教修炼，我能进入另外一个精神世界，好多人想进去却进不去，那么我就应该用我的文字告诉他们那个精神世界里面的风景，这也是我的一种本分。

我总是对我的学生们说，做人要守住自己的本分。我不想对这个世界指手画脚，也没有改造世界的大力，但是我应该把自己走过的路和走路时所有的收获展示出来，因为，或许有很多人需要它。我们每个人都是一个案例，每个人都有自己寻求梦想、实现超越的路。当然，其中有的人演绎了一种非常美的坚守，有的人演绎的却是一种退缩和堕落，不过，只要他仍然想向前走，就需要有个过来人告诉他，你走到哪里了，你的方向对不对。尤其是那些本有智慧尚未开启的人，他需要一种过来人的指引，他至少需要知道这条路上会有一些什么样的景致，知道自己要到达一个什么样的地方。所以，当一个人沿着某条路成功地走向光明、证得光明、化为光明的时候，他就有义务告诉别人自己见到的东西，他就有义务分享自己所有的收获，包括他得到的明白与清凉，他用生命实践过的方法，他至少要告诉这个世界：虽然眼前的这片荆棘林很可怕，但是只要你坚守向往、脚踏实地地走下去，就一定可以看到绝美的天光。

留住一个必然消失的世界

十多年前，我的家乡发现了一个洞窟，就是《西夏咒》中写到的那个洞窟。那儿曾经发生过一个故事，这个故事是《西夏咒》中非常重要的线索。故事讲的是一个女孩子从屠夫那儿赊了一些猪内脏去供佛，屠夫追过去叫她还钱，后来他们就飞走了。这个故事在很多人看来，都不可思议，但当地人并不认为它是一个神话。而且，许多历史书，比如《安多政教史》中记载了诸多我们认为是神话但当地人认为是真实存在的故事。这些故事，成了《西夏咒》的一些素材。

有一个记者问我，你是怎么想出这些故事的？我告诉他，这不是我拼凑着想出来的，我生存的那块土地上本来就充满着这样的故事。这些历史传奇已经融入了西部文化，成为西部文化中罕为人知的一部分。它们传承了千年，在民间以“潜文化”“隐文化”的方式影响了当地一代又一代民众的风俗、生活等。我一直想用一种大众喜闻乐见的文学形式，把发生在这个洞窟里面的故事展示出来，因为再不展示，全球化浪潮就会把部分文化像秋风扫落叶一样扫得不知去向。所以，那个时候，我产生了写《西夏咒》的想法，当时它的名称叫《西夏的岩窟》，2000年7月就写好了，但因为太像一部学术研究作品而被搁浅，没有发表，那是《西夏咒》最早的一个版本，经过十年的沉淀打磨，就变成了现在的《西夏咒》。

好多人不明白，你为什么十年才写一部小说，你一天写多少字？不是这样的。我觉得写作不是目的，享受写作的快乐才是目的，所以我不急，也不在乎什么时候可以发表。而且，看起来，我用了十年的时间来修改这部作品，但实际上，这十年当中，我在不断地重写。我喜欢一遍遍地重写我的作品，因为写作的时候，我会感受到巨大的快乐。我写作的目的之一就是享受这份快乐，修改的时候就没有这种快乐。所以，我一般不改，觉得不行了就扔掉重写，在每一次激情喷涌的时候，在那种巨大的快乐中再写一遍，然后放下再去禅修。我的所有小说都是这么一遍遍写出来的。写作时，我觉得手指好像在键盘上跳舞，灵感总是喷薄而出，一旦进入状态，常常停不下来。

我告诉大家，现在的《西夏咒》是怎么来的呢？有一天，我带着妻子在街上走的时候，突然感受到来自西夏文化的那种巨大的灵性。当时虽然我没有喝酒，但心里有一种陶醉，就想唱歌，唱的内容就是小说的开头部分：出了中国西部最大的都城长安，沿丝绸之路，继续西行，你就看到一个唐朝诗人。千年了，他总在吟唱大家熟悉的歌："黄河远上白云间，一片孤城万仞山。"就是这个。小说里面大段大段的内容，在我唱的时候就自己流出来了。然后，我就马上回到电脑边上开始打字。打字的时候，内心有一种快乐、陶醉，激情在喷涌，指头在跳舞，我没办法停下来吃饭，于是妻子就削苹果一口一口地给我喂，最早的十多万字就是这样打出来的。

文学到了一定的境界，就是灵魂的倾诉，是生命力的自然喷涌，而不是机心的拼凑。《大漠祭》《猎原》《白虎关》从刚开始写作到出版都是十多年，表面看来虽有数稿，但那所谓的修改，仅仅是冷静后的艺术打磨。

《西夏咒》虽然看起来非常梦幻，像一本魔幻小说，但实际上它留下的仍然是一种历史的真实，这种真实超越了人们概念上的真实，超越了地域，超越了时空，它穿梭千年，从心灵与灵魂的层面，记录了那片西部土地上曾经发生的故事。它实现了另一种意义上的定格。

要知道，一切都会消失。这个世界上没有永恒。西夏消失的时候，它仍然留下了一种直到今天非常值得我们反思的文化，那是西夏的一种精神的东西，就是说，在那个时代，屠刀和血腥可以把西夏文明，包括整个西夏都扼杀掉，但它仍然留下了非常辉煌的文化。这就是一个时代存在的证据，一种文明存在的证据。

那么，我们要追问一下，未来，我们这个群体、我们这一茬人消失之后，除了暴力的游戏、欲望的煽动、各种名利追逐的行为等之外，能不能为我们的子孙后代留下一种岁月毁不了的东西，能不能留下一种真正造福子孙的东西？除了谴责罪恶之外，《西夏咒》还追问这种东西，文学也必须思考这个东西——我们能为这个世界留下些什么？

岁月毁不了的东西，是一种精神，包括我们对善文化的传播，往后都会成为岁月毁不去的东西。因为，随着这个链条的启动，无数读者的心灵会产生触动，他们会得到一份跟以前不太一样的东西。我觉得，这些东西会一代又一代、一个链条又一个链条地传承下去，这就是一种文化的力量，文学也应该承载这样的一种使命与责任。

西夏这个王朝的消失不要紧，历史上所有王朝的消失都不要紧，因为它们必然会消失，我们也必然会消失，我们现在的这种生活方式也必然会消失。只要在我们消失之后，能留下一些不消失的东西，证明一种生活方式、一种文化、一种人类文明曾经存在，而且还能给整个人类带来一点点好的影响，这就够了，我们也就没有白活。现在有好多人的活，像苍蝇飞过虚空一样，留不下任何痕迹。一茬茬人来了，一茬茬人走了，仅仅像是在湖面上冒了若干个水泡，水面一会儿就恢复平静了，啥都留不下来。

我举个例子，你知道你曾祖父，或者更早的长辈们是怎么活的吗？你知道他们叫什么名字吗？很多人都不知道。但是很多人都知道孔子、释迦牟尼等伟大的名字。这些人跟你没有任何关系，可你不仅知道他们的名字，甚至知道他们曾经在想些什么，他们坚持什么，他们是怎么活的，他们有过怎样的梦想——比起自己的曾祖父，甚至自己的父母，或许你更了解他们。这是为什么呢？因为他们留下了岁月毁不去的东西，留下了一种足以感动世界、影响世界的精神，这种精神，这些智慧，就像灯塔一样，指引着几千年以来人们的灵魂求索。

现在的问题是，我们能不能也像他们一样，留下一种岁月毁不去的东西？这是每一个作家，乃至每一个人都必须思考的问题。而文学，则是记录这些思考的过程，并且将这些思考的结果融入行为的一种方式。

我的写作是因为爱

我的小说里有许多非常美的女子，比如《大漠祭》中的莹儿、兰兰、月儿，以及《猎原》中的豁子女人等，她们都很美，但那是一种人间的美。《西夏咒》中的雪羽儿身上除了人间的美之外，还有一种出世间的美，就是说，除了形而下的女性所共有的美之外，她还有超越的部分——她实现了超越和升华，成了一个形而上的图腾——这是她非常独特的地方。在这一点上，她与我笔下其他的女子都不一样，跟许多作家笔下的女子也不一样。

在西部那些历史故事当中，有个雪羽儿这样的女孩，她便是雪羽儿的原型。这个女子也跟一个僧人有过非常像人间的男欢女爱的那样一种修炼过程，他们借此超越了欲望，得到了升华，就像《西夏咒》中的雪羽儿跟琼一样。这个女子的家乡在甘肃的刘家峡罗家洞，直到今天，仍然有无数的朝拜者去那个地方朝拜这个女子，敬仰这个他们心目中的神灵。但实际上，雪羽儿不是神，她是一种超越了神灵的存在，她承载的是人类对一种比自己伟大、比自己高贵、比自己慈悲博爱的存在的向往。她是类似于女神、又超越了女神的存在，她本身也是一种向往。

事实上，每个男性心中都有一个雪羽儿，他们都希望生命中有这样一个女子陪伴自己。她像雪羽儿那样纯粹，不像当代人那样功利，她只关注人格和心灵，此外的东西，比如好多当代人非常关注的名利与住房等，她都没有放在心上。所以，这个雪羽儿不仅仅是西部女性的代表，还是每一个男人的梦想。俄罗斯有个作家叫布尔加科夫，他写过一本叫作《大师和玛格丽特》的小说，里面就有这样一个充满了魔幻色彩的女子。这个女子无所不能，还能帮助大师成就一番世间的事业——这几乎是男性世界的一种普遍梦想。所以，在每个成年男子的潜意识中，都会一直寻找这样一个女子。当然，能不能找到是另一回事。有时候，一个男人爱上一个寻常女子的时候，就把心中对美的向往寄托在这个寻常女孩的身上，这样的幻想会让他产生一种类似于爱的情感。一旦他发现这个女子并不是他的向往时，他可能会非常失落，但他仍然会继续寻找。所以，雪羽儿不仅仅是哪个地方和哪个群体的代表，而是整个人类女性中最美的一种象征。

有趣的是，虽然她代表了整个人类对女性的某种向往，但是我很少见过其他作家塑造出这样的人物，其原因在于许多作家并不愿意，或者并不能实现超越，并不能得到自由。如果连他们自己都得不到自由的话，就塑造不出一种出世间的超越之美。当然，我说的这种自由，跟好多人理解的自由不一样，它不是一种身体上的自由，也不是一种言语上的自由，而是心灵完完全全的自由。当你即便在世间生活，做着许多世俗的事情，心灵也能完全不受任何东西的束缚，能够完全自主心灵的时候，你就是自由的。当好多作家不能摆脱名利或者其他东西对自己的束缚，甚至认为这种束缚是一种理所当然时，他就达不到这种境界。所以，他笔下所谓的“完美女性”，也往往会陷入形而下，他无法塑造出一种超越和自由的女性。因为，作家的作品很难高过作家本身的境界。我举个简单的例子，如果一个作家一辈子都住在内陆，从来没有见过大海，他能把大海写活吗？如果一个作家一辈子没有喝过龙井，他能知道龙井是什么味道吗？如果一头骆驼从出生的那天起鼻子里就拴了根缰绳，那么它会知道不被缰绳所束缚有多么的美好吗？所以说，好多作家不知道自由有多么美好，实现出世间的超越又是怎样的一种境界时，他们就无法展现一个超越的文字世界，也无法塑造出一种具有出世间之美的鲜活人物。这需要作家们踏踏实实地进行一种人格的修炼，进行一种脱胎换骨式的修行，甚至要从宗教智慧中汲取灵魂的养分。

但是，现在的情况是，好多人不知道修炼人格、升华心灵最大的受益者其实是自己，然后才是身边的人。在好多人的眼中，满足欲望比实现人生价值更加重要，享受比修炼更舒服，所以他们不愿意修行，不愿意用自律来代替原有的那种非常散漫的生活方式。他们不认为自己必须给平凡生活加上一种规则性的东西——其实，他们只是不明白，我们每一个人都生活在自然法则当中，修行人不一样的地方，仅仅在于他们知道应该如何通过遵循自然法则，与世界达到和谐，同时自己也能活出最好的人生。

因为不明白这一点，所以比起人格修炼，好多作家都更加重视一种知识范畴的修炼。比如，他们会吸纳很多知识和理论，到处旅游，体验生活，也会采访好多人，还会不断打磨自己的文字，但是他们唯独不会把注意力集中在升华人格上面。他们或为名利所缚，或为文学本身所缚。有束缚，便无自由。我从为文之初，就不想做这样的作家。我一生中最想实现的事情，就是超越自己、完善自己、升华自己。所以，《大漠祭》也罢，《猎原》也罢，《白虎关》也罢，《西夏咒》也罢，我的写作时间都很长，一般在十年以上，原因就在于我的写作没有功利色彩，我不求它们给我带来一些什么东西，所以我一点都不着急，而是一遍一遍地写它。我纯粹享受写作过程中的那份快乐，就和马拉多纳享受踢足球时的快乐一样，而不是想靠这个得到什么东西。这是我跟某些作家不一样的地方。某些作家的写作，是为了达到某种目的，为了得到某种东西，他们为了“用”而写作，而我的写作是因为“爱”。西部人唱花儿的时候也是一样，他们不管有没有人为自己叫好，不管有没有人喜欢听自己的歌，也不管自己能不能成为签约歌手，能不能靠这个吃饭，他们只管在能够唱歌的时候便放声歌唱，只管尽情地流出心里最真、最美的声音。我的写作也是这样。

我认为，这是西部文化中非常美的一点，它主要来自于宗教的营养，也是现在的文学创作当中非常缺乏的一点。因为缺乏一种无求的爱，甚至对这种爱持有一种不认可或者戏谑的态度，好多所谓的文学作品中都呈现出一种非常狭隘的景象，它们不是无意识地宣扬一种对人类没有任何好处的价值观，就是迎合某种时尚的情绪与生活方式，或是放大自己内心某种非常负面的情绪与欲望，并以此来污染读者的心灵。这样的作品，或许能为作家换来利益，但是对整个世界是没有一点点好处的。假如我们的作家花费才华和大量的生命时光，仅仅在制造大量的文字污染，那将是多么可惜、可叹的事情！

我在《西夏咒》和《西夏的苍狼》中都写到了西夏，好多人就问我，为啥你对神秘的西夏情有独钟呢？我告诉他，我书中的“西夏”，不一定就是历史上的西夏，它更多地代表了一种文化，是一种文化符号。比如，在《西夏咒》里面，历史和现实、当下和梦想交织成了一个巨大的混沌，构成一种魔幻的世界。所以不能用学者眼中的西夏去判断这个“西夏”的真实与否，它更多的是一种象征。后来的《西夏的苍狼》也是这样。

我在前面也谈到过，写《西夏咒》的初衷是为了保存一种文化，全球化的浪潮把很多地域文化都冲刷得找不到了，尤其是这种以隐文化的形式流传下来的、濒临灭绝的东西。主流文化很难让大众了解到这样的一种东西，所以我希望自己的作品能够填补这个空白，让西部独有的文化得到保留和弘扬，同时也对里面的糟粕，如暴力、血腥等进行诅咒，这就是《西夏咒》中咒字的其中一个含义。

这个咒字实质上有两个含义：一是诅咒，以智慧对血腥与暴力进行诅咒，以及古代印度的一种叫作“诛杀术”的宗教礼仪。在古代印度，专门有一些人用这种诛杀咒来达到一些正常方法达不到的目的。比如说，画一个图案，把有着巨大伤害力的神秘生灵请到这个图案里面，然后一边点火，一边往图案里供一些诸如黑芝麻、蓝色花之类象征诛杀的黑色供物，一边发出心灵的诅咒。这种法术可以调动宇宙中一些跟诅咒同频率的暗物质、暗能量，以达成施咒者的某种愿望。当诅咒成功的时候，被诅咒者就会莫名其妙地陷入一种不吉祥当中，有的甚至会因此而丧命。人称“第二佛”的密勒日巴就曾经咒死了几十个仇人。当然，成功复仇之后，他背负着巨大的罪恶感，非常痛苦，正是这种痛苦促使他走上了真正的修行之路。再如埃及金字塔中法老的诅咒，也许就属于一种诛杀术。

《西夏咒》的咒还有另外一个含义，就是指人性的魔咒，这是《西夏咒》中最主要的，也是最深层的咒。什么是“人性的魔咒”呢？就是人类的欲望。自人类历史之初，人类的欲望就织成了一种打不破的怪圈，每个人都在这个怪圈中陷入一种困境，比如各种纷争、战争。人类的智者总想打破这种欲望带来的魔咒，例如孔子就带着弟子周游列国，到处传播他的仁爱思想，希望能够打破欲望的魔咒，拯救世界。耶稣也是一样。我虽然不认为自己能拯救世界，也不认为世界需要我来拯救，但是我创作《西夏咒》的另外一个目的，也是为了像那些伟大的智者一样，为照亮这个由欲望所打造的无尽暗夜，贡献出自己的一点微弱光明，为打破欲望的魔咒，尽自己的一份力量。

所以，《西夏咒》中出现了很多人类欲望与纷争的象征，比如说金刚家与明王家之间的一系列纠斗。金刚家与明王家在小说中是两个互相敌对的村落，但它们实质上代表了人类的某种分别心。什么是分别心呢？就是你觉得自己是正确的，别人是错误的；你觉得自己很高尚，别人则很卑琐；你认为自己的观点和需求很重要，别人应该对此负责……各种各样的分别心，导致人类不断爆发出各种纷争、矛盾，甚至战争。金刚家和明王家之间发生诸多血腥争斗的时候，每一个争议人都觉得自己是正确的，邪恶的是对方的阵营。可见，一切都是相对的。你处在什么立场，就会有什么样的标准和视野，哪有什么绝对的正义？哪有什么绝对的成功或者失败呢？纷争存在的原因，在于人类心中有一种观念在作怪，当他们用这种概念、想法、观点来判断这个世界的时候，就很可能会伤害那些他不认可或者与他对立的人类。历史上这样的事情多不胜数。比如，当希特勒认为犹太人是劣等民族，必须从地球上清除的时候，他就会对犹太人发动种族灭绝式的大屠杀。他的诸如此类的观点，都不是正常的人类所能够理解的，他发动的侵略苏联等诸多战争都显得非常狂热，超出常规，带有某种狂想症的症状。他是一个病人，人类历史上充满了这样的病人，几乎每一个战争狂都是这样的病人。他们践踏了无数人的生命，让鲜血染红了世界各国的土地，仅仅是因为他们觉得有的民族不顺眼，仅仅为了将自己的观点用武力强加在别人的身上，仅仅为了搞一种所谓的统一。他们用自己非常强大的行为，把这种不尊重生命的极端思想和观点传播出去，唤醒了许多潜在的战争狂和血腥暴力分子。更可怕的是，人类的史书还把拿破仑、成吉思汗等不尊重生命的战争狂称为“英雄”，还将他们那一桩桩血腥的暴行当成英雄事迹记载了下来，影响了一代又一代的人。

金刚家和明王家的故事，就象征这种人类当中可诅咒的现象，而《西夏咒》对这种现象的诅咒，并不是诅咒某个特定的暴徒，而更多的是诅咒一种培养暴徒的文化。这是《西夏咒》中非常重要的内容之一。我不只在金刚家和明王家的故事中阐述这个观点，我还在一些章节中，不惜犯忌，直接进行大段大段的议论。为什么我要这么做？因为我觉得，这本书里面，有这个议论比没有好，人们看过这个议论比没看好。其原因是，读了这本书之后，一些人或许就会发现任何血腥和暴力都是罪恶，他们可能也会像我一样，写出这样的书，至少会在一些场合当中站出来，说出自己该说的话。这一本又一本的书，这一番又一番的话，或许会叫醒无数个沉睡的灵魂。当无数个喉咙都在声嘶力竭地抨击罪恶，拒绝血腥、暴力与屠杀的时候，人类的潜意识就会发生变化。

但是现在，很少有人去研究甘地、托尔斯泰、德兰修女们。基督教文化中有那么多优秀的、博爱的东西，相较于时尚文化，它也总是显得很寂寞。许多人并不知道，那些主张非暴力的善文化，才是真正优秀的文化，才是人类文化中的精华，因为它们对整个人类都有益，而不是仅仅对某个群体有益。能够对整个人类有益，能带来整个世界的和平、幸福、善美的文化，才是人类真正需要的营养，才能滋养人类的心灵与灵魂，才能使整个人类的精神层面得到升华。血腥、暴力、欲望的东西，仅仅是人类文化中的糟粕，是不值得去弘扬与赞美的。

正是因为这一点，我要在我的小说中说出自己该说的话。我根本不在乎专家们是不是认可我的这些文字，是不是会为这些章节叫好，我也不管我是不是在技巧上犯了忌，我不在乎这些东西。我只在乎自己有没有把这种理念传播出去，有没有尽到说真话的本分，有没有让很多人知道所有的屠杀和血腥都是罪恶的，就是这样。我在《西夏咒》中说过，我就是《皇帝的新衣》中那个说真话的孩子。我也认为，每一个向往善、用智慧擦亮了双眼的人，都可以成为那个说真话的孩子，尤其是我们的作家，更应该义无反顾地做这样一个真诚的孩子。

《西夏咒》中有三个非常重要的人物，一个是琼，一个是雪羽儿，一个是阿甲。雪羽儿，我在前面已经谈过了，她是大地上最美女性的象征，是一种类似于女神，但又超越了女神的存在；琼是一个朝圣的僧人，也是一个朝圣的青年；阿甲是一个千年来一直守护着凉州大地的守护神，这个守护神也是有原型的。西部的某个民间传说中就有阿甲这么一个人，直到今天，某个村子里的人仍然认为阿甲是存在的，他还在守护着那个村子。民俗文化认为，每一块大地都有灵性，守护这块大地的人就被称为“土地神”。阿甲的原型就是民间文化中的这样一种崇拜。但是作为《西夏咒》中叙述者的阿甲，不仅仅是一种民间崇拜，他还承载了更多的东西。他千年来一直注视着这块土地，因此承载了非常丰富、厚重的历史信息，他是历史文化的载体，有一种历史的眼光。所以，琼也罢，雪羽儿也罢，阿甲也罢，他们所看到的世界，都是非常博大的。整部小说就是在这三个人的所见、所想、所感的叙述当中，构建了一个非常独特的文字世界。

关于琼，很有意思的一点是，他不只是《西夏咒》里的一个人物，还是《大漠祭》中灵官的延展。在《大漠祭》中，灵官是一种走出原有的文化天空，与大千世界交流的象征，他一直走，就走到了《西夏咒》里，变成了琼。最早的时候，在《西夏咒》里他也叫灵官，但后来有人说，雪漠，你再别写灵官了。我就给他换了个名字，叫作琼。事实上，琼也罢，灵官也罢，都是成长、探索过程中的雪漠的一个载体而已。不过，琼不但是灵官，不但是不断成长中的雪漠，他也是每一个人。生活中，很多人都跟他一样，都在寻找和等待着自己的朝圣之旅，有一天，他们就会真正地踏上朝圣之路。只不过，人们朝圣的目的地不尽相同：有些属于艺术，比如说像张大千、徐悲鸿这些大师，他们的目的地是艺术的一种境界；有些属于政治，比如说一些伟大的政治家，他们想要通过从政来帮助很多很多的老百姓，这也是朝圣之旅。而我的朝圣，就是通过文学，实现我对这个世界的一种介入和关怀。

当然，就像雪羽儿和阿甲一样，琼也是有原型的。关于他，西部土地上流传着一个非常动人的故事。

尼泊尔附近有个叫盘唐的小村庄，那里住着三兄弟。他们兄弟三人都有个非常美好的向往——想要找到自己心目中的一个圣地，于是他们决定到中国西部去朝圣。走到藏地的时候，最大的盘唐巴——指盘唐这个地方的人——死了，临死前，他安顿两个弟弟说，你们一定要到那个圣地去，那里有一个女子，她是金刚亥母的化身，她在等着你们，找到她的时候，你们就可以实现一种超越。两兄弟埋葬了哥哥之后，就继续往西部走，走了一段时间，老二也死了。临死前，他安顿弟弟说，你一定要继续走，走到黄河倒流之地，那里的山上有一片红土，亥母化身的女子就在那里等着你。于是弟弟埋葬了二哥之后，仍然继续往前走。最后，他走到我们甘肃的刘家峡，发现这是他一直在寻找的地方，就在刘家峡的罗家洞里定居了下来，每天都修炼。吃饭怎么办呢？当地有一个女孩子——女孩子姓罗，她就是雪羽儿的原型——每天给他送饭，一直送了很长的一段时间……

多年来，我一直被这三兄弟朝圣的故事感动着，因为它承载了一种非常了不起的精神。什么精神呢？对向往之境至死不渝的坚守和追求。这兄弟三人是用自己的整个生命向往着一种非常伟大的存在。大哥死了，弟弟们没有退缩，更没有放弃；二哥死了，弟弟仍然没有退缩放弃。在整个朝圣的过程中，他们没有质疑过这种追寻的正确性，甚至连死亡也不能将他们击垮。他们一直坚持不懈地向往着、追寻着。这种精神，是人类文化中非常令人向往的一种东西。信仰中最美的也正是这一点：向往比自己更伟大的一种存在，希望自己有一天能跟那伟大存在融为一体。当这种向往强烈到一定程度的时候，它就会让信仰者超越一切世俗诱惑，超越时空局限，甚至超越生死。

我认为，现在这个信仰缺失的时代，缺乏的正是这样的一种向往。没有向往，人就不会求索；没有向往，人就没有反思；没有向往，人就没有坚守；没有向往，人就不会向上。一群不愿向上的人，就会构成一种不愿向上的文化；不愿向上的文化，又会让那些愿意向上的人，发生可悲的异化，会导致整个社会趋于堕落。我们所能做的，就是保护好自己的向往，强化自己的向往，像那三个不懈追求向往之境的盘唐巴一样，在朝圣之路上至死不渝地走下去。当我们每个人都能做到这一点的时候，整个社会、整个文化都会趋于向上，这时，世界也就改变了。

第四辑 · 文学的力量与不朽

谈真诚——兼论高培芳的小说

近年，找我写序的人多了。对相识者，我大多一口回绝——朋友毕竟好说话——我总怕将一些“垃圾”推荐给信赖我的读者而惹来骂名；对原本不认识的，便有些麻烦，因为他们总能找来叫我不好回绝的人：或是我欠了情者，或是德高望重者，或是位高权重能支配我友人者。对这类人，我仍然使出“神行百变”之功，能滑的滑，能躲的躲，能推的推。因为我实在不能浪费我黄金买不来的生命，去读一些可有可无的文字，更不能“图财害命”，骗读者去买“垃圾”。

虽也写过几篇所谓的序，但多是我有话要说，或是我愿意帮弱势者，或是不堪推荐者之“热诚”，只好写千把字应付过去。但我虽名“应付”，心却认真，也能捧出真心给读者，倒也没惹来明显的骂声——当然，背后定然有说三道四者。自《大漠祭》《猎原》出版后，就像掘了某些人的祖坟，关于我的谣言渐渐多了。这也是我们的“传统”之一：对庸碌之辈“众口铄金”，对秀林之木“积毁销骨”，连佛陀都老被人骂，何况我一个无权无势却浪得虚名的文人。

当然，有时想来，人家骂得也不无道理。许多时候，你不可忽视的存在本身，便是对人家最大的侵略。不过，这也是没办法的事，我不能为了叫个别人心理平衡而蒙昧了自己，变成猪一样的庸人。

好在老百姓是心明眼亮的，所以，我的书总是畅销和常销。对我无奈间写的一些序，也时有叫好者。当然，细想来，我也是抱了“成人之美”的心来帮人的，体谅我的读者，倒比我的期待有更大的度量。

高培芳也是朋友介绍的。一听叫我写序，我就一口回绝，但他谈了好些叫我感动的话题：比如，他将我的《大漠祭》翻烂过一本，又买了一本，仍翻成旧书了。对《猎原》和《狼祸》亦然。因为这个缘故，我答应看他的稿子，写序与否，看完再说。我可以慢待官员，但不可以慢怠读者呀。巴金能把心交给读者，我得向他学习。

读高培芳的小说时，我时而惊，时而叹，时而喜，时而忧。对其拥有的生活，我惊喜不已；对其明显的缺陷，我忧叹连连。我儿子陈亦新亦是如此，他边读，边拍床板，即羡慕他扎实的生活，又惋惜其中的一些明显的缺憾。

平心而论，作者是下了功夫的，书中也不乏精彩章节，如娥子被“逼良为娼”的命运，陶栓无法摆脱之苦难，还有许多人物场景，不乏叫人拍案之章节。而其写时饱含的激情和良知，更是时下许多“著名”作家所稀缺的。

作者是民勤人，而民勤，亦是我《大漠祭》《猎原》的创作背景之一。因其地偏僻，少人文污染，心能宁静，遂能致远，衍生了千年的人类便在此处创造出了许多文化的辉煌。民勤亦属古凉州范畴，对其文化，我也纳入了“凉州文化”的范围。因为单纯的武威文化已发生了断裂，社会的浮躁和庸碌明显已渗透了文化界，其中多混混之流，而乏坐冷板凳者；多开店的武大郎，而缺大度包容者；多一哄而起一哄而散之闹剧，而罕见认真严肃的学术研讨。而民勤，则总是令我惊喜，那儿总有一些叫人敬仰的精神，叫人叹服的文化，叫人值得一交的人物，叫人击节叫绝的生活。虽由于两大沙漠的猖狂，民勤百姓的生存空间越来越局促，但其文化，却足以叫相邻的武威人汗颜。

高培芳的小说中，就渗透了民勤独有的生活、独有的人物和独有的精神，其中叫人欲愤欲叹欲吼欲喊之处甚多，而在生活容量上，更是那些清汤寡水的文字所不能比的。

水不在深，有龙则灵。书亦然。不在乎他是否是名作家所写，只要它能为我们提供一抹感叹、一个启迪、一种感悟，甚或是一份沉重，它就有了存在的理由。

我常说，巴金先生不是以天分和思想取胜的，他以真诚赢得了读者，同时也赢得了时代。一个真诚的有毛病的人，远胜于许多巧言令色的“完人”。一部真诚的有毛病的作品，同样也胜于许多花里胡哨形式完善但叫人读后只能增长欲望和罪恶的所谓小说。时下，有许多这样的“文本”，它们是作家匠气和贪婪的产物，它们“完美”到了挑不出多少技巧毛病的地步。但其中最缺的，仍是那个词：真诚。就像许多旅游胜地的人造景点，无论它多么惹眼，多么华丽，它都是粉饰的产物，是没有生命的钢筋水泥缘合之物，是没有创造力只有匠气的一堆“做作”。

高培芳的长篇小说虽有许多缺憾，一些缺陷，甚至是很难补救的，它只有在作者的思想和艺术进一步升华之后才可能消失，但它充溢着真诚的气息，展示了原生态的一些生活。即使单从生活角度看，它仍为我们提供了一段真实的时代，能使我们感受到那扑面而来的生活。

这，便成为我写序的理由。

《马嚼夜草的声音》：文学的力量

近读新疆诗人北野的诗集《马嚼夜草的声音》，发现它蕴含了一种强大的力量。比如《记忆中的诗人》，就令我惊叹不已。其诗曰：经过了百姓的颂扬和君王的流放/记忆中的诗人后来回到帝国/锈迹斑斑的广场//他站在比黑夜更黑的大理石纪念碑上/黑着毛发和思想/黑着瞳孔和希望/黑着斗篷也黑着悲痛//妇人们点着灯笼和艾蒿/划着十字把诗人照耀，她们说：/“诗人啊，为什么从头到脚你都穿着/比乌鸦还黑的裙袍？”//诗人沉默了三秒说道：/“人们呐，我在为你们吊孝。”

写此诗的北野，不能不令我刮目相看。能叫百姓颂扬，而不惧君王流放，悯人悲天，大气赫赫，我毕生所效，不过如此。

后见北野，发现其装扮也是异相异风，发如雄狮，形若胡人。与他深谈，大感惊异，动辄有奇思妙语，言人所不能言。别看他时有游戏之色，一当正色，谈出的，总令你叫绝。与我接触的文人中，像这样独立思考者并不多。我曾感叹，有大力之心，方有大力之文。

北野的诗里，涌动着一种直达人心的力量。我个人认为，它是文学最宝贵的东西。虽然总有人说，文学是无力的，千万不要把文学膨胀到能救世的地步，但我们还是期待一种真正有力量的文学。

我不认为文学能“立竿见影”地救世。许多时候，文学连其载体之一的作家也救不了。比如，它救不了“文革”中的老舍，救不了困境中的海明威，救不了陷入心灵危机时的托尔斯泰，更救不了那些饥肠辘辘的文学青年。相较于某个时代的强权，文学是无能为力的。无论《史记》多么伟大和厚实，都挡不住伸向司马迁裆部的屠刀。

但我仍然认为，文学的无力，是暂时的。两千多年过去，当年威焰赫赫的汉武帝早已成冢中白骨，刘家的江山早已灰飞烟灭，《史记》却一日日重了起来，成为中国历史上的一座山峰。它放出光明，照着一茬茬的人，并在他们的心中滋生出巨大的力量。无论你有多好的计算天分，也算不出那力量究竟有多少磅。

面对现实束手无策的诗人屈原在流放途中的号哭，也跟《史记》有着同样的命运。那曾经强大的一堆堆白骨，怎么也压不灭那首叫《离骚》的歌谣。有力的终将无力，无力者终将强大。强权的力量固然强大，但它是依附于肉体的。肉体的消亡，往往是强权的终止。而文学，真正的文学，因为其抚慰灵魂的力量，却成为人类不可忽视的存在。

《沙尘暴》：透析作家的责任

一直忙于写作和修改《白虎关》，不敢零碎地割裂阅读我所期待和看重的《沙尘暴》。待得《白虎关》终于定稿后，我才得以澄心静念，捧起唐达天的《沙尘暴》。

无疑，在唐达天的创作中，《沙尘暴》是能够“当枕头”的力作。它以最具有“西部特色”的沙尘暴作为背景，写出了西部农村的巨大变化及西部农民的生存境况，字里行间渗透了作者对家乡的赤子之情。读时，我不禁为之动容。

时下，文学界对西部作家的说法颇多，非议者说西部作家“倚西卖西”，将西部符号化了，不是大漠，就是戈壁。这种说法很可笑。难道要我们不写自己熟悉的生活，反倒要去写陌生的纽约和上海外滩？其实，题材并不重要，《红楼梦》也不过写了些日常琐事。哪怕面对一朵小花，不同的心灵也会折射出不同的境界。重要的是，写作主体如何摆脱渺小、媚俗和卑下，如何让自己的灵魂伟大起来，如何叫你感受到的独特世界跃然纸上，给世界带来全新的善美。

《沙尘暴》的出版，了却了唐达天多年的心愿。他一直想为故乡写一部真正意义上的小说，为家乡父老树碑立传。他做到了，他依托自己的笔写出了两代人两大家庭在中国历史变革中的命运起伏，展示了西部农民在面对恶劣的自然环境时不屈的精神。《沙尘暴》中，他塑造了老支书老奎、于秀娥、叶叶、天旺、胡老大、开顺等诸多栩栩如生的农民形象。他们面对着沙尘暴肆虐、缺水饥荒、人心变故、痛失亲人等种种考验，自始至终保持着中国农民所独有的那种高贵品质。这一群体是中国民族脊梁的象征。因了他们的存在，我们才会对那块土地肃然起敬。他们的精神，也足以让我们驻足仰视，并令我们时时发觉自己的宵小。他们承载的，是中国传统文化中最值得弘扬的那种精神。它应该成为我们的灵魂滋养，能让我们自省并向往。一个真正意义上的作家，最应该关注的，正是他们的生活和命运。

在《沙尘暴》中，杨二宝在那饥荒岁月里，为了家人能吃上口饭，去偷食粮种而招来牢狱之灾，是苦难农民的一个缩影而已。我是能读懂这深重之苦难的，也就理解了他后来投机暴富后的种种扭曲。《沙尘暴》中天旺寻求生命的意义，渴望改变西部父老乡亲的命运。他办起食品深加工厂，带动乡人致富，虽也解决了一些实际问题，但是在面对生态恶化、移民背井离乡等残酷现实时，他也是空有一腔热血，只能发出无奈的呼喊。这无奈，不仅仅是他一个人的无奈，更是西部这块土地的无奈。

唐达天并没有拘泥于简单地叙述，并没有陷入生活不能自拔，并没有“倚西卖西”倚穷卖穷，而是用他的作品承载了一种精神。他跳出了生存环境，来俯视人类共同面对的问题。这是一位作家应有的良知和责任。是的，对于西部来说，最应该开发的，是心灵。而叫心灵明白又是世上最艰巨的工程，文学的真正价值也正在这里。

我说过，真正的作家要有孤独的自信和寂寞的清醒。他必须有真正的平常心。耐不得寂寞者，充其量是市侩文人，而成不了真正的作家。一个作家，最重要的是人格修炼，是灵魂的修炼，当心灵的丰富和博大成为一个世界的时候，写出的东西自然会有一种大气。《沙尘暴》中，便有我期望的那种利众的大气。

某日，我跟莫言谈到了西部文学。他说:“中国未来的大作品，可能会出现在西部，因为西部有宗教精神，而中国文学最缺乏的，正是宗教精神。”对莫言的说法，我深以为然。我也认为，中国的文学，应该需要寻找一种新的营养了。

当代文学的一些作品中，对暴力的讴歌已达到极致，翻开书籍，打开电视，我们都能看到许多杀人的屠夫在作家笔下成了英雄。我们很难想象，人类怎么能将杀害自己同类的人，当成顶礼膜拜的对象。

我曾跟《上海文学》徐大隆先生有过一段对话，谈到这个问题。我说，这个时代最大的悲哀就是，一些没有真正掌握真理的人，去宣扬自己所谓的真理。这些人被称为哲学家、思想家和作家。判断这种“真理”的价值，应当看他宣扬的“真理”，是否对整个人类有益。如果一个鼠目寸光的人，只看到眼前的一点儿光明，却认为自己掌握了宇宙间的真理，并且去拼命地宣扬这种所谓的真理，让更多的人变成瞎子，从客观上说，这是一种罪恶。这种罪恶是非常可怕的，它会像瘟疫一样传向这个世界。那么，什么东西不是罪恶呢？就是你所宣扬的东西真正是一种真理。有人说没有绝对的真理，实际上有绝对真理，那就是要对整个人类甚至所有生物有益处，无论它讲得如何堂皇，要是对整个人类没有好处，就绝对不是真理。所以，真理应该有一个基本标准——善，就是要对人类整个群体有好处，对这个地球上的生灵有好处，甚至对整个宇宙有好处。例如，佛经上有个故事，一个人认为杀一千个人就会得道，他认为这是真理，就到处杀人，并且到处宣扬这种真理。虽然他的目的是想叫许多人得道，但是他的这种所谓的真理只能给他人带来灾难。无论他的初衷如何，无论他是否真诚，无论他如何付出了毕生的心血和精力，他的学说和存在，都是罪恶。文学也应该这样。对文学的评价至少应该以人类为坐标系。所以，所有的暴力都是罪恶，所有的战争都是罪恶，所有对人类的屠杀都是罪恶。同样，所有讴歌屠杀的文学也是罪恶。

我认为，好的文学标准，不能以一个国家、一个群体或一个民族来衡量，而是放到更大更远的坐标上，至少应该以纵的历史和横的世界坐标来衡量。比如，我从来不认为曾国藩是伟人，他就是个屠夫。老百姓是心明眼亮的，叫他“曾剃头”，而我们的作家文人们却将他当成英雄来讴歌。赞美屠夫的人，定然也有屠夫的基因。难道他杀了那么多人就是伟人？当然，洪秀全也不是英雄，一对屠夫互相比赛着杀人，很难说谁是英雄。我也不认为成吉思汗有多么伟大，难道杀了那么多人，灭了那么多国家就是英雄吗？不是。

真正的英雄是用尽自己的心血和精力，使每个人都能很好地活着的人。

历史上认为是英雄的，我却可能认为他是罪人。我的眼中，精通权谋，去坑别人、害别人的人，绝不是什么英雄。比如，我从来不认为费尽心机穷兵黩武的诸葛亮是英雄，我反倒认为舍弃自己的皇帝之位，保全百姓生命的后主刘禅是英雄。要是没有刘禅的牺牲，当时的蜀国，不知会有多少百姓的脑袋落地。

不论政治和暴力如何强大，人类中间总该要有一些人明白这种真理，并且来传播这种真理。如果一个作家和学者没有这样的思想，没有这种有益于整个人类的精神，他就不是什么真正的知识分子。

必须跳出自己的生存环境，必须跳出自己所学的知识，必须站到人类的上空甚至苍蝇、老虎的上空来观照这个世界。他不仅仅属于某个群体，甚至不仅仅属于整个人类。

人类历史上出现了好多哲学家、思想家和作家，但真正对人类做出积极贡献的并不多。哲学有好哲学，也有坏哲学；既有善哲学，也有恶哲学，并不是所有的哲学都有益于人类，那些产生邪恶和暴力的哲学，是人类的洪水猛兽。

文学也一样。助长邪恶和暴力的文学也是人类的洪水猛兽。这世上没有它比有它好。

我常说，没有才华的恶人，仅仅是一个恶人，而有才华的恶人则会依托自己的才华，将那种邪恶扩散到整个社会，而使这世界相对恶化。

这世上，总会有一批无法被尘滓和庸俗污染的干净的灵魂。他们的存在，像火种一样，终究会燎原的。这世界，也一定会因为他们的存在而更美好一些。

真正的文学，应该有益于人类的文明、进步和幸福，应该为人类提供积极的灵魂滋养，因为更高意义的幸福取决于心灵的明白与否。当一个农民头枕土块香甜地大睡时，一个千万富翁可能正要自杀。当人类日渐陷入狭小、热恼、贪婪、嗔恨时，真正的文学精神和人生智慧，应该能为我们带来清凉。

我在《我的灵魂依怙》一书中写道："你可以撩开大眼，望那遍布世界的硝烟和杀戮；你可以打开电视，望那被恐怖和暴力弄残的幼儿躯体；你可以放眼四顾，去追问失去灵魂殿堂的人们；你可以凝神静气，去搜寻热恼自己灵魂的贪婪。无异，你，我，他，都需要一股清凉的风，需要一晕智者的笑，需要一抹安详的超然，需要一份含蓄的包容。能给予你这一切的，非金钱，非权势，非物质。那养分，来自我们延续了千年的文明。当贪婪烧去我们的清醒，当欲望毁坏我们的宁静，当生命需要另一类营养，当世界需要别一种光明，我们都应该将放飞的眸子收回内心，叩问一下自己。许多时候，叩问自己，就是叩问历史，叩问命运。”

我们的文学也应该从像西部民歌和凉州贤孝这样古老而又年轻的智慧中来汲取养分。它们提供给我们的，定然也是足以让我们灵魂安宁、大气、慈悲、和平、博爱的养分。

我生命的“警枕”

汶川地震的许多画面渐渐从脑中淡去了，时间以其独有的力量冲刷着记忆。

街上仍是车水马龙，岁月仍如过眼云烟。

仅仅一年时间，不少人的脑中又被别的“新鲜”填满了。

但那地震带给我的震撼、疼楚和感悟，却一直沉淀在灵魂深处，不停地发酵着，成为我生命中另一种意义的营养。跟司马光的那个警枕一样，汶川地震也成了我生命的“警枕”。无论遇到什么事，我总能想到那个天摇地动的瞬间。

记得一年前，汶川地震发生前的几分钟，妻子正因一件小事和我闹别扭，弄得一家人心情都不好。这时，桌上的花盆动了起来。地震！我大叫一声，揪了妻子和儿子躲进卫生间。楼在摇动。恐怖占据了大脑。我们一家人紧紧地搂在一起。这时，刚才的一切不快早没了，只有那莫名的恐怖和相依为命的温暖。

那时，我们并不知道，千里外的汶川已天翻地覆了。

待得稍稍平静些，我告诉妻：这时你想想，你刚才闹的那些别扭多么滑稽。

在大楼摇晃的那刻，我们是想不到存折的，也想不到职称，想不到名气，想不到身外的一切。那个时候，身边能有个跟你拥抱的人，对你来说，就是最大的慰藉了。

我对妻子说，以后，每到不快乐的时候，你就想想死亡逼近的那个瞬间，你会立马看淡以前执著的许多东西。

在动感消失之后，我们还在卫生间待了半个小时。我不知道，随后还有什么样的大震，因为我住在顶层，也不敢往外跑。就在那半个小时中，我想了好多问题。

那时，我想，要是我能活下去，我会好好地善待亲人，善待周围的人，善待一切人。因为我们不知道，上帝会在什么时候，将灾难再次降临。相较于随时可能面临的死亡威胁，我们的活着是多么幸福呀！我们为什么要将那些身外的、跟生命无关的东西塞满自己的心，来烦恼自己、烦恼他人呢？

我还想，要是我能活下去，我会对曾给我不愉快记忆的那些朋友说声“对不起”。我想要是怀着歉疚之心死去的话，是很遗憾的。我终于理解了基督教文化中临终忏悔的意义。但问题是，既使你真的成了基督徒，上帝也未必会在你临终的时刻，给你忏悔的机会。死于唐山、死于汶川地震的那些人，即使他们真有歉疚之心，也不可能再有表达的机会了。那么，我们为什么不在生命存在的时候，更宽容一些呢？

我还想，要是我能活下去，我会定期救助一些需要帮助的孤寡老人。以前我虽然也这样做，但存折上总是留有能叫我衣食无忧的数字。可在死亡逼近的时刻，那数字对我毫无意义了。我于是理解了西方的一个观念：在死后留有大量的财富，是一种耻辱。

我还想，要是我能活下去，我会做好多事，尽量做一些能够对他人和世界有益的事。因为那个时刻，我发现，要是我死去，我还是个相对平庸的人。对世界、对人类，我还没有贡献出更多的东西，还没有实现自己应该实现的人生价值。当面对死亡的时候，我才真正明白：人的价值便是自己做过的事。人的肉体可以在一场地震后消失，但人的善行承载的利众精神，会传递下去，照亮一个个未来的灵魂。

后来，在电视上，我终于看到了那些惨不忍睹的画面。那扭曲的钢筋和断裂的石板，碾碎了数以万计的梦想。他们曾经的壮志豪情，都随着突起的尘烟消散在云端了。我不知道，那些丧生于废墟之下和黑暗之中的人们，在生命消失之前，是否也有跟我相似的想法？命运是残酷的，即使他们真的想改变一下过去，也没有机会了。那么，我们这些有机会活下去的人，是否该真的深思一番了？

地震后的一年来，我一直实践着那地震带给我的感悟，并将那种感悟运用到生命的每一个关键时刻。每当我遇到逆境的时候，我总在想，相对于那些被地震掐断了生命之流的人们，至少我还活着。

但我认为，人真正的活着，应该体现在社会意义上，而不仅仅赋予其自然意义。我老对朋友说，一个人从生到死，是一片空白。那空白，是期待你用自己的行为来填充的。一个人的一生，就是“填空”的一生。换句话说，你的所有价值，便是你填充在你生命时空中的那些行为。当命运不曾将汶川地震那样的劫难降临到我们头上时，我们应该尽我们全部的心力，去填写自己的生命履历，以使自己在有限的生命中，建立更多的岁月毁不了的有益于人类的价值。

于是，我效法时钟上的刻度，准确地为自己安排了许多我非做不可的事，比如读书，比如写作，比如救济那些孤寡的老人，或是帮助需要我帮助的人。

从一年前的那日起，我又恢复了前几年中断的为自己打考勤的习惯。虽然没有人要求一个专业作家坐班，但我还是准时在每天的凌晨五时起床，开始那秒钟般紧张而从容的一天。

汶川地震后的一年间，我出版了三本书，长篇小说《白虎关》，学术著作《大手印实修心髓》，还有长篇学术文化对话《热血厚土》，总字数超过100万字。有人说，雪漠，你太勤奋了。我说，我不勤奋，我仅仅是没有忘记那地震带给我的对死亡的感悟而已。因为，我老在想，要是下一刻再地震的话，此刻我最该做的事是啥？于是，我每天做的，便是那最该做的事；我读的，也是我最该读的书。此外，我真的放下了许多跟生命价值无关的东西。

灵魂的热度和生活的深度

——谈牛庆国的诗

在甘肃，最令我感到震撼的地方，是陇东。

初到陇东时，并没觉得它有啥特异之处，除了偶见一些窑洞外，别的风貌跟河西走廊差不了太多，但我深入其中时，却被震撼了。想不到，在外来人眼中司空见惯的平原下面，竟然隐藏着大山的精魂和神韵。

记得我是在夜里乘车进入塬底的，一路行来，并无特异的地貌，但在次日早晨，竟发现栖身之所的周围，有了雄奇的大山。那山透出涌动的大力，充满沧桑和厚重，仿佛在孕育着蓄势待发的喷勃。

当我赞美那山时，文友却笑了。他说，那不是山，因为山的上面是平原。我不信，他便偕我而上。攀援多时，才发现，我原认为是山顶的所在，却广大无边，辽阔壮美。文友说，它便是董志塬。

后来，我仍然将我在塬底看到的称为山。寻常的山，构成者，是累积的土石；我在塬底看到的山，则是由于开掘的深度。前者，世人一目了然；而后者，以其开掘之深，遂有了大山的厚度。同时，也易为那些无机缘深入其中者所忽略。

读牛庆国的诗时，我便产生了那种塬底望山之感。我真的被震撼了。我终于理解了吴思敬等先生将它跟我的《大漠祭》们并提的原因。我发现，我和牛庆国追求的，其实是同一种东西。是的，如果说有人将显现之突起处作为高度的话，牛庆国则是以对生活的开掘之深作为高度。前者的标尺是海拔，后者的标尺是灵魂的厚度和感受生活的深度。只是后者易为俗眼所忽略，只有深入其中，才能见其高度。

正如那塬下的大山不会有江南的灵秀一样，牛庆国的诗中也看不到时下常见的那种所谓的才气，但我们总能产生那种灵魂被冲撞的感受。我一向认为，世俗的才气，是术的层面；灵魂的厚度，才是道的境界。大灵魂的大轨迹名之为“道”，小灵魂的小卖弄名之为“才”，小灵魂的大喷涌则可称之为“天才”。牛庆国的诗中无才而有“道”，其中虽看不出明显的高超的技巧，但我们总能感觉到一种扑面而来的大力。那一个个充满力量的句子仿佛一粒粒石子在敲打我们的灵魂。同时，我们还会从中感受到一种道的热度，那便是悲悯和大爱。要知道，真正的大爱不是用华丽的语言来体现的，而是从诗人的毛孔里喷出的一种整体的生命气息，非关技巧，非关语言，而往往能于质朴之中显现灵魂的热度。其写作过程，也许正如我练书法时的感悟那样："妙用这空灵湛然之心，使唤那随心所欲之笔，去了机心，勿使造作，归于素朴，物我两忘，去书写心中的大善大爱。"

咀嚼牛庆国的诗时，我们仿佛不是在读一首诗，而是在聆听一种压抑的叹息，一声无奈的感慨，一种大爱无言的静穆，一颗拙朴至极讷然无语却总是在鲜活地蹦跳的灵魂。你只要真正地靠近它，心头就会有一种久违的痛楚被勾起。如在《饮驴》一诗中，他写道：

走吧我的毛驴
咱家里没水
但不能把你渴死

村外的那条小河
能苦死蛤蟆
可那毕竟是水呀

蹚过这厚厚的黄土
你去喝一口吧
再苦也别吐出来

生在这个苦字上
你就得忍着点
忍住这一个个十年九旱

至于你仰天大吼
我不会怪你
我早都想这么吼一声了

只是天上没水
再吼也无非是
吼出自己的眼泪

好在满肚子的苦水
也长力气
喝完了我们还去种田

这样的诗，总能触动我们心中最柔软的地方。其实，我们每个人的心中，都有一颗莲子，都曾欲吐露生机，都可能会长出莲花，但时代的污染包裹了它，为它造了一层硬壳。那莲子，便是悲悯之心。虽然它可能被深埋，但一遇到适宜的土壤、适宜的湿度和温度，遇到相宜的其他条件，那莲子仍然会迸出新蕾。读牛庆国的诗时，我就有种坚硬的外壳被剥脱的感觉，从而产生了一种久违的震撼和战栗。

时下，有人将牛庆国划入乡土诗人的行列，我却持保留意见，正如我们不能将画乡下常见的向日葵的梵·高划入乡土画家的行列一样。牛庆国的诗选材于乡土，亦若梵·高选材于乡土，但其诗其画表达的心灵感受却是人类共有的。诗人的成就大小非关乎题材，而取决于心灵。我曾在《白虎关》后记中写道："一个作家最重要的，是如何让自己大起来，有大的境界，大的格局，大的眼界，大的胸怀。只有在你成为梵·高之后，在别人眼中司空见惯的向日葵才会燃起生命的火焰。"牛庆国诗作的选材，也往往是些寻常的小事，但正是那些小事，承载着一种无法言说的大。

牛庆国生于会宁，其家乡以苦甲天下和高考状元县为世人所知，他曾以当文化局局长的便利，积累了大量别人闻所未闻的原始生活题材，从而有了独特的生命感悟和人生库存。这样，他的诗便有了跟时下很多诗人不一样的对生命和生活刻骨铭心的感悟。也正是因为如此，他的笔下老是出现那种拙重的刺目的意象，如："走着走着/路突然立了起来/这是崖"（《崖》）；"许多年了/在那里意守丹田/而丹田就是那/红红的毒日头"（《黄土腹地》）；"谁在大风里咯血/把一轮夕阳/咯到了天上"（《向日葵》）；"看着黄河老态龙钟/蹒跚着远去的背影/

风就把我吹成/黄河里松动的一颗牙了”（《黄河片断》）。

牛庆国的诗很像兵马俑，不是由纤巧和灵动显示其才华，而是以力量、拙朴和厚重意象显示其灵魂的厚度。

我曾多次品味牛庆国的诗集《热爱的方式》，每读一遍，总能于不经意间看到扎我眼眸的意象，总能于不经意间感到莫名其妙的痛楚从我心中抽出。而达到这效果的，总是不起眼的、质朴无华的语言。它没有时下诗歌常见的华丽和典雅，而是平到极致，淡到极致。那平淡的字眼和平淡的语气，总能达到奇异的效果，令我慨叹不已。可见他写诗时，那笔下流出的，不仅仅是文字，更有一种悲天悯人的大气。

时下，牛庆国的诗歌还没有得到应有的评价，原因很多，时下的人心浮躁肯定是原因之一。亦如不深入那董志塬底定然看不到别样风光一样，俗眼庸眸是很难看到大景的。我老说，攻入一座有实力的城堡时，也需要有相应的实力。牛庆国是用灵魂写作的诗人，读其诗时，也需要有灵魂的投入。

从《中国治水史诗》谈文学的不朽

我来自甘肃武威。温家宝总理曾说“决不能让民勤变成第二个罗布泊”，民勤是武威的一个县。它是我的长篇小说《大漠祭》《猎原》《白虎关》的背景和素材源头。我花了二十年生命写这三本书，就是想描绘干旱缺水的西部大地上人类的存在。现在，腾格里大沙漠和巴丹吉林沙漠已经像张着大口的猛虎，扑向我的家乡。我的许多父老已沦为生态难民，远去他乡。我无法预测家乡的未来，正如我无法预测人类的未来一样，但我们却可以依托文学来增加一份关爱。

可以说，西部人的历史，甚至中国人的历史，都是“找水”的历史。《中国治水史诗》其实是另一种意义上的“找水”，它可以帮我们找到另一种清凉，以解除我们灵魂的干渴。

在西部，许多东西都消失了。历史的显赫、百姓的灾难、人类的挣扎以及无数美的丑的男人和女人，都被岁月卷没了影儿，但一种东西在干渴的土地上生了根，那便是关于水的一个个故事、关于水的一次次纠纷、关于水的许多文字，还有处理水纠纷的一块块石碑。它们记载着水的历史。无数的人与事物都化成了云烟和尘埃，水却成为抹不去的记忆。

同样，现在的一切也会消失。无数的故事、无数的作品、无数的声名显赫的作家，都会随着历史的云烟渐渐消失于无迹，会像破灭的水泡那样消失于亘古的暗夜。但我相信，今天首发的这部关于水的史诗，定然会成为一座文化丰碑。

虽然世上的一切终究会成为记忆，而记忆的本质与梦幻相似，但围绕这部治水史诗的感人故事，书中记录的存在，书中倡导的精神，却能给许多干旱的土地带来看得见、摸得着的价值。这是一种生存意义和文化意义上都能触摸到的存在。当我们想到这存在时，会觉得非常温暖……

是的，在这样一个追求功利的时代，竟然还有这样一个群体，花费了如此多的人力财力，叙写了一部虽不能马上带来眼前利益，却功在当代益在千秋的史诗。

我相信，当我们的子孙想到这一事件时，他们也会被感动的。

世界在飞快地消失着。人间的一切，都在不停息地变化着。我们留不住任何想留的东西，但我们今天在现场和不在现场的许多人，却想在这变化之中，留下一点消失不了的东西。

同样，无论是一个作家，还是一个民族，最想建立的其实是一种岁月毁不掉的存在和价值。

这也是我常常思考的问题。我常常追问：我们作家，如何以文学的形式，建立一种永恒？

许多作家和作品，都像太阳下的露珠一样，被岁月蒸发了。搅天的信息要掩埋我们，岁月的沧桑要腐蚀我们，历史的潮水要冲刷我们。我们这一滴滴水，如何才能实现不朽和永恒？我想，几乎每一个有追求的作家，都会追问这个问题。

一代代的作家追问着文学的意义，都在寻找着那个文学存在的理由。

需要说明的是，历史上留下的那些关于水的文字，其实已经为我们提供了一种讯息。它们是不朽的。在千年的历史长河中，它们沉淀了下来。显然，人类需要那些文字，是因为人类需要生存。当存在成为人类绕不过去的话题时，文学只能靠直面人类的存在而实现不朽。

历史的飓风将无数华美的文字吹得不知去向了，但我的家乡及许多作家的家乡，却留下了那么多的关于水的文字。它们虽然不一定多么精美，但因为它们将自己泼入了人类存在的大海，因此实现了相对的永恒。

翻开文学史我们就会发现，任何时代的文学，总跟那个时代人类的生存密切相关。任何无视人类存在的文学，必将为时代淘汰。

《中国治水史诗》便为我们展示了一次不朽的可能。我相信，只要人类存在，只要中华民族存在，这部史诗蕴含的精神便会永恒。它承载的治水文化，它记录的某个群体的努力，它倡导的某种精神，便会依托文学这种形式流传下去。

我想，真正的文学，除了文学价值本身的追求之外，还应该做到以下三点：

一是文学要在无常和变化中寻找永恒。我们的肉体可以消失，我们的精神却可以依托文学传承下去。我们希望能多创造几次像《中国治水史诗》这样让个体介入人类存在的机会。第二，文学要在虚无中建立存在。我们经历的一切都成了记忆，而记忆的消失像风尘中逃跑的一条黄狗，我们很难追上它，但我们可以利用文学，在虚无之中，建立一种岁月毁不了的存在。《中国治水史诗》留给世界的，就是一种被文学定格的存在。第三，文学要在虚幻中实现不朽。大自然可以毁灭一个城市，一场战火可以毁灭许多建筑，一场地震也可以毁坏无数的水利设施，但这世上，还会有一种岁月毁不了的东西，这便是《中国治水史诗》中承载的某种精神。

正是因为有了这种精神，人类才可能更快乐、更清凉、更明白、更自由。文学跟宗教学、哲学等人类诸多的学科一样，其终极目的，便是能为人类的存在带来幸福、快乐和自由。离开了这个目的，文学将丧失其存在的意义。

岁月的飓风正在吹走我们的肉体，无论我们愿不愿意，都会很快地消融于巨大的虚空之中。我们可能留下的，也许只是文学独有的那点精神。

所以，我一直认为，除了文学价值的基本底线之外，好的文学还必须做到两点：一是这世上有它比没它好，二是人类读它比不读好。

《中国治水史诗》，便做到了这两点。

《生命谷》：苦难人生与心灵超越

我一向看好阎世德的小说，他的作品总是有一种生活和生命的质感。中篇小说《生命谷》(发表于《飞天》)亦然，其中浸透的苦难，总是让人有种撕心裂肺挣扎的痛：

煤客子苦，煤客子难，
天下可怜的人是煤客子；
吃了阳世间的饭，
再受阴间里的苦。
四片片石头夹着一片片肉，
天天进出个石棺材；
活一天，算一天，
苦难的日子没个头……

《生命谷》写了西部偏远的一个沙窝里的一帮煤客子艰难的生活。主人公煤大张爸世世代代是煤客子，“爷爷煤客子，父亲煤客子，自己煤客子，祖祖辈辈的煤客子，祖祖辈辈的煤大呀，不细想想，都不知道自己姓张了……”不仅仅是张爸，还有二元、狗剩、朱三、张五等煤客子，还有放了一辈子羊的羊倌，刻了一辈子石磙子的石匠，祖祖辈辈的人就生活在这个“山谷”里。苦难是他们难以摆脱的一个梦魇，这沉重的包袱如大山一般压在了一代又一代人的身上。因为贫穷，没有钱，地里的庄稼就无法浇灌，村里人贷款浇水还要受到“老黑”隐蔽的“剥削”。即使是赖以生存的小煤窑，也因为“无证开发”时时面临被关闭的危机。村里人用钱的地方太多，“唯一来钱快的路子，就是到山谷背煤，只要能背出煤来，只要还活着，就有实实在在的票子握在手里，就能让眼前的日子继续前行”。

《生命谷》的创作意图跟我的《大漠祭》《猎原》《白虎关》相若，就是想记录生存的苦难和沉重，进而改变它们。但我知道，这苦难，只有在他们的心灵变得明白起来时才会消失，而叫心灵明白或观念转变，是世上最艰巨的工程。

《生命谷》让我读到了生存的艰难，同时也读出了作者的真诚。作者以悲悯的情怀真实地记录了这些苦难的煤客子，字里行间饱含了同情心，可以看出，作者极力想借助于文学来表达对西部父老深深的爱。这份关怀和同情，和笔下透出的血肉笔力，是不多见的。

《生命谷》洋溢着西部人独有的人性光芒，沉重的生存压力并没有压弯他们的脊梁，即使苦难重重，西部人心灵的力量仍然非常强大。作品中渗透了人性的善美，刻画了诸多优秀的西部儿女，如善良、质朴、坚韧、做事有底线的煤大，如一心想让村里人脱贫致富的大元，如不畏权势，敢作敢当的川娃子，如悄悄写信给煤大的善解人意的亚琴，如真心爱着狗剩的碎女子，如知错就悔改的文文……这些小人物，生活在社会的最底层，作者用文字"定格"了他们的生活和灵魂，告诉当代，告诉历史，西部有这么一群人就是这样活着。这成为我写《西夏咒》的理由，也成为阎世德写作《生命谷》的一个理由。

在这个"生命谷"里，煤客子们很想摆脱穷苦的命运，他们通过"祭山"，渴望用山神身上的"血"来养活村人，但生态资源毕竟是有限的，无限制的开挖只能使山谷的村人陷入更为艰难的困境，那点赖以生存的资源终有一天会耗尽，那时，村人的出路又在哪里？人类与自然之间的依存关系，又该如何协调？小小的山谷是社会的一个缩影，所折射的问题是普遍的，也是严肃的。作者的立意便是如此，在看似平淡的叙述中蕴含了一个大的命题。

另外，还有人与人之间的善恶之争，人性的东西在小说中也展现无遗。煤大张爸拒绝冯胖子的两万元，他朴素的信念就是：“不是我煤大不缺钱，可是山有山规呀，做人，不能没良心……”面对巨大的诱惑，人是否能抵御住诱惑？做人应该有底线，如果一旦过了底线，那人和动物也就无异了。相反，石刘子和冯胖子为了争夺更多的煤炭，相互之间明争暗斗，不惜拿生命相搏，其背后的本质仍是人无穷尽的贪欲。因为对金钱的贪婪，心灵已被腐蚀和异化，没有任何的信仰，没有做事的底线，才有了相应的恶行，冯胖子才不顾诸多煤客子的死活炸开了充满一氧化碳的煤矿……悲剧便不可避免地发生了，善良的狗剩和其他煤客子因此而丧命。

关于苦难，很多人将它符号化、公式化了，特别是谈到西部，一些人的印象中除了愚昧、贫穷和落后，就是黄沙和戈壁，之外，很难再书写什么。相较于东部其他地方，西部在经济上确实发展较慢，很多地区的农民仍然处在生存的艰难之中，《生命谷》很具有现实意义。苦难的形成固然与西部的自然环境、人文环境、思想观念、文化土壤及历史发展等因素有密切关系，但面对苦难的人生，西部人自有一套生存的智慧，总能在生活中展现另一种诗意，他们多追求活着的理由，多追求灵魂的宁静和超然，多趋向对生命意义和价值的追问，这是西部文化中最为精髓的超越部分。

面对苦难的人生，不能仅仅沉溺在苦难中，应该积极地走出苦难，超越苦难，让心灵超脱出来。其实，所谓的苦难，很多时候也是一种心灵的感觉。超越了苦难层面的人，他会非常安详，非常宁静、快乐。世人眼中的苦难，他可能会认为是一种有意义的生命体验。应该将苦难化为一种动力，积极改变命运，探究苦难的根源，跳出那捆缚心灵的“生命之谷”，走出那狭小的天地，走出历史沉重的阴影，去拥有另一种人生。

作者在小说的最后也发出了这样的思考，西部农民一代代人苦难的命运又该怎么改变？考上大学的文文寄托了很多人的梦想，他应该是新生的力量，他走出山谷、走向城市，是否能真正地改变命运？当煤大听到文文唱出来世再做儿子的心声后，不仅叩问：“下辈子，你还要找一个煤客子的爹吗？”这一结尾，寓意深长，令人深思。可以看出作者强烈的忧患意识和责任感。

我们每个人面对的，是如何走出自己的“生命谷”？如何走出那捆缚了千年的心灵“枷锁”。要知道，真正的走出应该是心灵的走出和观念的走出。整个农民苦难命运及境遇的改变，最终要靠心灵的改变，而不是别的。

我常说，心变了，命才能变；心明了，路才能开。所以，紧要的是改造西部的人文环境，完成西部农民灵魂的重铸，从改变农民的心灵和观念着手，完成灵魂的重铸。这应该是西部作家义不容辞的责任。

不读书与心灵死亡

读书，在我的一生中占据非常重要的地位。可以说，没有读书就没有今天的我。

当然，这里的读书，指的是读好书，读那些增长智慧、培养善良的书，那些能让我们的心灵柔软、塑造灵魂的书。要是读增长欲望和贪婪的书，那不叫“读书”，那叫“吸毒”。

时下许多人所谓的读书，大多是为了“用”。殊不知，这种功利性的读书，也许能取得暂时的“成功”，但对心灵、对人格的提升影响甚微，有时甚至具有很大的副作用。真正的大成功取决于人格。

我指的读书，是道，而不是术。

我曾发过一问：既然不读书我们死不了，那么我们为什么读书？

没人知道，不读书的人虽然肉体不会马上死去，但他们的心灵却可能为愚痴侵蚀而死亡。当然，那种死亡过程是缓慢且不易察觉的。当那死亡降临时，你就会认为那些喜欢读书的人真是幼稚，却不知道自己的心已经死了。

人的健康有两种：第一，肉体健康；第二，心灵健康。心灵的健康就是心灵活着。这个时代，心灵活着的人不多。

我曾有过许多读书朋友，后来他们大多不读书了。每次相聚，我都发现他们被异化得更为严重。他们热衷的，大多是当时流行的话题，不外乎“钱权”“名利”或是“房子”“票子”，此外再也没有一点属于自己的东西了。

心灵渐趋死亡的人，实则是一具活着的“僵尸”。虽然肉体还能移动，有人甚至也活得很风光，但他的心灵却是冰冷的。他们没有灵魂的热度，没有生命的激情，没有爱心，没有担当。他们已成了社会的一个死去的细胞。

很多人并没有发现自己在堕落，这成了另一种意义的集体无意识。如果缺乏警觉，是很难发现那张庸碌大网的笼罩和腐蚀的，生命就在网中慢慢流逝了。虽然也有些个别清醒者，想挣扎一下，但他很像网中的鱼儿，无论跳多高，落下时，仍会发现自己在网中。徒劳无功地跳几次后，他也会认命地随波逐流。

只有从这种堕落中自救，才能实现一个人真正的价值。

自救，关键是救心，给心灵提供足够的正面的滋养，让心活起来、大起来。心活了，人才能真正地活，才能充满清凉、大气和博爱。

真正的自救，从读好书开始。

《茶般若》：诗人的禅心和爱意

第一次认识姜慧，是在北京。我正在配合《光明大手印》书系的宣传，在她家的茶室里，我们相遇了。那次来的人很多，好些人没有座位，就只好站着。在站着的人里，就有姜慧。她这一站，就从人群中高出来了。她那时给我的印象，有种秀外慧中的意蕴。

后来，偶有短信联系，也多是欣赏她的诗作，诗中透出一份兰心蕙质，虽次数不多，但印象很深。这时代，能勾女人心的好东西很多，诗带不来啥功利，能爱诗写诗的女子，定然有种不一样的超然。加上姜慧关注的，多是时下的女人不关注的东西，像道呀，禅呀，灵魂呀，信仰呀，等等。这样，我就记住了她。

这次，她请我为她的《茶般若》写序，虽然我非常忙，但我还是抽了点时间，读了她的诗，写下一点文字。

看过小说《西夏咒》的人，知道我也写诗，我自吹为“天籁”，但出版之后，反响不一，爱的爱死，恨的恨死。我虽然常写诗，但总是懒得投稿，仿佛一有了投稿的心，诗就会受影响似的。我写诗，是自己流出来的，既无章法，也无目的，只为表达一点诗意和陶醉。写诗时，心里也没有文字，没有构思，没有目的，甚至不是在写作，而是将自己的灵魂和生命深处的诗意，借文字流到纸上，完成心灵的一种倾诉，仅此而已。所以，我对那些好好坏坏的评价，倒不在意的。

我一直认为，真正的好诗，只属于心中有诗意的人。

我想，姜慧应该是这样的人。

好的诗人当富于情感，远离功利，故能放下一切，享受自然、生命和人生，将诸多得失经历融入生命的大美，感受一种真情的涌动。他们是专注而敏感的，也是超然而自得的。《茶般若》中的诗，有茶却又无茶，诗人放下茶的口感，放下茶的功利，感受茶中的禅味，感受茶中的人生。这时，诗中品出的，是心灵，是文化，是灵魂，是命运，更是一种说不清道不明的禅意。

谈到诗的“品”和“写”，姜慧说：“我写诗时一只眼睛看着自己，有一份观照，另一只眼睛是失神专注的，被看不见的绳子牵着走。我在那种感觉里寻找光明。”“我可以把自己拆了，让手去行走，让腿去思考，可以把眼睛长到后脑勺上，可以用背影大笑，用长发哭千年。我可以和每一样茶每一器合体，以另一个自己游走人间，经历悲喜冷暖。可以来到生命的最后一天回望，带到来世想念。”“诗的世界给了我几生几世的真切感受，我在那些亲切事物间找到我不能触摸到的真实，找到我的亲情爱情友情，找到我曾经遗忘的故土故国故人，找到我丢失了的一个一个的自己。那是我的重量，我的活着的证明。”这样的诗，也就有了一种真正的艺术价值。因为，它不是一种狭隘情绪的宣泄，不是一种苍白心灵的戏谑或是哭诉，而是一次生命诗意的尽情喷涌，是一个滚烫灵魂的自言自语。它既是写给自己的，也是对世界的一种发言和对话。

另外一个有趣之处是，茶道文化对于她，已超过了其本身，正如西部文化对于我，也远远超出了西部大地本身一样。我们对文化的理解，都偏重于它们对人类心灵的影响。但姜慧心中之茶道，侧重定慧，也重人情，是化解心灵浮躁、冷漠的一种方式；而我心中的西部文化，则既重超越，又重慈悲，更重一种利众的行为，一种不会随着肉体消逝的价值。

姜慧对现代人的痛苦焦虑，显然是充满悲悯的，所以，她多次谈到对现代人生活状态的慨叹。她认为，现代人总是心外求法，把快乐和宁静的希望寄托于善变的外物，故而总是活在过去，活在别人的脸色之中，不是猜疑、仇恨，就是充满懊恼，不能安详、坦然地活好每一个当下。她觉得，追求安住当下的茶道，应是现代人的救心良药。

明眼人可以看出，她说的这些，我也在《光明大手印》书系中说了。

古人也说“茶禅一味”。智者的品茶，会有种释迦牟尼佛拈花一笑时的意蕴，赵州老和尚于是说：吃茶去。所以，要是真的通晓了“天机”，那茶味和禅味，确实是能够沟通的。当然，不仅仅品茶，在智者眼中，人类的所有活动，都是悟道的契机。六根六识，皆可悟道。

姜慧写诗，似乎也在追求这种东西。所以她说：“我把自己长成诗句，在尘世间飞行，回归命运的诗篇。我是在诗句的自己中认出了你，和我生生世世的联系。你一定知道我的密码，告诉我怎么样才能打开这一世的命定，自由来去。”仿佛她的写诗，也变成了与“神”对话的一种方式。

不过，姜慧诗中的茶道，和某故事中一日本僧人在废墟上的焚木饮茶还不太一样。姜慧心中的茶道，多了几分人间的温情。她说：“‘风雨故人来’时，那茶，喝的是人情一杯，风月两肩；‘寒夜客来茶当酒’，喝的是人间温暖，是光明，是希望。”可见她传播的，应是一种既活在当下，又有爱心的茶道文化。真正的茶道文化是高贵的，也能承载宗教精神。

读她的诗时，我最喜欢的，是《今夜，向李清照举杯》：

在那样的有月的晚上，由她拭去我脸上凉凉的泪，我的心里最贴慰。

在那样的长长的因雨而打湿的夜里，和她举杯对酒长醉，我的心里才最美。

是时代成就了李清照，还是李清照成就了那个时代的文坛？我至今没太弄懂。

她生来就降落在花园里，生来就为了爱。草间蝴蝶告诉了我，风中花香告诉了我，夜晚知了告诉了我：这世上最凉的是她午夜里那一声窒闷的叹息。

从什么时候起，她的窗外就飘起大雪，无声无息无边无尽的大雪啊，至今没停过，下了几百年。我古典的、未来的、永远的李清照！

……跋涉了这么远，跋涉这么久的岁月，李清照最想到达的是哪儿呢？在“憔悴损，满地黄花积”的日子，我真想揽住她，把她当成个平凡的小女人。

我还在所有人的诟病中，体会了她晚岁的凄惶。那时候，我多希望她只是一个含饴弄孙、亲人满堂的白发苍苍。

被寂寞伤害，被政治伤害，被荣华富贵伤害，被才华以及美貌伤害，心地善良的她，无法自卫。李清照活在哪一个时代都是一个误会，因为她总想拯救爱。

绝对的专注投入，绝对的倾心爱慕，绝对的忠贞不渝，绝对的慷慨无私……这世上有这样的爱吗？如果没有，就配不上经典的李清照。

超然清幽的天性，冷艳传奇的人生。幸？不幸？

从上面的文字中，我们可以读出姜慧的追求。姜慧最向往的，还是一颗平常心。这才是人间的大美。

她用尼采对自然之美的解读，来诠释了这种美——“渐渐渗透的”，“几乎不知不觉把它带走”，“悄悄久留我们心中之后，就完全占有了我们”，“使我们的眼睛饱含泪水，使我们的心灵充满憧憬”，不会“一下子把人吸引住”，更不会做出“暴烈的醉人的进攻”。它是一种可以由某种特定仪式来接近的美——或许，我们可以将她的写诗，同样理解为在不断接近着这样的一种美，或是在尽情地表达着这样的一种美。

这种美最好的地方，在于它能让人的心灵变得越来越柔软，而不是越来越坚硬，更没有一丝掠夺和占有。因此，它是有益于现代人心的。

了解我的读者，都知道我评价作品时的两个标准：第一，有它比没它好；第二，读它比不读好——这好，不是流行价值体系所说的好，而是心灵的升华。所以在我看来，姜慧的《茶般若》，确实是值得一读的。

灵魂的拷问和身份的追索

——解读《羊哭了、猪笑了、蚂蚁病了》

我在甘南草原体验生活，已经有两个多月了。我想感受另一种生活，再写出几部能安慰自己灵魂的好作品。

我这次西部之行，源于雷达老师对一部小说的推荐，它就是今天研讨的《羊哭了，猪笑了，蚂蚁病了》。我看到这部小说之后，我突然觉得，很多中国作家，都应当惭愧，包括一些获了大奖的人。他们根本不能和这个默默无闻的作家相比拟。我看完小说之后，便发短信感谢雷老师，感谢他推荐这样的作品。我对雷老师说，以后我也想写几部这样的作品。于是，我就重新回到了西部，在甘南草原体验生活。

看到《羊哭了、猪笑了、蚂蚁病了》以后，我被深深地震撼了。这部作品是灵魂的倾泻，生命的迸发，绝不是技巧的功效。陈亚珍真的很了不起。我的儿子陈亦新看完之后说："这样的作品如果被埋没，中国文学是没有希望的。"

当然，目前这部小说被中国小说排行榜评为上榜图书。感谢雷老师推荐了这本书，让我们很多作家发现了自己和这本书的距离。我们的作家应该更好地去深入生活，让自己的灵魂更加博大，更加强健有力。

我跟陈亚珍的创作追求有相近之处。相较于文学作品，我们都喜欢看宗教、哲学类著作。过去我在武威，有一间闭关的小房子，保留了将近二十年。在这间房子里，我放了两张照片。一张是我的上师的照片，另外一张是雷达老师的照片。我一直很感激雷达老师发现了我的《大漠祭》，经过他的力推，才让更多的人发现了我。在这一点上，陈亚珍也一样。所以，雷达老师对文学的热情和赤诚我是深有感触的，他对任何一个他认为写出好作品的作者无论世俗地位高低，都是一视同仁的！这样的文学心灵是值得我崇尚的。我把他的照片放在书桌上，提醒自己一定要写出好作品来报答他的心灵。所以，宗教和文学两种力量，形成我生命的元素。雷老师代表文学，上师代表佛教，造就了我生命追求的两峰。当雷老师占上风时，《猎原》《白虎关》《西夏咒》便从我心灵中流泻出来。当上师占了上风时，我就专注于《光明大手印》《无死的金刚心》这些佛理佛心的书写。它们有时在我生命中纠结，有时互为统一。正如儿子所说，雪漠本是一个作家，却想当佛陀，其实宗教和文学不尽相同，但都需要精神超越，其终极意义是：善！于是我的小说有了另外一种张力。

阅读陈亚珍的作品亦然，我总能感到文学之外有一种张大的力量。《羊哭了、猪笑了、蚂蚁病了》以充沛的内功、强大的心灵力量、超凡的思辨、原始森林般的生活容量，写了一个被良知拷问的灵魂和一群被灵魂拷问的生命。

书的开篇，首先出现的是一个寻觅和追问的灵魂。依照作者所言："活着的时候我想死，死去的时候我想活，于是我又勇敢的复活了。""我"成了一个追问和寻觅的灵魂，重回人间，重回故土，重见家人，为了寻根问祖，为了爱的渴望。这既是灵魂本身的追问，同时又是灵魂——良知对活人的拷问。

在中国传统文化中，有一种说法，肉体本是灵魂的载体，肉体随时可以消失，但灵魂不灭。我更愿意将灵魂当成是一种良知，因为凡有渴求良知者，总是会感受到灵魂的被迫受欺，而丧失良知者不在乎灵魂是否安然。也许，惠儿的灵魂复活或者说不死，正是她的良知使然，也正是因为有更多的人在召唤她，比如他的父亲，惠儿灵魂的出现是父亲的一个难题，他必须正视他不愿正视的种种。起初正如书中所见，父亲更多的是个背景，也是惠儿生命中的一个影子。再如她的二妹，正在崇高与低俗的十字路口，时而嘲弄，时而仇恨，时而悲天，时而捶胸，他们都需要灵魂。所以惠儿无疑是灵魂的救赎者，设若没有灵魂的拷问，惠儿爹们则无法安息，惠儿姐妹们则无法选择，书中的众多角色也不可能有升华的可能。因此，我们首先看到了一个四处奔走的灵魂，她首先以寻祖的形式，追问良知。

祖是什么？祖就是一个人的身份。书中还有一句话：一个人如果没有身份就像一个民族没有祖国一样。这句话给人留下了很大的想象空间，其意义让我意识到亡灵是寻找作为一个“人”的身份，什么是人的身份？作者说：人的全部尊严在于思想，人的全部身份在于爱与信念！如果人类失去了爱，就丧失了最后一点文化。是的，爱、良知、信念是人类的普世价值，可人类的良知已被腐蚀、被淹没、被侵袭，但良知使灵魂死而复生，去寻觅，去追问，去化解，甚至去引领，去洗礼，去救赎。由此，我断想灵魂不止是寻根问祖单一的含义，而是寻找真正的“人”的身份。

其次是对规矩的追问。

规矩如同层层蛛丝制约着世人。惠儿生活的梨花庄像所有的村庄一样，似乎都有一个魔幻式的、神化式的、唯美式的开始，点石成金般地给了那块土地一个灵魂。一代又一代的人类在那块土地上繁衍生息，日夜耕作，守着古老的规矩，不超一步，不越一池。于是，这千古传下的规矩也开始被灵魂追问。有人说规矩是杀人不见血的刀，是绑架灵魂的魔鬼，也有人说规矩本是善和美的使者，失去规矩就是恶。

规矩是什么？

其实文化祖先制定规矩正是为校正人的行为，然而它一但程式化、教条化，人性就在其中被桎梏。书中的规矩让九妮刺瞎了自己的眼睛，独眼九妮又用规矩杀死了所有需要爱和应该被爱的女人们，最后又被破“规”纵“欲”的养女击毙在“贞洁”牌坊下；规矩让惠儿的母亲以“不贞”为名屈辱地活在梨花庄，被深爱的丈夫抛弃；规矩又让许多烈士遗孀跳井、上吊死于非命，也让惠儿嫁了张世聪。后来，被玉米们以“人不为己天诛地灭”的理念，把这规矩彻底粉碎了……自此，梨花庄无一瓣梨花，凡有灵之物一概不复存在。

旧的规矩破了，新的规矩再次成立，它的呈现似乎潜在中更加惨烈。玉米们肆无忌惮，一会儿舞起革命的大旗，一会儿歌唱造反的小调，他们永远是时代的宠儿，是权钱的追随者，他们深通任何一个时代的规矩之妙处。因此人世间的最大工程是：消解规矩、再造规矩、利用规矩。这其中也包括张世聪们，一群可怜的小人物，当他们制造不了规矩时，便成了规矩的爪牙。凡是这样的规矩都是虚假的，是经不起时间推敲的，也经不起历史追问的。任何一个良知者都会明白，这规矩实际上是人类生存过程中，残忍厮杀时的一块遮羞布。

在这部小说中，惠儿奶奶是个目不识丁的思想者，她知道再大的规矩也大不过活命，大不过一个孩子的亲娘。如果规矩变成凶器反过来刺向人心时，这规矩就是元凶。惠儿奶奶没有成为规矩的奴隶，她以内心的痛切、坚毅，有效地摒弃了规矩，维护了一条命。这是这个人物的伟大之处。但更多的人在规矩面前，钝化了良知，随着人潮拥上了那班不知去向何处的公共车。他们在车上拥挤着、厮杀着、吵闹着，望不到一点属于自己的风景。他们自动放弃做人的尊严。像书中所说，只有“狗”做到位了，才能支起来做所谓的“人”。

巨大的历史漩涡海啸般席卷了人的灵魂，剩下的，只是一堆堆干巴巴的肉体。他们木偶般地笑着、动着，念叨着那句老话：好死不如赖活着。

为何会有这历史的漩涡？这漩涡的主宰者是谁？谁能超越这漩涡，超越这集体无意识的宿命？

有人说这漩涡是国家、是民族，是地域，是人种或血脉。每当一个漩涡卷起千层浪时，民族、国家、种族无不在巨大的痛苦之中，梨花庄的人不就是这样吗？因为汞矿，土有毒，水有毒，食物有毒，人也有毒。废弃，难道是一个村庄的终极悲怆？这正是艺术家们、文学家们时刻警觉的，用历史来提示现代，用经历来告知人类，用语言来展示因果，用疼痛来提醒时代和时代的“规矩”。如此，庸常者才有可能发现那个即将到来的灾难，至少听到了警钟的鸣响。

所以，才有了大量的思辨。这种思辨是一个真实的灵魂不由自已的倾诉，那些话酣畅痛快，仿佛久病之人一场大汗后不治而愈。为此，那些“思辨”汇入了形象体系，让人感受到它不是在说教，而是良知的共振、摩擦和燃烧。在熊熊的烈火中，真金接受着最炽热的冶炼，灵魂需要洗礼，需要被人间称之为苦难的洗礼。

你到底有没有灵魂？非是无知时的自大之言，而是经历拷问后的生命轨迹。

灵魂的拷问是一种态度，我相信作者就是在这种态度下写作的，她用文学拷问着自己，历练着自己，升华着自己。但是在升华之处还有一个空间。字里行间中苦难的味道浓烈不散，虽然也能看到作者对爱的追求，却没能用爱化解所有的仇恨，让爱成为一种智慧。

书后评者说，平庸的作家书写的是个人的心灵，优秀的作家书写的是民族的心灵，伟大的作家书写的是人类的心灵。这句话是有道理的。陈亚珍无疑是优秀的作家，她书写了一个民族的心灵，但又不仅仅如此。战争、饥饿、瘟疫、政治高压、文化禁锢、人心的黑暗，哪一个民族不承受这样的灾难和痛苦？所以这部书又是对人类灵魂的书写。亡灵的找寻是茫然的，这也许就是人类的宿命，但作者最后的仁慈是：让亡灵与亲人团聚。最高的理想是“让仇恨扯远，让爱延伸”，他们“终于唱起了一支属于自己的歌”，这歌声还要让所有的人都听见。所以，这部作品里的爱，是灵魂的绝唱，她宁静、安息……

也许我的解读称不上解读，因为我不想把自己和人物当成毫无关系的二元，小说中的那些人物何尝不是自己，而自己又何尝不是人物。文学成全着作者，同时也成全着读者。

文化照亮人生

——《空空之外》序

多年前，英国《卫报》全文刊登过我的小说《新疆爷》，西方的一位女汉学家读完后，对中国产生了浓厚兴趣，她通过多方渠道找到了我。当我向她介绍我的《野狐岭》《大漠祭》《猎原》《白虎关》《西夏咒》等书时，她茫然地望着那七部长篇小说，说有点望洋兴叹的感觉，她只希望能在最短的时间里，读懂西部，读懂丝绸之路。于是，便有了《深夜的蚕豆声》的缘起。

同样，去年五月，我应邀前往北美访问，与谈锡永大师相见，彼此相谈甚欢。我给他送了我的文化专著。这些书解决了很多读者的疑惑，但由于字数有三百多万字之多，不免让忙碌的现代人望而生畏。谈锡永大师希望我提炼精华，重写一本，这样，会让更多人受益。这便是《空空之外》的缘起。

今天，在世界文化的格局中，中华文明虽历史悠久，博大精深，但在国外，很多人对中国文化并不了解。与强势的西方文化相比，中国文化显得较为弱势。在北美考察的四十多天里，我深刻感受到这一点。中国优秀的传统文化，在当今国际形势下，到底能分得多少蛋糕？还真说不清。在美国很多的唐人街，我甚至没看到一家像样的中国书店。走在他国的大街上，满眼都是中国人的身影，到处弥漫着浓浓的中国味，但这种味只是一飘而过的风，很难在西方落地生根、影响世界。这种现象，引起了我的反思。

我们常说要建设文化强国，但如果没有一种强大的能够影响人类生活方式的文化，这种强大是很难持久的。要实现真正的强大，必须要给世界一个重视你的理由。一个国家的强大，不在于疆域的广袤，不在于人口的众多，而在于文化基因中的那种自主和强悍。

2009年12月，我参加首届中法文学论坛，在法兰西学院做过一次演讲。当我把中国西部文化展现出来时，很多国外的汉学家为之一震，他们不知道东方还有如此壮美的文化，就如那位女汉学家读到我的《新疆爷》时，竟然不相信中国还会有如此美的爱情一样。其实，在中国传统文化中，不仅有普世性文化，还有更精英、更纯粹的文化，这就是中国文化中的超越文化，它是西方文化没有的，也正是这时的世界最需要的。

文化是生命的程序。有什么样的文化，就会铸就什么样的灵魂。文化会用一种强大的力量，去影响人的灵魂，进而影响人的命运。超越文化能拯救濒死的灵魂。我文学作品中的人物，都在以不同的形象、不同的生命历程，诉说着人类对永恒的向往和对现实的超越。

西部文化是中国文化的重要组成部分。它是中国的原点文化，其中有非常原始、非常本真的东西，有一种没被现代文明污染的精神性的东西，它能直接作用于人的生命本身，进而影响着人的诸多行为。西部文化也是中国文化的重要源头，它的博大和精深为中国文化提供了取之不尽用之不竭的营养。

下面，我们借助三位著名文艺理论家对我作品的解读来了解一下西部文化：

中国小说学会会长雷达先生在2011年4月19日中国作协《白虎关》研讨会上说："雪漠写生存的磨难和生命力的坚韧，细节饱满，体验真切，结构致密，并能触及生死、永恒、人与自然等根本问题，闪耀着人类良知和尊严的辉光，能让浮躁的心沉静下来。雪漠作品有比较贯穿的思想，有直指人心的东西，有一种内在的东西，精神内涵非常深厚。他的作品渗透了浓厚的宗教精神。他的作品写人的精神的救赎和自我解脱，试图重述精神信仰，试图指向人心、剖析人心、拯救人心。此外，雪漠充分发扬地域文化的魅力。回首中外世界文学史，许多留名的文学作品，都与地域文化有很大的关系。"

复旦大学教授陈思和先生认为，在过去的几千年里，每当中原文明疲软乏力死气沉沉时，西部文化和少数民族文化总会介入，它们的每一次介入，都会给中原文化带来活力。在2015年8月24日上海作协主办的思南读书会上，陈思和教授说："西部文化应该是什么样的东西？这个我没有办法说，因为西部文化应该由雪漠来说才是权威的，他是在那儿生长出来的。文学与精神，与审美，是一个完整的文化体系，是那个地方的风水，那个地方的天地，它是融为一体的……当西部文化在我们面前展示的时候，它更大的层面是精神性的。这是西部文学和东部文学不一样的地方。东部文学缺少的东西正好是西部文学补充给我们的，不是我们上海去帮助西部文学提升，而应该把西部文学介绍给上海，不要在小是小非、物质上纠缠，应该在更高层面上看人生。"他还说："我为什么看重雪漠？我觉得雪漠与张承志是中国当代西部文学作家中最有精神性的。它不仅仅是小说写得多美啊，或者故事写得好看不好看啊，它不是这个问题，它关心的是人怎么活，人的生命应该放在什么样的地方，我们说安身立命。它没有那么多的物质性的东西给我们安身立命，所以它追求一种超越性的东西。"

在2009年10月22日复旦大学《白虎关》研讨会上，陈思和教授说："西部文学是中国当代文学的灵魂。"他说读《白虎关》时，首先想到了萧红的《生死场》，"在现代化进程中，我们已经忘了自身的民族精气。雪漠捡起来的，正是萧红的精神，也即对民族精神的探讨”。

北京大学教授陈晓明先生曾为《西夏咒》著文说：“雪漠从宗教关怀那里获取直接的精神动力和信心，使他能够直面那些历史之恶和人性之恶，并以极其精细的写实功力去书写那些极端经验。唯有依靠信仰激发的善的力量，才可能超越这弥漫于每个历史时期的巨大、沉重的恶。信仰之善是极端残酷经验处生长出的娇柔之花。宗教和文学、音乐等艺术形式一样，可能是人类为了让自己能够生存的一种方式。雪漠借助宗教叙事来展开文学叙事，在梦一样的境界中进入、书写恶的世界，如同西部荒原上冬日的阳光照在泥土上的那种苍白，真实而又无力，虚幻而又真实，呈现出一种超现实的经验。”陈晓明先生还指出，中国文学走到今天已经积累了太多的文学经验，要超越这种经验，作者自身必然要先成为“不可思议的人”，而写出《西夏咒》这样不可思议的作品，雪漠自然也变成了达到“让上下合一，消除整体与虚无之间的距离”境界的“不可思议的人”。雪漠的宗教经验并非外来，而是来自他自身的人生经历、他对生死的体验，以及他生活那块土地的本土文化。

上面的三位批评家在谈我的作品时，都谈到了西部文化，他们对我的认可，其实也是对西部文化的认可。

中国文化的许多源头都来自西部。要想了解真正的中国文化，西部是不可忽视的一个存在。

西部文化具有非功利的特质，它以信仰为基础，对人心性的改变有巨大的作用，既是一种人文科学，又是一种生命科学。它的特征可以概括为两大方面：一是当下关怀，二是终极超越。

当下关怀以凉州贤孝为代表，它代表了西部文化对当下生活的观照、介入和参与。它保留了最本真、最质朴的中国传统文化，是西部文化活化石。除了凉州贤孝，像敦煌学等，也代表了西部文化的这一重要特点。

终极超越是西部文化的另一重要特征，在本书中，对它有详细的诠释。它是印度文明和中国文明相结合的产物，是从西部文化的大池塘中长出的莲花。当下关怀代表了西部文化中包罗万象的入世智慧，是金字塔的塔基，超越文化则承载了西部文化中的终极关怀，是金字塔的塔尖，二者相得益彰，互为体用，共同承载了中国西部文化的全息。

在中国文化中，儒释道构成了三条重要之根，它们同样具有当下关怀和终极超越的特征，这在我的文学作品中均有体现，前者多体现在《大漠祭》《猎原》《白虎关》中，后者则体现在《西夏咒》《西夏的苍狼》《无死的金刚心》中，而在《野狐岭》《一个人的西部》《深夜的蚕豆声》中，我试图将两者融合在一起，以期实现我对中国文化的另一种解读和追求。

今天，由于大善文化的缺席，人类的价值评判体系出现了诸多问题，人心变得越来越浮躁，越来越焦虑，也越来越功利。功利文化和混混文化像基因一般植入人的灵魂，影响着人的行为。欲望世界是个巨大的染缸，弱小的心灵根本抵御不了其诱惑和侵蚀。这就如同一块土地上大部分的人都不渴望成长，只想庸碌地过一生，仅满足于物质上的需要，而没有形而上的一种追求时，那么，这块土地的发展就会很慢，甚至因为这种慢而导致最终的出局。一个人要想在贫瘠的土地上成长为参天大树，就必须要有超越文化的滋养；生命中必须注入智慧的活水，才可能走出狭隘和局限，才能让灵魂变得大气、包容和博爱。所以，我一直在传播西部文化，尽己所能地营造一片大善的土壤，希望每一棵小树都能够茁壮地成长。

我们期待世界和平，期待社会和谐，但我们可能不知道，世上的一切纷争，追根到底都是人心的纷争，是人们内心的善恶纠斗，是神性与兽性的不断撕扯。如果你明白了世界上的一切都会消失，都是虚幻无常的，你根本抓不住任何东西，那么你就不会执著于那些无意义的争斗了。所以，我一直提倡“文化救心”“大善铸心”。《空空之外》的内容，就在于告诉你如何唤醒自己的灵魂，如何让心属于你自己。善文化的真正意义，就在于不断地完善自己，让自己的灵魂变得强大。在面对诸多诱惑的时候，让自己仍然能保持清醒、自主和高贵。

不管是完善自己，还是传承、传播文化，都不是一件容易的事。一个弱小的孩子想要实现梦想，唯一的办法，就是修炼自己的爱与智慧，这样，才能克服自身的局限，走向更大的世界。在这方面，我用了二十多年的时间，严格按照老祖宗的方法进行了系统训练。我走过的路，可能会为很多人提供一种参照，让他们少走一些弯路。

《空空之外》包括文化传承、哲学理论、实践和妙用四个部分，其内容直指人心，言简意赅，通俗易懂。我将那古老智慧的精妙之处及老祖宗不曾昭示的奥秘，都毫无保留地奉献了出来。这是中国传统文化的精髓，是中华民族向全人类贡献的最为宝贵的精神财富之一。

《空空之外》是一座桥梁，贯通了古今智慧。它有文字相而超越文字相。它以文化为载体，是当下关怀与终极超越完美结合的一个文本。它注重生活方式的改善，注重灵魂的重铸，注重行为的践行，注重对人生的重新打造，更注重对社会的贡献，它是中国传统文化与时俱进的产物。

写作本书时，我在过去的文化专著的基础上，打乱结构，重新提炼。它高度浓缩了我对西部超越文化的研究成果，既有世界观，又有方法论，从不同层面进行了聚焦式的展示。它有着非常清晰而明显的传承性，有着打破诸多概念的超越性，同时又有着非常科学的操作性，它是哲学智慧和生命实证的结合体。

用生命实证思想是东方哲学的传统，许多东西只可意会，不可言传，它需要实证，需要知行合一，需要“一览众山小”的整体视角，需要一步一个台阶的实践精神，需要放下一切但又能观照一切的超越智慧，因而理解起来有一定难度，但在本书，我还是坚信自己说出了该说的话。

所以，本书的出版定能为许多热爱中国传统文化的朋友，提供一种全新的思维方式，提供一种醍醐灌顶式的阅读感受。

同时，读者还能从中看到另一种人文景观，体悟另一种生活方式，或许，因为有了另一种文化程序的介入，你的人生会出现新的契机。

是为序。

让诗意照亮人生

——《拜月的狐儿》（代序）

这是我第一部公开出版的诗集。

过去，我写过很多诗，但大多没有留下来。有些诗，我只收录在一些长篇小说中，比如《西夏咒》《野狐岭》等，但也不多。其实，我写了很多很多的诗，大多丢了。许多看过《西夏咒》中那些诗的读者，都很喜欢，都觉得我不该丢了那些诗。因为，它们跟我的小说一样，也代表了一个雪漠。只看我的文化著作，你很难了解整个雪漠，而不看诗集，你对雪漠的了解，或许也会少了那么一点。就像你如果不看“大漠三部曲”，只看“灵魂三部曲”，或许就错过了另一个雪漠。所有想要了解雪漠，想要走进雪漠世界的人，其实是不能错过“大漠三部曲”的。因为，雪漠的世界里少不了大漠。大漠代表了雪漠的生命之根，它藏着雪漠内心深处很多饱满的东西。

我的诗其实也是这样。那是我跟自己的灵魂对话的一种方式，也没想到要发表，所以没有任何功利，反倒渗透了一种“真意”。

我的诗里有一种非常复杂、饱满的情绪，但也不仅仅是情绪。它是我整个心灵的流淌，里面当然有我的纠结，有我的挣扎，也有我的明白，更有我感受到的那个独特的世界。很多人接触我，读我的书，并不是想要了解雪漠，而是想要了解雪漠感受到的那个世界。他们告诉我，我的作品，让他们对那个世界有了一种向往，他们也很想知道，如果他们也有我的眼睛，也有我的心灵，他们会感受到怎样的世界。我告诉大家，任何一个人，都可以拥有这样的一双眼睛和这样的一颗心，区别在于，有些人愿意为此付出努力，有些人却只是空想。无论做什么事，最后能成功的，都是那些专注地朝着一个方向走去的人，走得慢点不要紧，我们有一生的时间。有时，最美的，并不是我们所追求的那个目的地，而是途中你感受到的一切。如果没有这一切，我感受到的那个世界，就会少了那么一点色彩。而经过了许许多多的灵魂历练，经过了剥鳞卸甲般的灵魂疼痛，我的灵魂，才会涌出那么多的诗。这里面所有的诗，包括《大成就者之歌》《金刚经的禅心诗意》《朝圣》和《拜月的狐儿》，其实都不仅仅源于我的明白，也源于我明白前的痛楚。

其中，《大成就者之歌》《金刚经的禅心诗意》和《朝圣》，都有着具体的缘起。比如，《大成就者之歌》缘起于2011年开始、历时两年多的《雪漠解读成就者》公益文化讲座；《金刚经的禅心诗意》缘起于2014年的“雪漠深解《金刚经》”；《朝圣》的缘起是2014年春节的印度朝圣之旅，而《拜月的狐儿》的缘起，则是信仰者的寻觅或是对爱情的向往。不过，我的所有作品，无论是小说、诗歌，还是文化随笔，其实都离不开“寻觅”这个主题。寻觅、向往、永恒、超越，是雪漠作品永恒的主题。或许，读者们喜欢看我的书，就是因为我的作品中总有一种灵魂的求索，正是这种寻觅和超越，构成了一个独特的雪漠。

当然，我不知道人们在我的诗集中，能读到什么。这取决于读者的心境。所以，这本诗集的名字，叫作《拜月的狐儿——雪漠的道歌或诗集》。你可以把它当成道歌，从中汲取你需要的营养，也可以把它当成情诗，感受我心中涌动的诗意。不管你感受到的是智慧，还是诗意，都很好，希望它们能让你的人生出现另一种风景，或是带给你一种世俗生活之外的感动。

一些读者告诉我，他们喜欢我的书，就是因为他们在我书中读到了一种超越世俗生活的东西。他们在面对生活的时候，无论怎么挣扎，都挣不出生活的罗网，但是，当他们接触到我书中的这种文化气息时，却自然而然地放下了一些东西。当他们放下的时候，生活的罗网就消失了，有人就能感受到一个更加博大的世界。这个世界的景象，让生活中原有的那些“实在”和“沉重”都显出了一种无聊，让他们提不起追求的兴趣了。这时，他们的人生就翻开了全新的一页——充满了意义和激情的一页。有些人，甚至因此战胜了抑郁症，战胜了自杀的情绪，脱胎换骨成了另一个人。这都是因为一种文化的力量。

我的《大漠祭》有这种文化，我的《光明大手印》有这种文化，我的诗歌中，也有这种文化。我的诗虽然在展示一种诗意，但你仔细品味，也能从中感受到这种文化。真正的文化，是魂，是精神，是一种气息，而不仅仅是一堆文字。当我们的灵魂在某个瞬间跟它达成了共振，你就可能真切地感受到了那个世界——隐藏在文化背后那个博大的艺术和精神世界。这时，你眼中的世俗生活就会变了模样。这就是我的读者数量虽然比不上有些热门作家，但是我的很多读者，都可能是忠实读者的原因。我很随喜他们对那种文化的喜爱。尤其是当我看到，当他们把文化变成一种生活方式，从而改善了生命质量，生命本质开始升华的时候，我就觉得自己的写作、自己做的事就有了意义。

这时，我就会把他们当成生命旅程中很重要的伙伴，用我灵魂中所有的真诚来回报他们。我当然也希望，我的书，能陪伴他们度过幸福的一生。

我更希望，当他们走进人生的“野狐岭”时，我书中承载的那种文化，会给他们的心灵带来一点启迪，至少带来一点温暖，让他们有一点继续往前走的力量。这就是文化的意义。

我的诗，正是那文化之海翻起的诗意浪花。

是为序。

一个人的命运和一种文化的温度

——《一个人的西部》自序

这部书的缘起很特别。

多年前，我就想写一部书，讲一讲凉州的人和事，主要应学生们的要求，记下我生命中的一些痕迹。他们的意思是，我过去的事，是一种消失的历史，但它不仅仅是我自己的回忆。因为那生活已消失，我的写，就变成了一种定格；还因为我升华了生命，改造了命运，我的那种定格，也就有了另一种意义和价值。那些回忆，便不仅仅属于我自己了，它同时也属于社会。

关于前一点，当然是一个大理由，后一点，是，或不是都不要紧，能留下些或许能对别人有价值，能让别人也改造命运的东西，我一直是愿意的。不过，少了缘起，这书便难以成事。

老祖宗很讲究缘起。缘起是一粒种子，没有缘起，硬是做一些事情，会吃力不讨好的。以前的平日里，我总不将那闲事挂在心上，也很少回忆过去，要找回那些过去生活的痕迹，似乎是件不容易的事。

碰巧，2012年8月，儿子陈亦新结婚，我负责请东客——东客是凉州婚事上独有的称谓，它相对于西客:新郎一方请的客人，叫东客；新娘一方请的客人，叫西客——只好逼着自己追寻逝去的年华。当然，也翻阅了一些日记，看看该请哪些人。没想到，这一下，竟激活了我的记忆。我才真正明白，为啥人一旦上了年纪，就会怀念老家，就会回忆小时候的事；为啥人要落叶归根。那真是一种浸入灵魂深处的怀念，挥之不去的。

在某个传说中，人死后，灵魂必须捡完前世的脚印，才能实现升华，再次投胎。这一次，我就像那捡拾前世脚印的灵魂，一路搜寻了去，等于将自己的过去半生又走了一遍，其中不乏温馨和诗意，也有着对人性的洞悉。

真是有趣。

也因为捡拾了过去半生的足迹，写这部书的诸缘也就俱足了。

因为这缘起的特殊，我在此书中也记下了东客们三十年前后的变化。从那些变化中，你可以直观地看到很多条命运的轨迹，从中，你或许就能发现，不同的心和文化，会导致怎样不同的命运。要知道，我的东客们散布于各个领域，各显境界，各有洞天，随意拾得一叶，也十分好看呢。

那么，就当咱追忆似水年华吧！

不过，有人也许会奇怪：为啥在此书中，我对明白前的事记录得多，明白之后的事，却记录得很少，几乎一笔带过呢？为啥我不写写明白后的人生呢？当然，我也写了，只是不多。不多的原因在于，我认为，真正重要的，不是我明白后的故事，而是雪漠是如何从改变心入手，进而改变行为，从而重铸灵魂，完成自己的。尤其是，在这过程中，他经历了怎样的灵魂历练。此外，我也想借这次见了许多朋友的机缘，说说几十年来我们的一些变化，以及我的一些感悟。这些变化和感悟，或许才是最重要的。因为，我和我的乡亲、同学、朋友、同事等，都受过同一种文化的熏染，而我们却从同一个起点开始，走进了不同的世界，走出了各自不同的人生之路。

想想看，这倒很像我的小说《西夏的苍狼》中的那个东莞大杂院。

其实，这个世界上，有无数个大杂院，人的一生中，也会经历无数个大杂院。所谓的大杂院，只是一种象征，它无关地域，甚至无关文化，它仅仅是一个起点，或是一个命运分岔口，我们从这里出发，因为不同的选择，有了不同的命运；或是许多人从这里出发，因为不同的选择，有了不同的命运。其实都一样。它们讲的，都是选择和命运之间的故事。

所以，在我的长篇小说《无死的金刚心》中，只是想告诉你，一个人是如何从不明白到明白的。这部书也是一样，我想告诉你的，仅仅是我灵魂中的故事，比如，我是怎么从庸碌环境中走出来的？我是怎么一边工作一边追求梦想的？阻碍我升华的是什么，我如何对待它们？支持我一直向上的是什么，我是如何坚持的？……所以，我的书里有故事，有细节，也有记录，但真正重要的，是它们背后的生命历练。

我觉得，对于每一个完成了自己的人来说，最重要的，是他曾经的灵魂挣扎和生命历练：他是如何在向上和向下两种力量的纠缠中战胜自己的？他受到了哪些文化的影响？什么文化在他重铸灵魂的过程中起了关键作用？他是如何学以致用的？因为，对于那些也想完成自己的人来说，这些内容才是最重要的。

所以，我把这部书命名为《一个人的西部》。

它包含了孕育了我的那块土地的文化——甘肃凉州的民间文化；也包含了让我得到终极超越的文化——大手印文化。在“大漠三部曲”中，我展示了前者的全貌；在“灵魂三部曲”和“光明大手印”书系中，我展示了后者的全貌。而这部书，更像是两者的结合与对话了，当然，书中也有我的东客们所承载的文化。一种文化，影响了一种心灵；一种心灵，又决定了一种命运。从中，你可以直接看到命运的无数种可能性。这在我的书里，或许是第一次。因为，虽然我的每一部小说都在说话，但并不是所有读者都能读懂其中的含义。有些人在读它的故事，有些人在里面寻找智慧，有些人用文学分析的方法读它，有些人在享受它的文字。每一种读法，都有它的收获，能不能进入我的书所承载的那个世界，取决于读者能不能感受到一种独特的文化基因，以及这种基因与自身命运之间的联系。过去，我找了很多方法，想让更多的人能读懂我的书，能理解我写的那些东西，能进入我开启的那个世界，于是，我的小说中就有了许多反小说的内容——小说人物发出声音，说出了很多作家想说的话。但是，真正听明白的人，仍然寥寥无几。因为，我说的，都是我用生命验证过的，它真的改变了我自己的命运。我是想靠行为来改变命运的。从古到今，真的想改变命运的人，其实并不多。在很多人的心里，不改变自己的生活方式，又能变得快乐、安详一些，才是他们真正追求的——这当然也很好。但是，我也希望，这部书能给那些也想改造命运的人一点点启迪。在我的身上，你已经找不出凉州文化清晰的痕迹了，它全都融入了我的血液，经过我灵魂的吸收和生命的实践，跟我化为一体，密不可分了，最后形成了一种与时俱进的新东西。

我从一个骑着枣红马在河滩上飞驰的孩子，到一个能写出《大漠祭》们的作家，其中发生的种种变化，都源于我承载的文化和我对那种文化的实践。我是崇尚知行合一的。没有那文化的指引，或者没有我的实践，我都不可能走到今天。如果说，最初的我只是一颗种子，那么那文化，就是孕育了我的厚土。如果这颗种子失去了这片厚土，在另一片土地上生长，它还能不能长成大树？会不会中途夭折？会不会被另一块土地中的毒素所污染、所异化？还真的说不清。

所以，这部书，是我的回忆录，是雪漠在追忆他的似水年华，也是一个人的西部。但，这一个人的西部，同样是一块能孕育许多明白人的神奇大地。我当然希望，看了这部书的朋友，也能像我当初那样，吸收其中的营养，升华自己的生命，让人生有一份明白、一份快乐。

每一个人，既是独立的个体，也是他所在的文化圈的产物。那文化圈，小至他的家庭，大至他所在的国家和时代，也包括他所在的地域。所以，我在接触一个人的时候，就能了解他所在的那片土地、那个家庭。因为他的身上，定然有一种或几种文化在潜移默化地发生作用。比如，一个孩子如果长期生活在大城市里，他的身上就会不可避免地存在一些城市文明的痕迹。有时那痕迹是正面的，比如积极进取的人生观；有时那痕迹又是负面的，比如贪图享受和功利等。我跟他接触时，他身上的气息就会告诉我，他生活在一个怎样的环境中，或者说，他选择了一个怎样的环境。别人跟我接触的时候也是这样，他们在我身上感觉到的，并不仅仅是我个人的东西，其实也是我所承载的文化的气息。

在不同的年龄阶段，文化对我的作用是不一样的，我对文化的体悟也不一样。因为最初的我还在学习，还不能完全融入一种文化，成为文化的传承人。随着经历不同的事，以及我对一种信念的坚持，随着我的自省、自律、自强，我对文化的体悟也就越来越深入，文化在我身上留下的痕迹，也越来越明显。到了最后，我的心里已没有了文化的概念，但我所有的生命都在实践它，都在示现它带给我的一种智慧。所以，我的这部书并不仅仅是一个文学青年的成长史，它甚至不仅仅属于我自己。它告诉你的，是一个文化中的个体，如何通过实践，融入整个文化的母体，成为文化的一部分，进而成为某种文化的载体，从而承载了某种文化的全息的过程。

当然，你也可以从中看到我经历过什么，知道我的老师，知道我身上发生过的一些有趣故事，知道我身上一些独特的地方，知道我生命中出现过哪些贵人，知道我在什么时候做了什么事，有过什么变化，甚至知道很多曾经发生在我生命中的纠结、痛苦、执著和压抑。不管你看到什么，都很好。你也可以把它看成一个文学青年的成长史，看他如何努力，如何成为一个作家。这也很好，因为有人需要这个东西。不过，当你真正像我那样去实践，去升华心灵时，你的很多想法就可能改变，你的人生也可能出现另一种格局。因为这本书所承载的文化已进入了你的生命，进入了你的生活，在对你的心灵发生作用。那么，你的命运就会出现一种新的变化，你也会多了一种自主命运的可能性。

以前，一些孩子对我过去的经历很感兴趣，其中最令他们感兴趣的，就是我的生命中是否出现过很难超越的心灵危机，如果有，我是怎么超越的。这是他们最关心的东西，这也是文化的一种现实意义。所以我想，既然要回答他们，不如就写成书，给所有的朋友看看，希望他们能从中得到一些有益的启迪。

什么是现实意义？当代人实践这种文化的时候，他们能得到什么？他们的生命会发生怎样的改变？这样的变化，对他们的现实生活有着怎样的意义？这就是现实意义。如果不具备现实意义，所谓的文化就是死的理论，而不是活的文化，至少不是一种与时俱进的文化。这也意味着，文化必须顺应这个时代的需要来完善自己，才会有存在的意义和理由。

我现在所做的很多事，也是在满足眼前世界的各种需要。它需要一杯水的时候，我给它一杯水；它需要一杯茶，我再给它泡上一杯茶；它需要喝酒，我就拿出一瓶好酒。我的话题，一直随着环境的需要而转变着。更多的时候，我谈的是自己身上发生的一些变化。有兴趣的朋友，或许会从这种变化中，看出我之所以要写作的一些理由。

我所传承的文化给了我一种智慧，它让我明明白白地看到，除了一些有益于世界的行为承载的某种精神之外，别的一切都留不住。在无始无终的时间里，一个个存在出现了，又消失了，没有留下任何痕迹，像《红楼梦》说的那样，“白茫茫一片大地真干净”。但是，对于个体的生命而言，这又是多么的无奈？这是生命的一种大无奈，所以你必须为自己做点什么。因为，每个人都不想白活一场，甚至包括那些最后选择了平庸生活的人们。但是，人的心灵之所以能决定人的命运，是因为他的心灵决定了他的行为。所以，不想白活一场的念想是否能导致没有白活一场的命运，这取决于每个人自己的行为。所以，我不太在乎世界，我只是在完成自己，可我在完成自己的同时，心里也放得下对这个世界的在乎。因为，我终于腾空了自己的心灵，扫除了所有的心灵污垢，能清楚地看到这个世界正在面临，或将要面临的一切。所以，我可以自主心灵，可以自主行为，当然也可以自主命运。

这一切，都是这部书中谈到的文化对我的改变。

读懂了这部书，你或许可以读懂雪漠，但这部书的存在，不是为了让你读懂雪漠，也不是为了让你知道雪漠改变了自己的命运，而是为了展示人与文化、人与土地、文化与命运之间的关系，也是为了帮助一些想要完成自己的人完成他自己。所以，我更希望看到的，不是你读懂了雪漠，你理解了雪漠，而是你感受到了一种文化的滚烫。我也希望，它能像照亮我的生命那样，照亮你的灵魂和命运。那么，我的这部书就没有白写。

是为序。

写给灵魂寻觅者的书

——《一个人的西部》代跋

写这部书的过程很有意思，因为我不得不翻阅过去的日记，这时，很多往事就像小溪一样流过了我的心灵。那感觉很美，既像是看一些遥远的、跟我无关的故事，又明明能感到一丝一缕的温馨。毕竟，它们曾经滋养过我的生命。有些事情，还真的很难忘呢，但不管多么难忘，被岁月的风一刮，也就显出了一种昏黄的色彩。时光就是这样。只是，发生过的事，在一个人的生命中，定然会留下它的印记，或是感悟，或是滋养，或是温馨，或是一种淡淡的记忆。消失的是什么呢？是经历时的感觉，也是一种情绪——一种强烈的甚至能左右心灵的情绪。但，再强烈的情绪，也会过去。

最初的我，当然也有过诸多的情绪。从这部书中，你就会发现这一点。你会发现，雪漠不是一座塑像，不是一堆标签，他是一个活生生的人。他也曾经像很多人一样，有过彷徨，有过无助，有过痛苦的寻觅，有过长夜里的哭醒。不一样的，是他始终在向往，始终在修行，最终，他战胜了自己。这些故事，大多记在了这部书里。

过去，我没有想过写这样的一部书，但是我保留了自己的日记。我总是不把自己当成一个单独的个体，从很小的时候，我就觉得自己承担了某种使命。很奇怪，那么小的孩子，就有了一种历史的意识。所以，我总是下意识地保存自己的一些生命印记，像日记，像考勤表，像手稿，等等。现在看来，那是对的，因为在若干年后，记忆已封存在我脑海里的某个地方了，轻易出不来，但这些记录就会提醒我，在某年某月的某一天，曾经发生过什么故事，我是如何从一个不懂事的孩子，成长为今天的雪漠。假如有人问我，我就能说给他听。

我不喜欢诸多的宗教标签，不喜欢被人神化，但我喜欢当老师。我当了二十多年的老师，这已经成为我的一种生命习惯了。所以，只要有人问我，我就会回答。有时，恨不得倾囊而出，唯恐有一点点的藏私。我知道，很多看起来属于自己的东西，其实并不属于自己，它其实也属于社会。所以，我从来不觉得自己在教育谁，而仅仅是不愿把滋养了自家的宝贝，自己“私吞”了而已。我总是觉得，要是太阳能照亮我，我就不该把它藏进自己的口袋，而应该叫别人也能晒晒太阳。这种个性，让我做了许多年的堂吉诃德。今天，我其实还是另一种意义上的堂吉诃德。

或许，堂吉诃德已经成了我的一种宿命，而这本书，也是我冲向风车时舞动的那把长矛吧。虽然，在很多人眼里，这样的行为都很傻，但正是因为这种“傻”，我才成了今天的雪漠。从很多的时候，我就发愿，决不做那种非常精明，但也非常平庸的人。

其实，一些非常精明的人，在最初的时候，也可能有过堂吉诃德的心，但他们最终都变成了“大多数人”。为啥？因为他们守不住那颗心。当群体念力不断地告诉他，他真的很傻，他坚守的梦想根本不可能实现，他必须向物质生活低头的时候，他就有可能放弃，一旦他放弃了，就会丢掉梦想，这时，他就丢掉了自己的灵魂。因为，灵魂其实不仅仅是——至少在我眼里——物质的东西，它也是一种精神追求，而且是一种不会死去的精神追求。你可以坎坷，可以迷惑，可以在无数个魔桶中穿梭，历练你的生命，因为，这是没有彻底觉醒的人必然走入的命运。但是，你不能认命，你必须在长夜里苏醒，必须听到自己内心的声音，不能放弃挣扎。那么，有一天，你就会大梦初醒。此外的一切是什么呢？是考验你的道具，是试炼梦想的道具。只有经得起考验，有所追求，有所担当，为了这种担当不惜牺牲自己的人，才是严格意义上的有灵魂的人，而更多的人，其实只是在寻觅自己的灵魂，甚至并不关心自己有没有灵魂。

不关心灵魂的人，是没有资格谈论“灵魂”的。因为真正的灵魂非常高贵，它不容亵渎。

你或许还记得，《野狐岭》里的木鱼爸是如何守护木鱼歌的，实际上，他守护的不仅仅是木鱼歌，也是他自己的灵魂，是他所认为的使命和尊严。有了这个使命和尊严，他就成为了人；丢了这个使命和尊严，他就会成为行尸走肉。为了这个使命，木鱼爸用家里唯一的田地换了木鱼书，结果一家人穷得连裤子都穿不起。当他因为没有穿裤子，被当众羞辱的时候，他选择了自杀，但活下来之后，他仍然守着木鱼书，仍然用所有的生命去谱写木鱼歌，即使因为在木鱼歌里说了真话，遭到了报复，失去了谋生的本钱，他也没有放弃木鱼歌。在生命受到威胁时，他首先保护的也不是自己，而是木鱼歌。他以民间艺术的形式，留下了一部又一部的百姓史书，但在他死后，其作品才成为巨著，养活了许许多多研究它、传播它的人。他的这种坚持，让人一旦想起，就会觉得非常心痛。心痛的原因，不仅仅是他的尊严受到了践踏，也是他虽然受到了践踏，但仍然守住了自己的尊严。

精神意义上的灵魂，是一个曳血带泪的梦想，是一种令人心酸的守候。而这种梦想和守候的背后，是一个生命所能实现的最大的尊严。生命是必然会结束的，肉体是必然会消失的，能留下的，其实只有这种承载了大美的行为，以及这种行为背后那个鲜活的灵魂。所以，“木鱼爸”这个人物虽然是虚构的，但是，他代表了无数个木鱼歌传承者鲜活的灵魂。

这部书其实也是这样。百年后，书中所有人物的肉体都会消失，留下的，也是一个又一个鲜活的灵魂，以及一段又一段关于灵魂的故事。它会告诉后人，一个人的灵魂是如何走向寻觅，如何守住寻觅，如何脱胎换骨，如何实现重铸的，而许许多多的灵魂又是如何死亡的。当然，你也可以名之为两种命运的轨迹，但是，对很多东西，我并不觉得是定数。我一直认为，只要人还活着，一切就没有成为定局，还有着无数的不确定性。关键是，你在寻觅吗？你能守住自己的寻觅吗？

能守住寻觅的人，有三个特征：第一，他有清晰的梦想；第二，他能保持清醒；第三，他在进行真正意义上的修行。关于真正意义上的修行，我在一篇叫作《当代信仰者的五个特征》中写得非常清楚，我认为，能做到无我奉献的人，才是真正意义上的信仰者，真正意义上的修行同样如此。当然，在一个人定力不足时，他也可能有所迷惑，也可能走进梦里，但是，他一定要及时地醒来，放下一些虚幻无常的东西，给灵魂一点滋养。因为，沉睡太久，灵魂是会死去的。这个世界上，最悲惨的事情不是肉体的死亡，而是灵魂的死亡。

我见过太多叩问灵魂的人，他们在世俗的裹挟，在欲望的毒害下，最后都中断了灵魂的寻觅。他们曾经的叩问，并没有改变他们生命的状态，而仅仅留下了一段又一段令人心酸的记忆。或许难忘，或许沧桑，但仅仅是记忆。我虽然非常明白，很多东西是天性使然的，自家也能淡然处之，但我的心里，总是免不了感到孤独和沉重。但我的孤独和沉重，并不是一般人所认为的孤独和沉重，它是一种非常复杂、因而饱满的情绪。

当这种情绪涌上我的心头时，我无法用言语来表达，只能写作，这时，它就会变成文字，从我的灵魂深处喷涌而出。我没有预料过它的样子，也不可能计划什么东西。因为，我没有办法控制，也不想控制灵魂中所有的真诚。我只想为鲜活的灵魂、为仍然在寻觅灵魂的人们，写一本关于灵魂的书。

这本“书”，或许我会不断地写下去。它不仅仅是《一个人的西部》，也许是很多很多的书，比如“息羽听雪”系列，甚至是我所有的书，而百年之后，构成了“雪漠”的，也不会是雪漠的眼睛、鼻子、耳朵、胡子等，而是这些书。能够给这个世界带来一点清凉，一点温暖的，也不再是雪漠的肉体，而是雪漠写下的这些书。这就是我为啥要尽量多用一些时间，尽量多出一些书的原因。我希望，自家曾经的存在，能让现在的、以后的人们，触摸到一个或许能给他们一点希望、一点温暖的灵魂，这时，他们或许也会拥有一个鲜活的灵魂，能够实现自己最大的尊严，能够拥有一个自由灵魂所能享受的安详和意义。

其实，每个人能够留下的，也就是这个东西。除此之外，所有的人类行为，都仅仅是一些记忆。虽然很好，甚至必要，因为它们构成了整个人类的生活，维持着整个人类社会的运作，但是，如果少了鲜活的灵魂以及能够承载鲜活灵魂的东西，这个世界就会缺少一种不应该缺少的色彩。这将是人类最大的遗憾。

所以，我写下了这部书。我也希望，这本写给所有灵魂寻觅者的书，能带给他们一点启迪、一点希望，让他们在灵魂挣扎的途中，能多一点光明、多一点力量，让他们能守住自己，守住灵魂的寻觅，不要让庸碌扼杀了自己。一定要相信，灵魂的鲜活、自由和尊严，属于那些相信灵魂、叩问灵魂、坚守灵魂的人。

无数个远去的身影

——《深夜的蚕豆声》序

这本书很有意思，里面有个跟我对谈的汉学家。在一个山谷里，我跟她聊了好几个晚上。她说她一直想了解丝绸之路，不过，她想了解的，不是社会学家眼中的丝绸之路，而是作家眼中的丝绸之路。换句话说，她想了解那些生活在丝绸之路上的活生生的人。

我说，那么，我还是给您介绍我的小说吧，这是我的长项。我说，当您知道了我小说里的人物，以及小说背后的故事——它们也真实地发生在我的生活中——您只要了解了它们，也就了解了西部，也就了解了丝绸之路，也就了解了那个时代的中国。

我的一篇篇小说，是一粒粒露珠，能折射出整个世界呢。

她笑道，我知道。她的笑声里充满沧桑，但脸上有一种少女的红晕。我喜欢那红晕里发出的沧桑笑声，望着那红晕听那笑声，我听出了一种生命的厚度。我想，她定然会理解我的小说的。她一直对中国文化很感兴趣，她是一个很有文化激情的汉学家。

她说她非常喜欢我的小说，最喜欢那篇《新疆爷》。我说，我还有许多比《新疆爷》更精彩的故事，通过它们，您就能在一本书中读懂雪漠、读懂西部、读懂丝绸之路，甚至读懂中国。

于是，我和她的相遇，就促成了这本书。

当然，书中的“你”，既是她，也是你，更是另一个我，或者是我进入世界时的另一种视角。透过这个视角，通过这次对谈，你也许可以更懂这些你熟悉或不熟悉的故事。

对于想了解西部、了解丝绸之路、了解中国的朋友，这本书，也许是有着另一种色彩的范本。记得当初英国《卫报》发表《新疆爷》时，对它的定位，就是中国故事。

开始，我想给她推荐我的《大漠祭》《猎原》《白虎关》，为写它们，我融入了我的生命、我的灵魂、我所有的真诚。我对世界、对中国、对西部、对人类的观察，都融入我的长篇小说中了。我告诉她，我那七本厚厚的书，可是七个世界。

你要是想了解中国，了解丝绸之路，应该读它们。

汉学家笑了，她笑着说，是的是的。不过，它们像是七座大山，气势汹汹地立在那里，让忙碌的她望而却步了。我理解她。她说，她的感受，也是许多人的感受。

她希望能在最短的时间里，读懂西部，读懂生活在丝绸之路上的人们。

虽然我理解她，但还是有点可惜。经历了写《西夏咒》的那个过程之后，我明白了，一个作家想写出一个时代和世界，有多么不容易。他需要大量的积累和沉淀，写进书里的，都是他人生中最宝贵的东西，他要像打铁那样，把自己心上的污垢都清除干净——这个过程有多难，你可以去看《一个人的西部》，虽然每个作家的修炼不一样，我的方式是禅修和读书，但我们经历的那个过程的艰辛程度，可能是差不多的。即使是托尔斯泰那样没有生活之忧的贵族，在精神层面也定然经历过艰辛的阵痛和挣扎，然后用那颗饱满、博大、慈悲的心贡献出世界需要的心灵营养。所以，每部经典小说之中，都有作者独有的世界，有他生命的全息，有作品所处的时代全息，有他生活的地域全息，也有他承载的文化全息。尤其是《战争与和平》这样的书，我总觉得，被作品篇幅吓到而错过了它的那些读者，实在有些可惜。但我因此也随喜那些中短篇小说，因为，只要作家的人格是完善的，也真正地历练了人生、关注了世界，那么，无论他写的小说有多短，哪怕里面只有一个人物，你也会通过这个人物，看到他所处的时代和经历的世界。

我很少写中短篇小说。从我写出《大漠祭》开始，我的写作就进入了喷涌状态。

我总是从灵魂中喷涌出一个世界，这个世界总是饱满，总在汹涌，有点像大海了，中短篇小说的杯子往往容不下它们。每次一写完，从写作氛围里出来，就发现又有三四十万字了。一些好心的编辑，就总会从我的长篇小说中选出几万字，发表在杂志上。虽然那只是几朵浪花，你也会感受到大海的气息。《掘坟》《母狼灰儿》《深夜的蚕豆声》《神婆》《鼠神》《博物馆里的灵魂》《美丽》和《豺狗子》，就是这样诞生的。

不过，这本书的重点，不仅仅是解读故事和人物。我想，说不定，那位汉学家需要的东西，读者们也许需要呢。

我的作品有个特点，就是试图定格时代。那些短篇小说，包括我刚文学开悟时写的那些短篇小说，像《新疆爷》《马二》《马大》《磨坊》《黄昏》《丈夫》和《大漠里的白狐子》，它们都定格了一种别处没有的风景。不仅仅是人物本身的美好，更是影响了这些人物的文化的美好。当然，有时也不美好，但它是真实的西部。在某个时代、某块土地上，在那个丝绸之路重镇上，确实有过这样一种文化，它博大、清新、超越功利，它也非常复杂，一言难尽。或许，通过这本书，你会更理解那个时代的西部，更了解丝绸之路上生活过的人们。

我的那些小说，跟我的《白虎关》一样，同样刻画了一个真实的西部。它有点像农业文明的背影，也代表了一段正在远去的历史，你还可以把它们看成我对一个时代的定格。它只是我抛出的一块块砖头，我希望它能引来无数块玉石，有更多的人，跟我一起来定格一个正在消失的时代，定格一种正在消失的美好。

丝绸之路上的那个西部已经消失了，我记忆中的故乡也消失了。

一切，正在成为一种绝响。

念念不忘，必有回响。我在等待着一种回响。

定格一个真实的西部

——《深夜的蚕豆声》后记

这部小书写到这里就完成了，说是小书，也拉拉杂杂地写了不少。形形色色的人和事很多，也夹杂了一些当下的讯息。跟我的其他书比起来，这又是另一种写法了，我自己觉得很有趣，不知道你觉得如何？

我说它有趣，原因是它是一本杂书，有议论，有散文，有小说，有对话，内容非常丰富，有点像《一本书读懂雪漠》了。对于那些没有时间读我的长篇小说的朋友，能读这一本，也许可以大致了解我的艺术特点了。一滴露珠，也能折射出一个世界呢。

近些日子，我的《野狐岭》和《一个人的西部》正在热销，人们很喜欢其中的真实人生。而本书，也是另一种意义上的《一个人的西部》，前者写我个人的经历，后者写我眼中的西部世界。本书鲜活地描绘了西部的男人和女人，那一个个鲜活且个性独特的人物，承载着我们常说的西部文化，也构成了西部的复杂和丰富。

所以，本书也可以称为《一本书读懂西部人》。

当然，我说它有趣，还因为它其实是一种对话。要是有兴趣，你也可以试试看。

你可以给自己设定另一个身份，让自己有另一种人生的可能性。比如，在某个人生节点上，你如果有了另一种选择，你的人生会怎么发展？你会遇到什么人？什么事？你会怎么做？……你可以一直想象下去。这时，你也许就会明白，人生其实有很多种可能性，某个选择不一样，就会有另一种人生。所以，人一旦沉淀下来，跟自己的灵魂对话，想象自己未来的路，想象各种可能性，或许就会拥有选择的智慧和力量。因为，你会直观地感受到，自己想不想要这种人生？自己想要怎样的人生？这时，你就会拥有梦想，拥有一个清晰的人生目标。

小说的魅力在于，你可以创造无数个世界、无数种可能，你可以在小说中体验无数种人生，你也可以融入你印象深刻的所有人生故事，想一想你假如是自己向往的那个人，你的人生会如何？假如有了某种梦想，你会怎么为它努力？每一步的结果又是如何？你也可以写出你心中的英雄，去体验他的人生，去圆满他的人生中令你遗憾的东西；你还可以定格自己见过的所有美好，在文学中追求相对的永恒……这一切，最终的意义，都在于让你发现无数种人生，你也许会选择其中一种，然后，你的生命就会变得非常精彩。

当然，这本书不是讲人生的，也不是教你如何体验人生的，而是像前言所说的那样，它讲的是人，是一些已经消失的西部灵魂，还有他们承载的文化。虽然这些人物曾经在我过去的作品中出现过，而这部书最重要的内容，也是我的一些中短篇小说，但我后来的那条对话线索，却可以留下更多关于西部的讯息。当然，这一点，你或许已经发现了。不知道你有没有发现，这部书中“我”和“你”的对话，会让你对丝绸之路、对西部文化有了更多的思考呢？

有些人在了解西部文化的时候，看到的仅仅是它美好的那一面，对于它复杂落后的那一面，他们往往会忽略了，但西部文化的丰富，恰好就是因为它复杂。它有无数个点、线、面，它们共同构成了一个巨大混沌的生命体，这个生命体是立体的，不是二维的，不是一个人根据自己的需要创造出来的。它是在千年的岁月之中，由一代又一代的西部人活出来的，其中有他们的艰辛，有他们的向往，也有他们的愚昧。在我眼中，这一切都值得研究，所以，在传播西部文化精髓的同时，我也不愿回避其中的糟粕，我承认它们的存在，允许它们的存在，但我写出了它们的无奈。其他的，由世界来选择吧。

2014年夏天，我想看看西部大地有了什么变化，也想看看这个时代的中国，就从岭南一路自助游到西部，回来之后，就着手写了《从岭南到西部》《山神的箭堆》《再归大漠》这三部书，我想用它们来定格那些变化，并且定格这个时代的中国，因为我知道，当下的西部，当下的中国，也会很快过去的——习近平主席刚好提出了“一带一路”。我当然很开心，因为这意味着西部文化有了向世界展示自己的机会。这么多年来，除了西部大开发时得到广泛关注之外，西部有很多文化景象都没有被挖掘和重视。无论是它的善美，还是它的复杂，或是它的博大，对偌大的世界来说，都是一种陌生。在“大漠三部曲”出版的时候，人们才眼前一亮:原来世界上还有这样的一个地方、这样的一种文化、这样的一群人啊!过去，很多人并不了解真正的西部。直到现在，在很多人眼里，西部仍然代表了照片上那些干涸的水井，那些老人和孩子，那片茫茫的大沙漠，人们熟悉西藏、熟悉拉萨，但不知道在离它们不远的地方，还有一个佛教文化重镇凉州，还有一条有千年文化的河西走廊。他们更不知道，那块土地上仍然活着一块文化活化石“凉州贤孝”，它已经有千年的历史了，但要不了多久，它可能会被时代吞没。这个历史性的机遇，会让它——还有很多即将灭绝的丝绸之路文化——重拾饱满的生命力吗？不管会，还是不会，它们至少会拥有一个展示自己的机会。

所以，在写这部书时，我给自己设定的前提，就是饱满、全面，能够体现西部人的复杂和丰富、能够定格一个真实的丝绸之路上的西部。我想，我已经实现了这个目的。

另一个很有意思的地方是，在我写前言的时候，“一带一路”还没提出，到了我写后记时，“一带一路”已热火朝天了，世界变得多快啊。对文化来说，有些机遇虽然难得，但它就像昙花一现那样，需要你拨亮了眼睛去捕捉，也需要你有足够的准备去迎接。有一句话不是这样说的吗？“机会永远留给有准备的人。”

所以，虽然我在前言中已经说过一次了，但我还想在后记中再说一次:我的书只是一块引玉的砖头，希望看到很多很多的玉石，它不仅仅是西部文化方面的书籍，或许是岭南文化、中亚文化，乃至海陆丝绸之路上每一处的文化。

我眼中的中国文化，最辉煌的时期，莫过于春秋战国了，因为那时有百家争鸣。21世纪的今天，我们不一定要争鸣，我们可以百花齐放，当多种文化，尤其是一些优秀的、但鲜为人知的文化在世界舞台上唱响它自己的歌曲时，世界就会变得更加精彩，而文化本身，也定然会拥有一种全新的生命力。

当然，这只是一种说法，在创作这部书的时候，我其实只是在享受着一次对话——跟自己对话，跟人物对话，跟记忆中的故乡对话。正是在一次又一次的对话和自言自语中，我写出了一部又一部书，有小说，有学术著作，有心灵随笔，也有诗集和游记。到了今天，蓦然回首，才发现竟然过去了这么多年。十多年后的今天，重新还原那个记忆中的、真实的西部，实在是一件充满温馨的事情。

爱与理想的喷涌

——“大漠三部曲”新版总序

我的诗总是没有结尾，
很像我的生命和觉悟，
也如我心中鲜活的你。
风中的蝉翼渐渐远了，
一如那亘古的叹息。
我总是在别人病里，
疼痛我自己。

一

中秋了，西部的大漠也该忙碌了。一切，都还是那种调子，缓慢，沉稳，内敛，有点像我的小说。所有的人，还在各自的轨道上，继续着各自的生活，一年又一年，周而复始。不管外面的声音怎样呼啸，也难吹醒大漠的梦。我不知，这梦还要睡多久？大漠的沉寂，已经千年了，都成深入顽空定的老僧了，顽空太久，总难激起智慧的涟漪。偶尔，喘息几声，很快，就被岁月的飓风卷走了。

卷走的，除了喘息外，还有那份疼痛。是的，疼痛。但是，有疼痛，总比麻木要好。在这个巨大的虚幻里，能感受到疼痛的，定然是清醒的人。虽然，我的小说里写了诸多的“疼痛”，但细心的读者，总能从那疼痛中，读出一股大力。要想冲破黎明前的黑暗，必然会有疼痛。没有大疼，便没有大安。我一直寻找那妙方。

从《大漠祭》起，疼痛就开始了，你能看出来，那是一种无奈的疼痛。到了《猎原》，疼痛中有了忏悔，有了觉醒，有了决裂和希望。而在《白虎关》里，这种疼痛，一直发酵，一直发酵，到了生命的极限，疼痛的灵魂便一泄而出了，发出的呼喊，有点撕心裂肺。所有的一切，都在叩问，那解除疼痛的良药在哪？谁能抚平一个个灵魂的伤痛？谁能给予回答和指引？

就这样，三部书里，写尽了红尘中的这杯苦酒。

那么，人类为什么会有疼痛？我告诉你，因为有死亡，因为有变化，因为一切都不能永恒。这是生命的真相。不管你是否明白，该来的终究会来，该去的终究留不住。关键是，该如何面对这一宿命？后面，我写的“灵魂三部曲”（《西夏咒》《西夏的苍狼》《无死的金刚心》），还有“故乡三部曲”（《野狐岭》《一个人的西部》《深夜的蚕豆声》），也许，很多人从中能找到治愈的妙方。但同时，要想真正治愈，你还要去感受另一种更大的疼痛，那是打破后的幻灭和升华。

在我的小说世界里，塑造了上百个人物，他们都活着，都行走着，都在展示自己的灵魂。从他们的故事中，你可以读出我所要表达的思想和智慧。他们很实，也很虚，在虚实之间，都在演绎着自己的命运。所有的故事，生了，灭了；灭了，又生了，生生灭灭，已演了千年。偶然间，我写出了他们，定格了他们，其用意只有两个字：明白。

为了这明白，我总在破呀，立呀，总在实呀，虚呀中行走，寻觅。寻觅是我永恒的功课。明白之前的寻觅，是为了自己的明白；而明白之后的寻觅，是为了让更多的人明白。于是，我的作品总是源源不断，绵绵流长，总如火山般喷涌。

破也萧萧，立也萧萧，一切的一切，都在诉说那个古老的故事。曾有人说，雪漠不会编故事。是的，雪漠不会编故事，但他知道，真正的人生有无数的精彩故事，是无须刻意编的，它一直存在于天地间。你、我、他，都是故事中人，我们的生命，都在诉说自己的故事。

从1989年开始创作，到2000年《大漠祭》初版，再到2008年《白虎关》初版，我写了二十年的“大漠三部曲”。2009年，我一边感叹沧桑，一边告别关房，走入一个新的世界。我从凉州，客居岭南。再从岭南，定居沂山。我不想老死在“大漠”里，我想出来，看看世界，兜兜风。我知道，宿命里，还有更远的路要走。

有人说，我的身上，蕴涵着两种东西，是他人少有的。什么东西？爱和希望。我是理想主义者，我相信希望的永恒。我有点像地球，表面看起来平静，深处的岩浆却在涌动，那便是希望和爱。那种活力，时时会喷出，成为一座壮美的火山。

当然，我的一生，也在朝圣。我一直像拜月的狐儿。从《大漠祭》到《猎原》，到《白虎关》，再到最近的《野狐岭》，都是我朝圣时留下的足记。虽然遭遇艰难，但还是一路走了来。

所以，我的读书、写作、禅修、演讲、访学、交流等，都是我朝圣的方式，其所有的目的，就是为了战胜自己，消去兽性，趋向神性，让自己成为一个真正的人。

二

“大漠三部曲”中，还写了我眼中的西部文化。

这文化，有两个特征：一是当下关怀，二是终极超越。

对于前者，体现在《大漠祭》《猎原》《白虎关》里，而后者，则体现在《西夏咒》《西夏的苍狼》《无死的金刚心》《一个人的西部》《野狐岭》《深夜的蚕豆声》里。它们构成了一个整体，以文学的形式展现给世界。此外，我的“光明大手印”书系，则是以文化的形式，展示了什么是终极超越。

当然，我还想定格一个时代。写“大漠三部曲”时，我定了戒律：不迎合，不跟风，不跟潮流，不追求时尚。我要求每部作品，都是一个世界，绝不雷同。我的创新，不是形式上的模仿，而是精神上的超越。精神上的超越，能直指人心。

有一次，一个记者说，雪漠，你的《大漠祭》中，有些凉州方言不对。我说，不管对不对，以后就以我为准了。因为这茬人死后，没人再知道对不对了。

作家的作品，是作家心灵的产物，世界怎么样，并不重要。就如《无死的金刚心》里的琼波浪觉，本身怎么样，并不重要。不同的作家，诠释了对世界不同的理解；而不同的理解，又构成了不同的价值；那不同的价值，又决定了作家不同的话语权。有的不朽，有的是过眼云烟。只有作品成为文化时，那作家写的东西，才能影响世界。

三

我常说，我的写作是因为爱。

爱是人类永恒的话题，道不尽，说不完。“大漠三部曲”

里，我写了人世间最美的世俗之爱，灵官与莹儿，猛子与月儿，都用他们的爱，感动了读者。这是小爱，虽然很美，也令人向往，但它很快会消逝，条件一变，那天长地久，就成曾经拥有。而在“灵魂三部曲”里，我写了一种大爱，这是信仰之爱，超越了肉体本身。琼与雪羽儿、黑歌手与紫晓、琼波浪觉与司卡史德……他们的爱，有种出尘之美。大爱是智慧与慈悲的合一。小爱转瞬即逝，大爱相对永恒；小爱是个人的觉受，大爱是心灵的滋养。我一生所向往的，就是这种大爱。

因为有大爱，那出走后的灵官，就能成为琼、黑歌手、琼波浪觉、马在波，因为他实现了超越。“大漠三部曲”就源于大爱。我将心中的爱，都化为文字，化为行为，化为思想。面对世界时，我总有浓浓的爱，这样，便有了写作的理由。

爱是一种光。我总想分享那光，照亮有缘者。光小时，我就当萤火虫，光大时，我就当火把。只要有光，就有希望。等我成火把时，就会点燃另一个火把，或点燃一堆篝火，那便是我的一本本书，或是一个个跟我做事的朋友。我们的人生，都是在茫茫长夜里漫游，都不知生从何来，死往何去，但只要看到火光，就能感到温馨和希望。

“大漠三部曲”，便是我的一种光。

土地与梦想

——《大漠祭》第五版代序

一恍惚，十多年又过去了。《大漠祭》自2000年出版以来，已是第五版了。它已换了四次“婆家”。

这一次，是中国大百科全书出版社成立雪漠图书中心，应中心邀请，我再写一点感想吧。

时代在变，我在变，我的作品也在变。当然，这里的作品，包括已出版的和未出版的，还有那些未出世的。即使是未出世的，也其实是一种存在，只等从我的笔下流淌出来。既然无力留住时光，那么我就用自己的笔，定格那飞快消逝的存在吧。

在小说里，我已定格我父母那一代的西部农民，定格了一个已经消逝的时代，定格了一种已经过去的生存，也创造了一个比现实更真实的世界。

《大漠祭》和《猎原》《白虎关》一起，构成了我的“大漠三部曲”，它整整用去了我二十年的时间，写它的过程中，我完成了自己。当然，“灵魂三部曲”（《西夏咒》《西夏的苍狼》《无死的金刚心》）是我另一种意义上的完成。但愿我在以后的生命里，能写出我期待的里程碑式的作品。

在我的创作生涯中，《大漠祭》如同一粒种子，深深扎在西部土地上，是西部文化原生态的展现。这里没有雕琢，没有修饰，没有技法，没有渲染，只有对西部农民琐碎生活的记录。就是从这些日常的记录中，让我们看到了个体命运的一种走向。其中，灵官的出走一直是学界争论不休的话题。他的何去何从，一直没有明确的结论。但是，他出走前的那句话“重要的，是如何活着”，为我以后的创作做了铺垫，是一切可能的源头，后面的“灵魂三部曲”，以及《野狐岭》《深夜的蚕豆声》等，都是从这里开始出发的，这是一部大书，永远也写不完，生命不息，就会有无穷的可能性。

当一个人开始思考如何活着的时候，他就有了灵魂，有了追问。灵魂一旦苏醒，随之而来的可能就是寻觅。寻觅的灵魂，才是真正的灵魂。在寻觅的过程中，人生会愈加精彩，愈加壮观。也正因为了寻觅，生命才有了成长的可能。在我的小说里，总能看到一个个寻觅者，如孟八爷、兰兰、莹儿，如琼、黑歌手、琼波浪觉、马在波等。他们的寻觅，有生存层面的，也有超越层面的。他们的故事，演绎了我的思想和追问。从中，你会看到，伴随他们寻觅的，总是不期而遇的种种考验。能否经得住考验，决定因素还在于一个人的心。所以，文化也罢，信仰也罢，其目的，就是为了让灵魂变得强大自主。

回想起来，为梦想跋涉的那段日子，真像是梦了。虽然当时觉得苦，但现在想起来，总是觉得很甜。因为，要是没有经历那段日子，我就不会有今天的饱满。饱满，意味着生命的历练；历练，意味着经历无数次的苦难和挫折，经历无休止地爬起和跌倒，经历无数次欲望对心灵的干扰，仍然能义无反顾地前行。

在心还没有完全属于我之前，我写不出《大漠祭》，进入不了小说人物的内心。为了能真正写出《大漠祭》来，我前后经历了十二年时间。在《一个人的西部》里，你可以看到我曾经走过的路。当然，小说中一些人物的生活原型，他们的往日与今昔，在这部书里也有所展示。有的人在，有的人不在了。在的人，也仍然活在各自的世界里，外面的风，无论多么大，也难吹醒他们的梦。灵魂醒不来，他们就会永远定格在《大漠祭》里，永远活在他们的悲欢离合中。曾经，我陪着他们或歌或舞，或喜或悲，而现在，一切都非常遥远了。与他们的相遇，也是我生命中的一段邂逅，还好，我用文字定格了下来。

当我的心属于自己时，就实现了一种超越。再回顾那片孕育我成长的土地时，如望着自己那渐渐老去的父母，那种沧桑和无奈，难以言表，而内心的爱，也更浓了。虽然我希望灵官回来，但我知道，灵官的回来是需要资格的，这个资格便是灵魂的重铸。当他完成了灵魂的历练，窥破了世界的真相之后，他才能放下小我，融入大我，融入西部，融入世界。他才能真正敞开自己的灵魂，去感悟，去体会那片土地的疼痛与厚重。这时，他才会感动那片土地，他的智慧才能为世界带来光亮，他的生命才会焕发出异样的光彩。所以，我也罢，灵官也罢，都需要有一种文化的担当和梦想，虽然这种梦想的实现有点艰难，但我们无怨无悔。

在《大漠祭》里，你可以看到凉州文化对我灵魂的滋养，那来自家庭、土地的诸多养料，如基因一般植入我的灵魂，让我的作品有了一种独特的气息。这是我难以割舍的一条根，是我灵魂的依怙。有了这条根，立足于社会时，我就有了个性，就不会被时代同化。所以，一直以来，我都追求“独一个”，能有一种无可替代的色彩。

当然，只有心灵的独特，才会创造出独特的价值。自从有了挽救文化的梦想，我的成长，似乎也变成了文化的成长。从“大漠三部曲”到“灵魂三部曲”，再到“故乡三部曲”（《野狐岭》《一个人的西部》《深夜的蚕豆声》），你可以看到我成长的轨迹，当然，这也是西部文化中当下关怀向终极超越的过渡和升华。我对西部文化的挖掘和研究，包括后来的弘扬与传播，都用了大力。这个过程，我享受的，是成长的快乐，也是成长本身，我不需要用成长换取什么，这让我有了成长的自由。所以，我也有了成为雪漠到享受雪漠的快乐。

《大漠祭》刚出版的时候，新华社发过一篇新闻：《〈大漠祭〉为谁而祭？》有人说，是祭奠即将消逝的农耕文明。也有人说，是定格一代人如何活着。更有人说，是与历史文化的阴影告别。那么，十多年过去了，到了今天，时代发生了匪夷所思的变化，那我们又该如何理解这个祭呢？我想，除了祭奠，除了定格，我们应该还有下文，还应该赋予它崭新的含义。

毕竟，时代变了，一切都变了，西部也应该变变了。你说呢？

那就让我们拭目以待吧！

另一种回响

——《大漠祭》番外篇

大漠的兔儿正肥，

黑鹰心虚地飞。

骆驼刺刺不着骆驼，

绿色是滋养千年的梦……

1

心中，那古老的歌谣又响了，让我想到了家乡，也想到了那个蒙古语叫“天”的腾格里沙漠。秋天来了，起了阵阵凉意。漠黄了，草长了，兔儿正肥，只是不见了那黑鹰，还有老顺一清早扯着嗓子叫儿子们起床的声音。一切，都成遥远的梦了，仿佛仅仅是打个盹儿，世界就变样了。心里注满了沧桑，时不时地就潮水般涌来。醒来的，醒不来的，都已定格在《大漠祭》里了，想想，心也就安了。

是的，三十多年了，回想自己写《大漠祭》时，还是火钻钻的年龄，有着一股子冲劲。那时候，家乡就是自己的世界，自己的世界就是家乡。家乡的一切，都让人依恋，也让人无法割舍。我爱家乡，家乡是我的根，它给了我太多太多的东西。

《大漠祭》是2000年初版的，当年，在雷达老师的推荐下，它登上“中国小说学会2000年中国小说排行榜”。2001年，荣获上海文艺出版社“上海文艺出版总社优秀图书奖”一等奖、上海市新闻出版局“上海市优秀图书一等奖”。2001年10月，又获“第十四届华东地区（六省一市）文艺图书一等奖”。2002年3月，我获得中国作家协会中华文学基金会“第三届冯牧文学奖”。2002年11月，《大漠祭》又获得甘肃省第二届精神文明建设“五个一工程”奖。2003年，《大漠祭》入选《中国文学年鉴》。同年，荣获“2000—2002年度上海长中篇小说优秀作品大奖”，还获得甘肃省委、省政府颁发的第四届“敦煌文艺奖”一等奖、甘肃省宣传部颁发的第二届“甘肃省五个一工程奖”，入围“第五届国家图书奖”，入围“第六届茅盾文学奖”，进入最后一轮终评。

后来，人们谈到雪漠时，首先想到的，就是《大漠祭》。

以是故，这一次中国大百科全书出版社成立“雪漠图书中心”时，我首先将《大漠祭》作为我的小说作品出版，并请了青岛画家张笑颜女士画了插图。张笑颜也是有声书“大漠三部曲”的朗诵者，她把《大漠祭》变成了有声书，十分传神，影响很大。她的插图也是我见过的最好的插图之一，形神俱妙，有经典气象。

《大漠祭》奠定了我在中国文坛的地位。它获得了广泛的认可，至今，已有了五个版本，重印几十次。

2

《大漠祭》是2000年初版的，到今天，十六年过去了，差不多是一代人了。我也年过半百，虽有颗青春的心，胡须却花白了。

有时，在异乡的深夜里，我还经常梦到一边吃蚕豆，一边听母亲讲故事的情景。醒来之后，我也会流泪，因为这样的日子再也回不来了。流逝了的，还有温馨的记忆，童年的梦幻，还有我青春的岁月。岁月在流逝，世界也在流逝，一切都在哗哗地过去，时光在我眼中，已成了过隙的白驹。所以，我在《深夜的蚕豆声》里说：“丝绸之路上的那个西部已经消失了，我记忆中的故乡也消失了。一切，正在成为一种绝响。”

在写《大漠祭》的日子里，我总是感到寂寞。那时，我还没有明白，所有的一切对于我来说，都是未知。我在《大漠祭》

中曾写道："'家乡'这个词儿，只有在远离它的时候才感到亲切。而真实的它，贫穷，闭塞，更多的时候是一种死寂。纵是在人叫马鸣的时候，灵官感到的仍是一种逼人的死寂。"是的，那种巨大的死寂，独自待着的时候，感觉会更浓，只觉得自己被抛到了世外，成了孤魂。这时候，人需要在沙漠里点燃篝火。篝火虽小，但"没有篝火，沙漠真像死亡之海了。"这是灵官夜宿沙漠的感觉，我心中的《大漠祭》，就是我那时的生命篝火。

年轻时的我，也常进沙漠，和灵官一样，我总想打破那种死寂。一辈子老死在那片土地上，有些不甘心。正因为有了不甘心，所以，才有了灵官后来的出走。而生活中所经历的一切，现在看来，其实都是为出走所做的铺垫和准备。当然，真正出走的前提，是窥破红尘。没窥破之前，还是待在大漠里吧。

多年前，有位东部女子曾对我说，读你的《大漠祭》，感觉你特别爱家乡，爱得令人心碎。我说，是的。确实是这样，我很爱家乡，很爱西部。外面的世界再繁华，再喧嚣，也诱惑不了我，无论漂到哪里，我的心仍系着那片厚土。只是，我走出凉州之后，"家乡"这个词，在我心里，有了更为宽广的外延和意义。

写《大漠祭》时，我特别爱家乡，爱故土，那种爱的念想，非常强烈，但到后来，在我明白之后，就发现，我所经之处，皆是家乡，就没有爱与不爱的这种概念了，没有了"二元对立"，我和世界融为一体，它就是我，我就是它，如水滴融入了大海。

2016年上海书展，我的《深夜蚕豆声》得了销售和签售数两个第一，《空空之外》名列第三，《一个人的西部》和《野狐岭》名列第九第十，成了所谓的上海书展明星。上海电视台采访我时，我就告诉记者，当一个人打破某种局限时，就会发现，你既是个体，也是整体，这时候，你就会超越某个群体。这时候，你会没有分别，大爱无我，大爱无疆，爱已成为生命的本能，如呼吸之于空气，你虽感受不到空气，空气却与你息息相关。无执后的爱也这样。

2009年，我离开家乡，客居岭南。2016年，我定居齐鲁，但觉得自己的根还在西部，只是，我的生命里，又多了岭南文化和齐鲁文化之根。多根齐扎，深入大地，我的文学之树才越加繁茂。当心性的光明像太阳那样朗照之后，我觉得自己有了灵魂的太阳，无论身居何方，都是我的家乡。我到任何一个地方，都能落地生根，都能随风起舞，都能唱出想唱的灵魂之歌。

“故乡三部曲”（《野狐岭》《一个人的西部》《深夜的蚕豆声》）出版之后，有人问我，对于身处城市的人来说，如何理解乡愁？我告诉他，故乡是一个人童年的记忆。故乡不是空间，不是地域，它是一种灵魂的记忆，在生命滋养下的灵魂家园。同时，故乡更是一种创造。因为地理意义上的故乡在一天天地消失，这时候我们可以从艺术中寻找故乡，以安放自己的灵魂。我的“故乡三部曲”就是想来告慰自己的灵魂，或许能够唤醒读者对故乡的记忆，因为我们不能没有故乡。

有时候，心中的故乡会更美。它是每个人用心中的美为自己营造的一块净土。它真不真实，不要紧，只要有善和美，就够了。因为有了善和美，所以更真。它永远存在于我们的生命中。所以，在《大漠祭》里，很多人读到的，不仅仅是西部人的生存艰辛，还有浓浓的“故土味”“人情味”，还有他们最原始、最本真的生存状态。这种质朴，未经雕琢，如璞玉一般，造就了大漠人最质朴的生命状态。只不过，这种故乡的味道，随着全球化的浪潮渐行渐远，成落日黄昏了

3

写《大漠祭》的过程，是我进行自我重铸的过程。

这段经历，读者可以去看我的自传体散文《一个人的西部》。为了写《大漠祭》，我用去了十二年生命，演绎了一个被徐怀中将军称为“十年磨一剑”的故事。

在《一个人的西部》里，我写了创作《大漠祭》前的一些经历，而对于“成名”后发生的一些事，我写的不多。正如我在书中所写，真正重要的，不是我明白后的故事，而是雪漠是如何从改变心入手，进而改变行为，从而重铸灵魂，真正完成自己。

尤其是，在这个过程中，他经历了怎样的灵魂历练。对于读者来说，对于有缘者来说，我明白前的那些经历，是他们更需要的，这会成为一种参照、一种力量，会给追梦者带来一种启迪。就如《无死的金刚心》一样，读懂了琼波浪觉的心路历程，读懂了他灵魂求索的过程，也就明白了一个凡人是如何战胜自己成为圣者的。读懂了它，如果你能照着去做，去寻觅，去历练，任何人都能成为圣者，都能走出一段不寻常的人生，都能立起一道丰碑。

《大漠祭》里的很多人物，像老顺、灵官妈、灵官、憨头、猛子、兰兰、莹儿、孟八爷、瞎仙、大头、毛旦等，在现实中都能找到他们的生活原型。三十多年前，在那片土地上，他们是那样活着，而三十年后，我发现，其中的很多人仍是那样活着，似乎没有多少本质性的改变。变化的，也就是头发白了，多了一些皱纹，身子骨也不再那么硬朗了，少年成了中年，壮年成了老年。而老了的，有的还活着，有的已死了。那村落，仍会牵动我的心。

我的家乡也开始变化了。村里的孩子一个个长大了，也都飞出去了，向往着外面的世界，而留在村里的，多是孤寡老人和一些年幼的孩子。飞出去的孩子，又将怎样？又有怎样的故事？又该如何活着？一切，都正在发生。

《大漠祭》里那个唱曲儿的瞎仙，大家还记得吗？对，就是我在很多次讲座中提到的那个唱凉州贤孝的贾福山。他也老了，过七旬了。每次回家，我都会到乡下看他。无论走多远，无论离开多久，想到贾福山，就觉得想到了家乡，心里就很欣慰，毕竟，有他在，家乡的味道就在。要是贾福山们走了，家乡是不是会像风一样，消失得无影无踪？难道它仅仅活在我的记忆里？那个曾经完满的故乡，是不是会因为我记忆的消失而消失？

贾福山是《大漠祭》中瞎仙的生活原型。在我的《长烟落日处》里，以及我的很多书中，都写到过他。他是我童年时的启蒙老师，教会了我唱凉州贤孝。当我走出西部，走向很多城市的时候，我也将贤孝带了出来，特别是那首《王哥放羊》，更是博得了众多的喝彩。其实，我所有的小说里，都渗透了贤孝的魂，那是我生命中摆脱不了的气息。

贾福山是我的邻居。他在三十多岁的时候，曾经有个女人很喜欢他，想嫁给他，但那个女人的女儿、女婿不同意，觉得太丢人，这事就没成。这对贾福山的打击非常大，从此之后，他不再论男女之事，孤身一人，生活至今。在我心里，他也是我的亲人。我定居沂山后，想把他接来养老，我让很多人说服他，但他一直不想离开他的屋子。那屋子，也是他的故乡。

现在，贾福山也老了，像我们正在老去那个乡村。终有一天，他会从世上消失，从世上消失的，还有我的故乡。好在我的《大漠祭》活着，有了它，故乡就死不了。

在我的《大漠祭》《猎原》《白虎关》中，都渗透了三弦子那种非常苍凉的基调。我是在那种旋律中写作的。它带给我心灵的共振，把一种灵魂的挣扎，直接注入我的文字。

时下，这些瞎贤一直是弱势群体，生存很是艰难，唱曲儿已很难谋生了，没人听那种又老又土的贤孝了。很多人根本想不到，正是这贤孝，传承着人类善文化中最精髓的东西，他们是西部文化的“活化石”。只是，这些“活化石”，也将要成为一种故乡的传说了。

我在初版《大漠祭》序言中说：“我的创作意图就是想平平静静地告诉人们（包括现在活着的和将来出生的），在某个历史时期，有一群西部农民曾这样活着，曾这样很艰辛、很无奈、很坦然地活着。仅此而已。”是的，他们就是那样活着的。我只是平静地告诉世界，并记录他们那种原汁原味的日常生活。才过去了二十年，那种农耕生活已渐渐远去，开始成为绝响。

每年，我都会回到西部，在那片土地上走一走，看一看，感受一种变化的气息。沉寂的大漠不再沉寂，已开始慢慢苏醒，进入了一个新的时代。只是，这种变化，该朝着什么方向发展，又该在这种变化中守住什么，舍去什么，才是我们最应该思考的。

4

你在《大漠祭》里，可以看到，灵官不想这样活。从父亲的身上，他能从这头望到那头，活了一年如活百年，活了百年如没活一样，总在那个“磨道”里转圈，转圈，不管是种田的，放牧的，淘金的，还是天天围着锅台转的，都是如此。这一点，灵官看出来了，《猎原》里的黑羔子，《白虎关》里的兰兰，也都看出来了，都能看到自己的未来。包括我，很小的时候，我就在想这个问题，一直到写《大漠祭》开始，就不再想了，就想该从这个“磨道”里转出来了。

没考上大学的灵官，不得不回到村里，开始刨土务农的生活。因天生就是个“白肋巴”，干不了农活，所以为了生路，就跟孟八爷去沙漠里学打猎，以此能学到糊口的本事。期间，他对人生、对命运、对未来的所有思考，都是我当年想过的，也成了我写《大漠祭》的缘由。

我是在贫困中长大的。在很小的时候，我就被丢到一个巨大的麦田里割麦子，被毒太阳晒着，每当那时我就会流鼻血，就会遍身流汗，觉得自己马上就要死去。那时，我就想，我不能这样活着。我的爷爷这样活着，我的父母这样活着，我的弟弟这样活着，我却不想再这样活了。所以，我必须闯出一条路来。

在西部那块土地上，所谓的“前程”，祖祖辈辈的观念就是娶妻养儿，传宗接代。这也无可厚非，千年了，人类繁衍至今，都这样。在家里务农的那段时间，灵官跟老顺抓兔子，随孟八爷去猎狐，陪憨头去看病，目睹了农民为了那“三寸喉咙”而死命挣扎的种种遭遇。包括五子的疯，王秃子的无奈，引弟的死，等等，都如梦魇一般，罩住了村人的心，悲剧总在不停地上演着，仿佛所有的日子就是这些内容。“命该如此”，这四个字成了很多人对命运最好的解释。命真的就是这样吗？有没有另一种活法？这是灵官发出的叩问和思考。你别小看这一叩问，声音虽小，很弱，但中气十足，力量很大，他的生命开始觉醒了。

先前，灵官最大的梦想是以考学的方式跳出沙窝，但这个梦破灭了。在家安心务农，他不甘心，他不想过早地成为“老顺”，也不想成为“孟八爷”。虽然他顺从父亲的意愿，跟着孟八爷学打猎，但心中却在滋生另一种梦想。

与其说憨头的死击垮了灵官，不如说是憨头的死激活了灵官沉睡的灵魂。在生离死别的巨大痛苦中，他发出了“重要的，是如何活着”。面对村中那么多活着的“死人”，灵官知道，“他们在一个巨大的磨道里转圈，仿佛梦游似的转了千年”。他不想再这样转下去了，他要从庸碌中醒过来。于是，他放下莹儿，放下家人，放下孩子，放下所有的一切，只身出走了。否则，他就只能成为“老顺”，成为“孟八爷”，成为千千万万个“猛子”，继续在那片土地上生了，死了；死了，生了，继续憋闷着，轮回着。当年的我，就是这样的。灵官经历的，我也经历过。他的叩问，也是我的思考。

就这样，灵官走出了沙窝。

灵官去了哪里，并不重要，重要的，是他有了一颗走出来的心。很多人之所以一辈子留在沙窝，糊涂了生，又糊涂死，就是因为他们没有走出来的勇气。很多人患得患失，总是怕离开土地。对于未来，他们充满了恐惧，他们不想挑战未知。就如一头毛驴，一辈子被拴在木桩上，在一股巨大的惯性中，转来转去，转来转去，即使后来有了摆脱牵绊的机遇和力量，心却死了。心一死，生命就提前结束了。即使还活着，也是一具行尸走肉，只是从一个小混混，熬到老混混，最后死掉而已。

只要有一颗走出的心，前边总会有精彩的世界。

5

写《大漠祭》时，我有一种使命感。但现在看来，如果我没有这种使命感的话，我可能成不了今天的“雪漠”。那使命感，是我写作的动力。

正因为有了使命感，我才能拒绝很多诱惑。最初的时候，我做得最多的一件事，就是拒绝被凉州人同化。同时，时时升华自己，这个过程，我用了十二年。之后，我又用全部的精力来抵御流行价值对我的同化。有时，我的行为看似偏激，其实是有所坚守。我重新建立了自己的价值体系。

有时，在个人追求和巨大的社会惯性之间，你是无法调和的，结果可能会有两种：一是你被压垮了，最后被社会同化，再也找不到自己；另一种人，也明白这种无奈，但他不认命，而是选中目标，不停地走，一步一步，总有一天，就到目的地了。所以，写《大漠祭》的那时，我是不管世界的，即使在绝望和无奈中，我也要唱出最美的歌。

2006年，我参加上海作家研究生班学习的时候，有位作家就说：雪漠，我们上海作家要是像你这么写作的话，就饿死了。我就告诉他们，那时我时刻准备着被饿死。如果写不出《大漠祭》，我宁愿回到乡下去种地，宁愿饿死殉了文学，也要留下自己想留的东西。

我看过一部电影叫《无影剑》，里面有一句话："我的剑，是用来守护我最宝贵的东西。"所以，有时，为了你的梦想，你得拿起你的"剑"，守住自己的梦想。

6

《大漠祭》出版后，老有人问灵官的命运，其实，他有着无穷的可能性。不同的心，就有不同的未来。要是他愿意，他也可以成为《西夏咒》中的琼，《西夏的苍狼》中的黑歌手，《野狐岭》中的马在波，《一个人的西部》中的雪漠。这不同的命运，都可能存在。心的无穷可能性，构成了世界的多彩和丰富。

《大漠祭》里灵官虽然出走了，但后来的《猎原》《白虎关》《西夏咒》《野狐岭》等，那都是“灵官”的故事。你可以作为一个参照、一面镜子，来反思并设计自己的人生。每个人的人生，都是自己的选择。

灵官的身上，有我曾经的影子，代表了我过去的一段经历，但它更是我的创造。《猎原》和《白虎关》也一样。现在想来，那往事，如风，吹过后，就成记忆了。留下的，也就是这些静静的文字，还在诉说着一颗颗不安的灵魂。

在《大漠祭》中，灵官去寻觅他的“盼头”了。

每个人只要到愿意去寻，总是能寻到他想寻的东西。

念念不忘，必有回响。

感谢中国大百科全书出版社和刘国辉社长，他们让我的作品多了另一种回响。

选择与命运

——《猎原》第四版代序

感谢中国大百科全书出版社成立了雪漠图书中心，专门推出我的作品，为我提供了一个更有力的平台。

2000年，《大漠祭》出版之后，我便开始《猎原》的创作。虽说《大漠祭》的成功给我带来了声誉，但是我很清醒，也很宁静，我知道这仅仅是我文学生涯的第一步，想要真正地实现自己的梦想，还有漫长的路要走。《猎原》的写作和《大漠祭》同步，都是二十多岁时种下的一粒种子，待它开花结果时，我已到四十岁以后了。如今，十多年又过去了，《猎原》已经有四个版本了。

谈到《猎原》，很多人总喜欢和《大漠祭》相比较。在《大漠祭》里，人物的心灵似乎是静止的，风平浪静，不显山不露水，我只是平静地写了西部农民最质朴、最本真的生存状态。在《猎原》里，我继续关注西部农民的活着，但这种活着就不仅仅是表象上的活，而是灵魂层面的活。我有意让一些人动起来，将他们置于风口浪尖上。当外部风暴席卷而来时，每个人的心都会随风而动，有彷徨，有挣扎，有焦虑，有疼痛，当然也有希望，有觉醒，更有一种决裂和释然。其人性的高贵与卑劣，灵魂的伟大与渺小，生命的庄严与琐屑，在抢夺草场时一览无遗。

那个叫猪肚井的所在，就是一个小小的世界，虽然有着西部的外表，反映出的，却是整个人类。每一个走进猪肚井的人，都怀揣着一个梦，这个梦很简单，就是能摆脱贫穷，但最终，所有人的梦都归于破灭，每个人都被自己的贪婪和愚昧所吞噬，一败涂地。为什么？因为，人类的心灵，就像一个巨大的猎原，虽然看不见，但里面时刻上演着神性和兽性的争斗。人是欲望的猎物。正如我在《猎原》题记中说："在心灵的猎原上，你我都是猎物。"但是，对这句话，能读懂的人并不多。因为，很多人被世俗生活麻痹了，根本就没有发现那个灵魂角逐的过程。他们根本不知道，自己的痛苦，是欲望和灵魂搏杀时产生的纠结。很多人的灵魂，就是在这个过程中被悄悄杀死的，但他们都不知道，自己正活在欲望的魔桶中。在《猎原》里，你会看到这种角逐和厮杀，很惨烈，也令人心痛。其实，这都是每个人的选择，是选择铸就了他们的命运。所以，某种意义上说，选择即命运。

《猎原》出版至今，已过了十多年，虽然它和《大漠祭》一样，我同样倾注了很大的心力，但《大漠祭》获得了相对大的成功，而《猎原》的反响就弱一些。但这并不代表《猎原》不如《大漠祭》。反而，很多人更需要的，其实是《猎原》。也许，不久以后，它会和《大漠祭》《白虎关》一样，其价值会被真正地发现。

有人说，读我的《猎原》《西夏咒》《野狐岭》等，只觉得人类的苦难重重，悲剧成分居多，命运很沉重。是的，很沉重。我告诉他，这就是人类命运的真相。任何时代、任何时候都是这样。因为每个人的头上都悬着一把死亡之剑，它随时都会落下来。在死亡面前，人人都是平等的。所以，我的每一部作品，都像笼罩在死亡的黑幕中，给人一种很沉重的感觉，但很多人也会发现，这份沉重的背后，有一盏静静燃烧的马灯，一灯照破千年暗，但愿它能有一种“照亮”。

面对所有的沉重，面对宿命中所有的孤独，每个人都需要一盏灯。灯一亮，亘古的黑暗就没了。所以，在我的每一部作品中，在那巨大的黑幕中，都透着丝丝缕缕的亮光，这就是人类永恒的追问——如何才能自主命运，超越欲望的魔咒？于是，就有了那么多寻觅真理的实践者。他们都想找到黑幕背后的太阳，人类本有的那个智慧太阳，让它放出万丈光芒，照亮心灵，让所有的沉重都化为黎明的天光。这是我的梦想，或许也是你的梦想，更是整个人类的梦想。

上一世纪，鲁迅曾说：“人生最苦痛的是梦醒了无路可走。

做梦的人是幸福的；倘没有看出可走的路，最要紧的是不要去惊醒他。”鲁迅是对的，梦醒了无路可走是最苦痛的。在我的《猎原》里，你可以看到那个“梦醒了无路可走”的黑羔子，他便是过去的我。我也有过一段无路可走的黑暗，还好，经历了灵魂的历练之后，我终于走出了心灵的愚昧，实现了超越。所以，我明知道“无路可走”，但仍然要去“寻路”。没有寻觅，便没有今天的我。没有寻觅，就没有我后面诸多的作品。没有寻觅，一切都没有意义。所以，我一直想在无路可走的世界里，走出一条属于自己的路。

时下，整个世界就像一个疯狂的大舞台，每个人都在跳着自己的欲望之舞。真正的贫困并非生活的贫困，而是精神的贫乏，灵魂的无依。在这个时代中，信仰的缺失，人文的断层，造成了新一轮的贫穷。很多人虽是物质的贵族，却又是精神的贫民，在心灵的猎原上，他们仍是被欲望追逐、四处逃窜的猎物。“如何活着”这一命题并未结束，而是提出了更高的问询。虽然很多人认为，人只有解决了温饱问题，才会考虑精神、灵魂层面的事，但这其实是一个悖论。因为，一个人如果不升华自己的灵魂，不清除心上的污垢，他就很难摆脱贫穷的命运。因为，贫穷的心灵是狭隘的，如果没有一种博大文化的滋养，他根本就走不出自己的小圈子，走不出自己的生活境遇。那么，他就会一直贫穷下去，很难有改变命运的可能性。有时，这不是老天给予的命运，而是自己心灵的轨迹。所以，改变命运的钥匙，就是要让心富起来，让灵魂强大起来，从一个祈求外界给予自己一切的人，变成一个有尊严、有智慧、能自主心灵、有能力去爱的人。这才是真正的改变命运，也是文化对心灵的救赎。

一切都源于心的明白。

在《猎原》里，还有另一个叩问，就是人类命运的出路。对于路，我有着自己的理解，那就是《猎原》里孟八爷所思考的："所谓路，就是他走了，还会有千万人沿了走。仅仅是一人走的，不叫路。"其实，这也是我的思考。我举办香巴文化论坛，开办创意写作班，创建书院，都是在延续这个思考。我实现了自己的梦想，也希望更多的人有梦想。对那些有梦想的人，我会尽力帮他圆梦；对那些没有梦想，心无所依者，我也会尽量教他寻梦。我知道，梦想对一个人来说很重要。人类之所以伟大，就因为有梦想。真正踏上梦想之路的人，会活得更开心、更快乐、更安详、更明白。当然，他的命运也会随之改变。

那么，你的梦，又在哪里呢？

让我们一起进入《猎原》，去看看那些寻梦的人。

心灵的猎原

——《猎原》番外篇

命运真是个沉重的词，
沉重得像那千年的黄土。
你总想弹出你的曲子，
只是无论咋弹，
也弹不出轻盈的旋律。

一

白露到了，兔鹰又该下山了。老顺照样挼鹰，灵官妈照旧忙活，莹儿有了盼盼……一切，又回复了宁静。沙窝，也不因灵官的出去，而有什么变化。当别人问灵官啥时候回来，老顺总是说：快了，快了。谁知，这一快，竟是十多年后的事了。

“他的出去，就是为了他的回来。”灵官这一去，大漠又沧桑了许多。风大了，沙多了，生的生了，死的死了，轮回不休，一切如故。沙湾的故事还没讲完，你瞧，那边的猪肚井，一场大戏已拉开了序幕，戏的名字同样叫命运，只是内容更恢宏，更惊心动魄。

下面，我就和你说说这场戏。

戏里有我，也有他人，只是后来，我从戏里跳了出来，而有人仍沉迷于戏中，熏熏然，不知所归。他们都被戏迷住了，魇住了，分不清戏里戏外，真戏假戏，不知道人生如梦，梦如人生，都还在大梦里打盹呢！

与其说，写《大漠祭》的初衷，我的创作意图是记录老顺一家最原始的生存状态，记录他们如何活着，那么，从《猎原》起，我开始进入了一个更为广袤的天地，在人类心灵的猎原上驰骋了一番。当然，在一般人看来，这个猎原很真实，也很现实，殊不知，这是我艺术上的一种创造和再现，是对现实生活的一种超越。这种超越，源于我心灵的成长。心大，作品就大，展示的世界也大。

我的所有小说，都是自己跟自己的对话。虽然写了很多人，写了很多事，但究竟意义上来说，所有的人物都是我自己，都是我的心。我能进入每个人的心，甚至也能进入狼，进入羊，进入沙漠，进入草原，进入我想进入的一切。当我破除了对自我的执著之后，就和世界合一了，我就是它，它就是我，成一体了，不再有二元对立。所以，许多时候，我的生命就是我的书。我从来没有将自己游离于人物之外。我总是用自己的心去感受他们的一切，和他们打成一片，融入其中，与他们共呼吸，同命运。他们每个人都代表了我生命中的某一种心灵状态。每一部书，都承载了我每一阶段的生命信息，我说着时而明白，又时而糊涂的话，显得异常复杂。书里浸透了我满满的爱。如果你能静下心来，细细阅读的话，定能从那些文字中，读出一种贴心贴肺。那种生命的气息，是我的心在跳。所以，我的文字，总能打动读者的心。

同时，打动心的，还有那份疼痛。即使现在读来，书中的很多场景，仍然在我心里颤抖，它们并不因为被定格了，就一了百了。每当触摸这些文字，我总是在别人的故事里流着自己的泪。我明明知道，那苦难的沉重，仍像大山一般压在那块土地上，沉甸甸的，心不变，命是很难改变的。虽然，现在的生存环境有了很大的改善，好些西部人也脱贫了，不再为那三寸喉咙而奔波了，但是，那心灵的愚痴，却丝毫没有减轻，反而更重了。

我在《一个人的西部》里，就写过“猎原”这块土地对我生命的影响。生活的磨炼和西部文化的博大，铸就了我作品独有的特质。如果没有那种扎实的生活，没有那种灵魂的锤炼，我的小说就少了许多底气和真实，会很飘，很浮，不厚重，也不会进入读者的心。我常说，写作需要投入，需要一种灵魂的真诚。没有真诚，就不会有真诚的作品，也不会打动读者的心。我的每一部作品，都投入了我全部的真诚。

二

二十多年前，我写《大漠祭》的时候，也同时写着《猎原》。那时，我在凉州乡下，租了几间农房，作为自己的关房，我称为“红云窟”。那房子真有点“窟”的味道，很简陋，一张床、一把椅子、一张书桌，此外，除了书外，几乎没啥别的了。在里面，我完成了《猎原》。

闭关的时候，任何人找不到我，连老婆孩子也找不到。当我从外部世界进入关房时，有时也会感觉非常孤独。有时，我会打开手机，想找人说说话，可我把电话号码从头翻到尾，也找不到一个可以聊天的人。这说明，我虽然置身于孤独的空间，本意是为了躲避热闹、杜绝诱惑，可潜意识中，我仍然需要没有功利、没有算计、真心相待的朋友。我仍然需要与别人交流，与世界对话。但是，生活中，我很难遇到这样的人。在凉州，除了几个老夫子外，我的朋友不多。后来，我就越来越沉默，学会了享受孤独，在寂静中品味另一种孤独。真正的孤独是一种智慧和境界。这种孤独，让我实现了一种大自由。我将所有的孤独都渗透到我的作品中，也期待着能将这种孤独，传递给那些需要这种孤独的人的心中。

虽然我喜欢离群索居，与世隔绝，但为了收集资料，感受生活，我也喜欢交一些农民朋友。那时，为了写作《猎原》，我多次随猎人进入沙漠，和他们一起生活。我也常去老百姓的家里，跟他们交朋友，收集些农村故事。

我对任何人，包括朋友、父母、妻儿，甚至高僧、上师，包括路边的乞丐、清洁工等，都是真心，在我眼中，任何人都是平等的。真是这样，这不是矫情。面对任何人的时候，我只有当下的那份真诚、明白、安详和宁静。我不会因为你是国学大师，就对你好一点；你是个孤寡平民，我就嫌弃你，不是这样的。我没有那种高下贵贱的分别心，只有当下的那份真心。在相遇的那个时刻，聊什么内容并不重要，重要的是，两颗心的那份相契和真诚。我对世界就是这样的。我眼中的世界，永远是最美的风景，我的心中常常会涌出一种诗意。后来，我就将这种诗意化成了文字。

我在《猎原》里，就写了诸多的心灵。在一个叫猪肚井的所在，牧人们竞相上演着属于他们的故事。我常说，在心灵的猎原上，你我都是猎物。人类的贪欲，最终都是自食其果，自作自受。贪婪于始者，必失望于终。源于功利，必毁于功利。心灵决定一切。我说过，鹰会鸡那样啄食，狗也会狮子般捕猎，决定其行为的，就是它们的心。

三

《猎原》中，许多人都在寻找出路，他们背井离乡，跑到猪肚井，当起牧人，以期能有个好的未来，但我们看到的，往往是事与愿违。为什么呢？

黑羔子是个被称为“二杆子”的人，时不时会冒怪声，显得很另类。他一直在挣扎，一直在与命运抗衡，他一直拒绝深爱着自己的拉姆。因为他不想过早地结婚生子，不想过早地被拴在那片土地上。爷爷放羊，爹爹放羊，到了他，又放羊，羊成了他摆脱不了的一个魔咒，魇了几辈子的人了。所以，他一心想挣出这张大网，想寻找另一条生路。但是，在那个庸碌闭塞的环境里，他不知道路在哪里？他憋闷，焦躁，万般无奈，因为没人告诉他希望在哪，出路在哪。他的那个所谓的梦，也是缥缈不定的，根本就抓不住。除了心中的那股劲外，他一无所有。

孟八爷也是如此，虽然他有浑身的本事，每一门本事都是响当当的，但是，那本事除了养个家、糊个口外，对改变命运来说，似乎也没有多大作用。所以，他也在寻找路。他知道命是心，心是命，但什么是心？心又在哪里？又该如何变心变命呢？对于孟八爷来说，都是未知数。他可以忏悔，可以从善，可以金盆洗手，但那单纯地行善积德，单纯地放下手中的屠刀，真的就能改变世世代代人的命运吗？无疑，孟八爷是先知者，是觉醒者，这样的人，在现今的时代也是少数。他是世间法意义上的觉醒者，但他的力量很有限，最后，他终究没有力量阻止猪肚井的毁灭。

在《猎原》里，与孟八爷有着同等名声的张五，其生活原型是我的远房伯父陈昭年，他是甘肃古浪人，家中很穷。我在短篇小说《大漠的白狐子》里也写过他，他一辈子打猎，是个出色的猎人。但他杀了无数的动物，背下了无数的命债，却还是穷了一辈子，最后走向了死亡。他的人生经历非常曲折，也非常丰富。当年，我专门去采访他，录下了大量的素材，他讲了很多猎人的故事。他还告诉了我很多打猎的诀窍，其中的很多东西，是秘不外传的。

伯父孩子多，都张着嘴吃饭。有时，实在过不下去的时候，他就带着老婆，领着孩子到我家来，与我们同住，一住就是一年多。我父亲经常帮他到处张罗，到其他人家里张罗一些粮食，让他带回去。那时，即使我家也缺衣少食，父亲还是会给他一些面和钱。后来，他的儿子、孙子，如果有困难，比如上不起学什么的，还会来找我，我也会帮助他们。

陈昭年晚年得了重病，没钱治病，也买不起止痛药，就只好躺在家里，疼得像牛一样嚎叫。他没有任何希望，挣扎着活在地狱里，只是为了最后的死去。当时，他家里的情形，就是《猎原》里孟八爷看张五的情形，家徒四壁，一贫如洗，非常凄凉。

全家人一年四季吃不到菜，就吃那种浆水菜，上面坏掉了，有一层厚厚的发霉的东西，是致癌物。凉州是癌症高发区，跟吃这白化的浆水菜有关。

后来，我带了几支杜冷丁——杜冷丁不好找，我是给弟弟准备的，但那几支杜冷丁还没用完，弟弟已死去了——和一块鸦片去看他。他看到鸦片，双眼立刻放出了异样的光彩，然后，用火钳烫了点鸦片，贪婪地吸那白烟。那细节，深深地刺痛了我的心。后来，我就用《猎原》定格了那个瞬间——我想告诉这个冷漠的世界，有些人活得非常艰难，他们很需要别人的关怀和帮助，可愿意关注他们的人，又有多少？这个喧嚣、麻木的世界，能感觉到一种疼痛吗？

人不管多么强大，出过多少风头，也逃不过最后的死亡。穷人也罢，富人也罢，都是这样。不会因为他一时的强大，或是一时的富有，就让他多活一段时间。所以，争啊，抢啊，杀啊，其实没有任何意义。智者们无争无怒，就是因为，他们发现了这个规律，不想再去做一些无意义的事了，只想用短暂的一生，做一些利众的事情。这时，他们就破除了好多执著，所以才能改变命运。

西部很多偏远地区的人很难做到这一点，但也不怪他们，因为他们很穷，穷得吃不饱肚子，读不上书，没有很好的老师，身边也没有明白人，所以，难有大见识、大胸怀，其人生，更难有大格局。出生在这样一个地方，又遇不上贵人，他们的一生就几乎定型了。更可悲的是，环境的局限和狭隘，让一些人无法发现命运的出路和希望，即使有些人遇上了贵人，也不懂得珍惜。

在我心中，好书也是“贵人”。我爱读书，这是我的习惯。不管在什么地方，什么时候，包括出差、坐车，陪伴我的，永远是书。到任何一个城市，我最想去的就是书店。书店是城市的风向标，展示了一个地方的人文。任何景区，我都可以错过，但不能错过好书，好书错过就错过了，而景区可以重游。有时候，我的旅游，就是从一个城市的书店，到另一个城市的书店。

即使在最穷的时候，我也要买书。因为我知道，在西部那个地方，只有读书，才能让我超越那个闭塞的环境，才能让我改变命运，消除愚昧。早年在凉州时，我刚买了复式楼房之后，为了节省空间，装修时总是以书为墙。客厅、书房、卧室、走廊等，墙壁上都钉上了书架。刚开始家里没书，好多人就笑着对我说，你这是准备着放你老婆的鞋子吗？因为那时候，我刚买了楼房，还欠了很多债务，没有多少钱买书。但不久之后，那一个个书架就摆满了书。那时候，除了生活吃饭之外，我把大量的钱都用来买书。几年下来，书就满屋了。还有很多书，在我看过之后，就捐掉了。

后来，我到了岭南，又到了青岛和沂山，有了几个书院。每到一处，总会大量买书。后来，我就将自己看过的一些书放到网上卖，再用所得款项帮助别人。

四

开始的时候，我对命运的看法，和大家是一样的，后来，心灵明白之后，我就知道命由心造，而不是像有些人说的，命是注定的，无法改变。是的，对于心灵不明白的人来说，命是注定的，难以改变，但是对于真正想改变命运的人来说，命是可以改变的，前提是要改变心。对于智者来说，命运就是由自己的心灵可以决定的那个人生轨迹。

这是我在《猎原》里重点想说的话。

什么决定命运？就是一种选择。命也罢，运也罢，好多人认为命运不可改变。事实上，选择是可以改变命运的。因为，选择决定了你的行为，行为构成了你的命运。你的命就是你的心造的，心决定行为，行为构成了你的命运。所以，我经常说，命由心造。

我会算命。那么，我是怎么给别人算命的呢？就从他的某一些细节中看出他的性格，进而测出他的命运，因为那细节代表了他的心，只要心不变，他以后的所有行为，都高不过他的心。他的心不变时，命不变；心变了后，命就变了。如果你是一个小人，必然会做好多小人事，于是，你就是一个小人命，谁都讨厌你，提防你，你的路就会越走越窄。当你的心一天天变得博大、高贵，变成君子之后，你就会有君子的行为，这样，你的命就变了，变成君子之命了，你的路就会越走越广，人生格局就会越来越大。所以，世界上没有救世主，你的心左右着你的命。

生活中，好多人总是埋怨，埋怨天，埋怨地，埋怨这个，埋怨那个，整个社会充满了一种怨气。其实，没有什么埋怨的，所有的一切，都是你自己造成的，别怪他人。你的心，决定了你的命。比如，我的一个朋友，在一家公司打工，他老是抱怨公司给他的薪水很少，我就觉得这个人不会有大出息。为什么呢？如果你把薪水寄托在别人身上，盯着公司给你多少薪水的时候，那么，你的命运不会有什么转机。你应当怎么办呢？让自己强大起来。让自己的心，从一个小人的心，成长为一个大人的心时，你的命运才会改变。

在我的“大漠三部曲”里，读者可以通过书中一些人物的对话、行为，或者他的一些心理活动，就能算中他后来的命运结局，比如灵官的出走，莹儿的自杀，兰兰皈依信仰，王秃子的仇杀，双福的败落等，其实都是定数。从《大漠祭》开始，每一人物一出场，一说话，都在暗示着他们的命运走向，而《猎原》《白虎关》，一路走来，表面上，我在写他们的生活，写他们是如何活着的，但实质上，我在展示他们的命运轨迹，肯定是那样的。这样的命运，是一种必然，这不是作者的有意为之，而是人物本身的心决定的。

以前，在凉州的时候，我也曾以捐助的方式帮助过几个穷孩子，但有人竟把我当成了冤大头。我无偿地帮助他们，他们却把我当成傻瓜。后来，我慢慢发现，我的那种帮并没有改变他们的命。要是他们的心不变，那些物质帮助就像是隔靴搔痒，起不了多大作用。直到今天，某些我帮过的人，仍是越来越贪婪，越来越愚痴。很多孩子仍然在那种怪圈里成长着，延续着父辈们的那种活法，一想到这，我就心疼。因为好多孩子其实都可以有个好的未来，有个灿烂的明天，但不得不在历史文化旧有的观念下，在功利化的环境下阉割了鲜活的灵魂，失去了独有的个性和活力。

后来，我明白了，真正的帮助别人，应该是传递智慧，给别人一个升华心灵、证得智慧的助缘。真正的帮，必须从清除愚昧开始，只有这样，他们才能真正走出贫穷的命运，其他的东西意义不大，很快就会过去，改变不了什么。所以，我的著书立说，就是为了传递我所证悟到的那份智慧和清凉。

写《猎原》时最早的想法，便是这。

五

中国有句古话："文章憎命达。"意思是，要想写出好文章，命就不能太好，人生不能太畅达。如果太畅达的话，生命就缺少了一些精彩。是的，我就是这样的。

在过去写《大漠祭》《猎原》的日子里，很长一段时间，我既要保证自己的生存，还要养活我的家人，所以，在与世隔绝地写作时，我承担着非常沉重的生存压力。在《一个人的西部》中，读者可以看到我过去的那段艰难岁月。我想说的是，一个人在追求梦想的时候，必须接受选择所带来的一切，包括磨难，包括贫穷，包括非议，包括生命中诸多的逆行菩萨。

就是到了今天，甘肃的一些作家生存条件还是很差。像甘肃省作家协会原主席王家达，虽有一定的社会地位，但他仍然清贫了一生。多年间，每次去他家，我见到的总是一张桌子、一张单人床，还有一张破旧的寻常沙发。他平日里就睡在单人床上。便是那单人床，也很是简陋，是门板和床头搭在一起的那种，现在很少见了，想不到，他一直用到了去世。哪怕是一般的市民人家，也似乎比他家富足。所以，每次见到他，我的心情总是很沉重，也会在他困难时力所能及地帮助他，没留下啥遗憾。

在这样的现状面前，一个作家想要坚持一些东西，是很难的。在这种沉重的生存压力下，好多人的价值体系就发生了根本性的动摇。而我，在任何时候，都守住了自己的梦想，守住了自己的尊严，也兑现了自己曾经许下的诺言。

二十五岁时，我就蓄发留起了胡子，以此来提醒自己不要被外界同化，而要保持个性。在教委工作的时候，我是武威公务员中唯一留胡子的人。还曾多次出现因胡子而发生的风波，很多人都想把我的胡子剃掉，但我宁愿不进城，宁愿留在乡下当一个小学老师，也要坚决留住它。这是我对抗庸碌环境的一种姿态。在那个时代，我留下胡子，就是时时警醒自己：不要被环境同化，不能被这块土地同化。一旦被这块土地同化，我就当不了作家，我就是个庸人。所以，我坚决留下胡子，每天一照镜子，就提醒自己：不能被他们同化！不能被他们同化！

2009年11月，我随中国作家代表团出访法国参加“中法首届文学论坛”时，办护照照相的时候，他们要我把胡子剃掉，我还是留着了，虽然有点短。你想，如果我的胡子全剃掉的话，就更滑稽了，就像一只雄狮，变成了一个猴子。后来，他们又让我必须穿西装。我说，我这辈子从来没有穿过西装，因为我不喜欢、也不愿意在脖子上打个领带。第一天，同行领队说，一定要打领带，不打领带，不穿西装就是对人家的不尊重。第一天，我打领带，穿西装，第二天我坚决不穿。做客法国法兰西学院时，我的演讲主题是《文学与灵性》，我就说，很小的时候，我当过牧童，从小就爱骑在马背上自由地奔驰。我不愿在脖子上打领带，穿着西服坐在这儿。所以，不要在我的身上戴什么领带，带上领带后我很难受。

后来，我出版了很多作品，不管是“大漠三部曲”，还是

“灵魂三部曲”，总有人愿意将我的作品划到这个主义，划到那个主义。甚至，一些高校的硕士生为写毕业论文而犯愁，因为他们无法将我的作品划到导师所说的哪个主义里，不知该怎么归类。为什么？因为我的作品根本就无法划定，无法概念，那不是教条化的东西。那是生命喷涌的东西，是灵魂自由的流淌，根本无法界定，鲜活的生命是超越任何主义的。而世界就是这样，总是把一种鲜活的生命教条化。

我是在与周围环境的对抗中，才慢慢成长起来的，而好多人却被庸碌的环境同化了。我之所以没被消解，反而升华了，原因只有一点，我能自省，知道忏悔，能一步一步战胜自己。我不是圣者。我是跟自己纠斗不休的战士，但我总能战胜自己。虽然有时斗得血肉模糊，但我总能站起来。有时，我真的对自己很苛刻。要不是那份自省和自强，我会跟千万个西部人一样，在生活的重压下，早已失去了那份向往。

生活中，常常是这样的，当听到我说的这些话时，很多人会觉得非常奇怪，觉得我跟别人不像，很异类。于是，我在任何一个群体中，都会成为众矢之的，总是被排斥，总是被挤压。甚至，有人绞尽脑汁地总想把我扼杀在摇篮之中。

2012年12月，作家莫言在瑞典诺贝尔文学奖的领奖发言中，讲述了一个被众人扔出去反倒避免了被活埋的人。

那个被扔的人，其实也是《猎原》中黑羔子。当然，也是我。

许多时候，当一群人把你抛出去的时候，可能是为了不让你活埋，对这些人你要感谢他们。当你不被一个群体欢迎，被群体性驱逐的时候，一定要明白，你可能是一个清醒的人，也可能是一个伟大的人。所以，不要怕。我经常说，当无数股水流滚滚奔向东的时候，有一个水流奔向西，向西的那朵浪花就是天才。所以，我们要感谢命运中出现的这种抛弃。

六

每块土地的文化，均有其优秀的特性，也有低劣的杂质，这些特性与杂质甚至是合为一体，难解难分，经常会在不同的条件下，展现其复杂性。在这块土地上繁衍生息的人群，每个人身上也不可避免地带有这块土地的基因与文化的胎记。

一棵树的成长有众多的因素，比如说，土壤、种子以及环境、阳光、空气等。同样，一个人的成长也是这样。一颗坏的树，不会无缘无故地坏，它存在多种原因，包括土壤有没有病虫害等。人类也是这样。任何人类，他只要有某种行为时，他就不是单个的行为，他和文化土壤以及本身的遗传基因，以及时代所有文化的熏陶，都有很大的关系。

我在《猎原》里写过一只老山狗。它雄性十足，有高贵的基因。虽然老了，但老了的老山狗还是老山狗，如孟八爷所说，当得住老山狗这名儿的，不是狗岁数，而是狗心。在我眼中，老山狗几乎等同于某种已经断裂和丧失的西部精神。“孟八爷盼了几十年，想从癞皮狗堆里巴望出个老山狗来，却终而失望。”为什么？“这是水土的原因。多好的狗，都串种了。我这狗到藏区，一放骚下种，就是一堆藏獒。信不？人家那是啥地方？到处是藏獒，只那气味，就能把猫儿熏成藏獒。这里，嘿嘿，到处是癞皮狗。多好的狗娃儿，都熏成癞皮狗了……你们忘了，那狼孩儿？”

同样的，在《猎原》里，我还写过那个复仇的母狼灰儿，它的身上有一种天然的母性，同时它也有着狼的那种强悍和不屈。一谈到狼，很多人的印象是凶残，是残暴。其实，并不全是这样。狼也有着人类没有的优秀的秉性和基因。我希望自己能有一种狼的强悍，但我的对手，永远是我自己。

我喜欢用狼的强悍来激励自己、征服自己，让自己变得更强大，却不用狼的欲望争夺世界，用狼的嗔恨伤害世界。我明白，外界没有自己的敌人，每一个人的敌人，其实都在自己心里。我的对手永远是自己的欲望。无论我如何贪婪，一切都在飞快地成为记忆，我不愿意从贪婪的青年变成贪婪的老人。人生如过桥，我不会在桥上建房子，我只想放下一切，平坦了心，升华自己，享受命运里所有的故事——哪怕是一些现在显得苦涩的故事。

过去，我也一次次地这样说，有很多人觉得我说得对，也能放下一些东西，但一旦他们回到生活中去，欲望就会包围他们，把那一点放下的清凉，冲得烟消云散，他们总觉得身不由己。因为心灵的惯性，有时不是一句话就能消除的，内心潜在的欲望，也必须有一个消解的过程，但你应该知道，它的本质是什么。

你今天不愿正视它们，今天就会被它们左右，一辈子不愿正视它们，人生就整个地荒废了。我不愿用宝贵的生命，去在乎一些留不住的东西，我要清醒地、明白地，享受我的人生。遇到一些刺耳的声音时，我总想平坦了心，反思自己。因为，刺痛了我的，定然是我在乎的，它代表了我的某种执著和贪欲。那时节，我总在调整自己，提醒自己：一时的情绪不要紧，一切都会过去，整个世界都在不断地死去，不断地重生，它只是一个巨大的假象。在这个巨大的假象之中，除了精神和智慧之外，一切都会过去。

在我心里，外部世界就像是一盆沸水，只要欲望的火焰还在燃烧，它就会冒出各种各样的水泡。每一个水泡，就是一个事件，它冒出之后，就会破灭，再冒出，再破灭……如此循环往复，永不停息。明白那规律后，我就不想再捅那些水泡了。我知道，无论我捅还是不捅，它都会破灭的。我更想熄灭水盆下的火焰，给这个世界带来一点清凉，但我同样明白，这火，不是谁想熄，就能熄得了的，因为它附着在每个人的基因里。

这个时代发生了巨大的变化，也提供了成功的机会，能否在这样的平台上跳出最美的舞蹈，这是我们每个人必须思考的问题。中国古代的小脚女人是跳不出现代舞的，要想跳出最美的舞，先要把自己的裹脚布扔开，让脚健康地成长。这个脚，就是我们的心灵。许多的制约和镣铐，本质上是来自于我们的心灵，不是客观，不是世界的，是自己给自己的心灵裹了许多带子，所以心灵不能自由飞翔。要想真正飞翔，首先将自己的心灵打开，让智慧的光明焕发出来，所以，我在《猎原》中说，心明了，路就开了。

我创作《猎原》之前，就开始有了上面谈到的人生感悟。当然，这《猎原》，远比思想本身丰富，也更鲜活。

文化与信仰

——《白虎关》第四版代序

再次感谢中国大百科出版社雪漠图书中心。

《白虎关》又再版了，这是第四版。它和《大漠祭》《猎原》一起，伴我从青年到中年，构成了“大漠三部曲”。至今，谈到小说里的兰兰、莹儿、月儿、大牛等，我的心还是会痛。我总是在他们的故事里，流我自己的泪。我知道，这个世界上还有很多“他们”，于是，我就有了写作的理由，总想多留几部书，写写他们的未来。未来总是令人憧憬的，虽然我知道，所有人的未来都是一个定局，但这个过程中，总该有种新的东西吧。毕竟，时代发展到今天，“他们”的命运也该出现一种新的转机吧？我们的文学，也为它提供了无数种可能。

我老说，一个人从生到死，是一片空白，期待你用自己的行为来填充。所以，人的一生，就是“填空”的一生。同时，人的一生，也是闯关的一生，闯过一关，你就会成长一点，灵魂就会强大一些。

我的《白虎关》，就写了一群闯关的人。每个人有不同的关，欲望和心灵不同，关就不同，小说也因之呈现了万种风情。

我也是个闯关者，书中那些命运的关口，我也曾经历过。曾经的生命中所有的关，现在看来，都成了难忘的风景。

对《白虎关》，评论家雷达老师的解读入木三分，独具特色，他在《中国作家》2008年第9期著文称："雪漠，是甘肃小说家中地域性文化精神最为突出的作家，他的来自西部生存的苍劲的小说语言，深情刻骨的大漠情怀，已随着他的《大漠祭》赢得了全国性的声誉，建立了一种浩荡凛冽的西凉风格。雪漠的叙事能力强，笔下富于生命质感。《白虎关》很像一个生命大寓言。两个女子，为了活着的理由和生命的盼头，被命运抛入陌生的绝境。猛兽、酷暑、干渴……及诸多未知的灾难都将那两个弱女子的灵魂放上命运的砧板，开始无情的捶打。灵魂的韧性由此产生，生命的尊严也由此体现。正是在一次次的炼狱中，两个弱女子升华为两个大写的'人'。主人公跟豺狗子的较量是文本中精彩至极的华章，人与兽，善与恶，生与死，情与爱……诸多悖论般的命题一次次展现，人的灵魂由此洗礼得以重塑，两个鲜活的生命跃然纸上，承载着厚重如大地、壮美如雪山的西部精神。时下的小说中，已经很少能看到如此本色、新奇、呼之欲出的‘人物’了。”

不过，现实生活中，我们不一定会像兰兰们那么幸运，我们总是躲不开“豺狗子”，总是会陷入命运的沼泽中。因为，我们时时都处在“流沙”中，遭遇着我们不愿遭遇的一切，如生死、贫穷、热恼、疾病、灾难、厄运等，它们总是突如其来。所以，我们需要有真正的盼头，需要一种更高的向往和追求。许多时候，选择的力量、文化的力量、信仰的力量，便能决定我们的命运走向。但是，能做出正确选择的人，并不多。很多时候，命运的大力总能左右我们，让我们身不由己。

时代发展到今天，人类正遭遇着历史上最大的“豺狗子”，它便是庸碌的洪流。科技的高度发达，欲望的极度膨胀，混混文化的强势，总能让人陷入泥潭，整日追名逐利，浑浑噩噩，难以超越。在“温水煮青蛙”的魔咒中，很多人毫不自知，泥足深陷，难以超越。《白虎关》展示的，便是书中人物跟“豺狗子”搏杀时的惨烈。

在《白虎关》里，我想定格的东西已和《大漠祭》《猎原》有所不同，因为时代发生了巨变。农耕文明日落西山，大势所趋。所以，我在首版题记中写道：“当一个时代随风而逝时，我抢回了几撮灵魂的碎屑。”当然，我抢回的，不仅仅是灵魂的碎屑，也是一种存在，更是一种文化和信仰。

当然，《白虎关》更是一群鲜活人物的灵魂舞台，我们看到的，可能是一个个的迷失的自己。书中那一个个挣扎的灵魂，那一次次命运的炼狱，那一幕幕难忘的场景，那一行行流淌的泪水，或许会让我们感受到生命的另一种悸动……

呼唤的灵魂

——《白虎关》番外篇

昨夜里西风又起

一面血红的大旗

在残照里猎猎作响

黑马长啸

牵动边塞的烟雨

灵魂在西风里

声声呼唤

归来吧，我的虞姬

一

很小的时候，我就崇尚一种精神，觉得，人活着，就得有一种精神，有一种豪气。练武时，就向往武林中的那种侠义，只想仗剑走天涯；后来，选择写作时，就铸剑为犁，文以载道，希望自己拥有托尔斯泰的那种大悲悯；再大时，就憧憬着自己成为释迦牟尼，能够给世界带来光明和清凉。每个生命时段，我总是为自己设计不同的梦想，然后不停地走，不断地打碎自己，战胜自己，一步步走到了今天。这种特质，倒成了我生命中的一种基因。

任何时候，当我觉知自己快定型时，就会毅然打碎自己，将所有的一切归零，重新开始。我最怕的就是重复，就是原地踏步，如果总是在一个高度上跳高，不给自己增加难度的话，是没多大出息的。所以，我走的路，看似弯弯曲曲，曲曲折折，但总在螺旋上升着。在不同的生命阶段，我总在为自己开辟新的路。于是，我才有了那一部部永不重样的作品。而且，每一部作品，都是一个巨大的世界。其原因，就在于，我总在不断地寻觅，寻觅新的生机。在我心里，重复，意味着死亡。

在“大漠三部曲”里，我写了很多动物，天上飞的，地上爬的，都有。在所有的动物里，我最爱的，就是鹰和骆驼。我喜欢鹰的势，也喜欢骆驼的韧性。这两种东西，我都有。它们经常出现在我的小说中，甚至出现在我的书画中，它们已成了很多读者心中的图腾。

我喜欢鹰的那种桀骜不驯，透着一种王者之气。真正的鹰就算死了，那种傲气犹存。在《大漠祭》中，我就写过一只鹰，它宁可饿死，也不愿被人驯服。最后，它饿成了一把干毛，还直挺挺地立在那里。这个细节，感染了很多人。鹰的身上，确实有一种让人震撼的东西。

最震撼人的，还是鹰的重生，这个故事，我一直很喜欢。据说，鹰可以活一百二十岁，但到四五十岁时，鹰的嘴头和爪子就钝了，再也抓不到东西吃了，就会被饿死。所以，真正的鹰，会不屈于命运，它会在生命的关键时刻，做出一种选择，要么饿死，要么重生。而选择重生的鹰，会在石头上磕去嘴头和爪子，忍受剧痛，饿上十多天，重新长出嘴头和爪子。这个过程，血肉模糊，鳞片脱落，相当惨烈，近乎脱胎换骨。但重生的鹰，会焕发出新的活力，再活上五六十年。所以，我很欣赏老鹰，向往它的这种不服输的精神。

想要重生的人，也是一样的。在那个过程中，必然要忍受阵痛。如果没有这个过程，人是立不起来的。任何人，想要真正像个人一样活着，就要经历一番灵魂的历练，重铸自己。红尘中，有了这种历练，人才能真正窥破虚幻，走向精神的另一高度。

同样的，在我的作品中，我想留下的，不仅仅是生活，是故事，还有人物，甚至是动物们所承载的那种精神。唯有精神，才能薪火相承。这一切，都源于自己的选择和行为，与他人无关。即使在看似无法选择的情况下，其实还是有选择的，是绝望，是希望，完全在于一个人的心。但是，很多人做不到。为什么？因为心不明白，心中无光，不知道如何分辨和选择。心中无光，其命运也只能随着惯性浮沉。如《白虎关》中的莹儿，她之所以后来没有走出命运，就在于，她的心仍是一片黑暗，灵官给她带来的那点光，很快就被黑暗淹了。因为那是灵官的光映射到她身上的，而不是自己生命中真正焕发出来的光。所以，她和千千万万的西部人一样，当巨大的命运漩涡裹挟而来时，个人的力量是微乎其微的，要么被吞噬，要么自我毁灭。所以，面对命运时，人是很难改变的，除非他有信仰。没有信仰的人，只能随波逐流，只能庸碌一生，只能不断地轮回下去。

二

多年前，有个北京女子，想到凉州修一座寺院。刚来投资的时候，第一次，当地政府接待了她，她很满意；第二次，也以贵宾的标准接待了她；第三次，政府就不再接待了，因为那样接待的话，会无休无止。当时，她就非常恼火，说，你们这个地方怎么这样？我们到别的地方，政府都像接天神一样招待。当时，我就对她说，你错了。你永远记住！你修寺院也罢，做什么也罢，你不是为政府做事，你在为自己做事。如果你不修寺院，你不过是北京城里的一个寻常女子而已，像你这样的人，车载斗量，岁月的风一吹，你就找不到任何痕迹了。你因为修了这个道场，你就从那个群体里冒了出来。百年之后，人们也许会记得这个道场是某某人修的，会记住你曾经的事迹，传颂你的这种精神。你的这个行为，决定了你的价值。所以，你在为自己做事。你修建寺院，虽然能给当地经济带来创收，老百姓也会得到一点利益，但是，这利益仍是你的价值。你带来的利益越多，你的价值就越高。究竟看来，你其实在为自己做事。

实质上，好多人同样也是这样的。比如王宝钏的故事，她的那个守护行为，让她的人格本身升值了，表面看来，她在为薛平贵守贞，但是，在守的过程中，她升华了自己。她的行为决定了她的价值。比如潘金莲，是她自己成为潘金莲的，而不是因为他是武大郎的老婆，她的行为，决定了她的价值。而武大郎，很多人都非常同情，他自身的善良决定了他的价值，与潘金莲的红杏出墙没有关系。

同样的，《白虎关》里的莹儿，她一直在等灵官，期待着灵官回来。但是，当她的这份爱、这种守护，遭到周围环境扼杀的时候，她选择自杀也罢，逃离也罢，那都是她自己的选择和行为，与灵官的回来与否没有太大关系，她是为自己守着的。她对爱的执著和守护，才让她成了莹儿。虽然，最后她殉了自己的爱，很多人感到不理解，觉得很可惜，但是，如果她不这样，而真的做了赵屠汉的婆姨，莹儿还是莹儿吗?

一定要明白这一点，每个人都在为自己做事。任何人做事，最终受益的，是他自己。当他将智慧和慈悲回报给人类的时候，那么，他就是人类的圣者。贡献社会，同样是在为自己做事，你在贡献社会的时候，不求回报，那么你的生命本身就升华了。比如，一个小人不断地奉献社会，升华自己，最后成为圣人，这个结果本身就是价值，社会回报不回报，并不重要，回报也好，不回报也罢，都无所谓，都改变不了他从一个小人成为君子这一事实。

一个人成为智者，为世界做出一种表率，这是他自己的行为决定的，世界只是为他提供了一个平台和助缘。

写《白虎关》，就是我的行为之一。

我在成长，我作品中的人物也在成长，他们不但是灵官、琼、黑歌手、琼波浪觉、马在波，也是雪漠。换句话说，他们的所思所想、所有的状态，都是我生命中的呈现。他们分别代表了我的不同生命阶段。因此，每个读者在阅读的过程中，不断地吸收滋养，不断地成长着，对于他们来说，有了这样一段人生经历，再来看世界的话，如同站在巨人的肩膀上，就有了另外一种角度和眼光。

三

细心的读者，只要读过我的《白虎关》，就会发现，虽然小说中看似写满了人和事，写尽了世俗的生活，但那不单纯是些生活场景或事件，更是诸多心灵的展示。透过人物的心灵及习气，完全就能发现他们的命运迹象，就能读出更深层的东西。在那凡俗的生活表面，有着难以察觉的生命真相。这一切，都与我们每个人息息相关，只要能深潜进入，你定然能发现其中的奥秘。小说里的所有人物，其实也是我们每个人，里面隐藏着人类的全息。你，我，他，皆是如此。

跟《大漠祭》和《猎原》不同，在《白虎关》中，相较于生存状态，我更愿关注人的灵魂和信仰，以及产生这种灵魂的文化土壤。生活为我的创作提供了营养，好似肥料，我的作品是肥沃的土壤中长出的花。没有生活不成，将生活直接搬入作品也不成，要将生活进行提炼和吸收。读过我的小说，读者就会发现，我的小说不仅仅是故事，除了故事、人物、生活之外，里面还有一种灵魂的东西、精神的东西。写作时，我更侧重于灵魂的叙述，特别注重人类心灵的挖掘和展示。

有一年，我到张掖参加一次笔会。我和另外两个作家去理发时，在发廊里我遇到了一个小女孩，她才初中毕业，显得非常单纯。她每天要干十多个小时的活，不但拿不到一分钱，还要给老板交好多所谓的学费。我非常同情这个小女孩，就劝她别干这营生，去上学吧。若是想上学，我会帮助她，给她提供学费。她说，她的父母不同意。我说，劝劝你父母，他们若同意，你可以给我打电话。于是，我就把名片给了她，并请她和她的同伴吃了饭，送了她几本书。后来，我一直在等她的电话，但她一直没有回话。回到武威，我心里一直很难受，一个很好的小女孩，却不能上学，好在这个发廊很正规，不是那种色情场所。

第二次，到张掖的时候，我又去找她，她的同伴说，她不干了。她回了一趟家，回来后，就去了一家洗浴中心。她的同伴告诉我洗浴中心的地址后，我就去找她。正好，她从里屋出来，问我啥时来的？我说，下午。她只说她很忙，就进去了。一会，老板追出来拉我，说这儿尽是小女孩，一个才一百五十元，全套服务。我拒绝了。当时，这件事对我的心灵触动非常大。

这女孩，后来成了《白虎关》中月儿的原形。

这是一个小说题材。如果其他人写的话，也许仅仅会把它写成一个故事。我若写时，会从她的心灵着手，从她向往崇高，向往上学，到走到今天这一步，她的心中有哪些想法？她会不会有痛苦？她的父母可能对她讲过啥？她如何从一个纯洁的小女孩变成妓女的？这个过程中，她有哪些心理变化？要是你把她写出来，可能会打动许多人。而且，我更关注的是，这个女孩为什么会这样？除了生活所迫之外，这儿肯定还有一种文化和土壤，让她的心灵发生一种变化，我更关注这些内在的东西。

后来，我经常会想起这个小女孩，她一直在我心中活着，当我不把她写出来时，她就会一直折磨我。她是民乐县某乡某村人，那理发店的所有人都知道她的身份，她到洗浴中心的事，好多人都知晓。大家想一想，她会有怎样的命运？当然，世上有许多这种人，但她们都到家乡之外的他乡从事这种职业，而她，因为没有经验，所以待在了家门口。这样，她未来的命运就会受到她行为的影响：谁会娶她？她会幸福吗？如果她嫁了人，她的男人会扇她的耳光，会一直把她折磨到死，每次吵架，就会骂她婊子。更有可能，会有人骂她的孩子是婊子养的。所以，这种一时的选择，却可能影响她一生的命运。

后来，我听说了另一个故事，这便是月儿的原形，在《白虎关》中，我几乎没有咋虚构，很多情节，都源于生活。

这类事带来的痛苦成了我的一种创作动力，作品在一天天长大。有一天，我就会肚子疼，就知道要生“孩子”了，生不出来的话，我会很痛苦。所以，我的所有作品都是这样写出来的，不是我想写，而是生活让我写。

在《白虎关》里，我就塑造了两个农村女孩菊儿和月儿。菊儿和猛子初次相亲时，他们的对话很有意思，这就暗示着菊儿以后的那种命运。虽然她的笔墨不多，但在我心里也是一种伤痛。而月儿，一心想到城里去，结果被人骗了，患上了杨梅大疮，无奈之下，又回到乡下，她所经历的一切，我就是在那些女孩身上得到的灵感，再进行艺术的升华，赋予了月儿一种精神。在历练了命运的残酷之后，月儿升华了自己的灵魂，为这个世界定格了一种高贵和大美。

四

《白虎关》初版题记说：“当一个时代随风而逝时，我拣回了一撮灵魂的碎屑。”

有人曾问我，什么是灵魂？我说，灵魂是活着的理由。一个人的价值，就在于他生命的附加值，而不是其他物质的东西。金钱、财富、地位、权贵等，都不会长久，人一死，都会易换主人，根本不属于你，有时，甚至是累赘。所以，我们活着的时候，要让自己的灵魂自主、博大、明白、高贵，尽可能地为这个世界留下一些岁月毁不了的东西。

当你明白了自己活着的理由，明白了一种使命，明白了自己这辈子应该做什么、不该做什么的时候，你就真正认识了自己，也就在滚滚红尘中保持了一份清醒。这时，你就是一个有灵魂的人。当你瞅准目标，拒绝一些东西，守住一些东西，坚持不懈地走下去，就一定能达到目的地。很多人之所以半途而废，或者三天打鱼，两天晒网，到头来一事无成，就因为他没有那种定力。没有定力就没有智慧，就不会看破虚幻。

一个人，一生中必须拒绝很多与生命目标无关的东西。有时，迫于生存的时候，我也去经商，但每次只要能够吃饭了，我就不做了，不贪。我始终记住自己这辈子该做什么，要守住那个东西。比如，我在教委工作时，很穷，也是写作《大漠祭》很关键的时刻，也是文学顿悟前的破晓时分，遇到了经商诱惑，可以挣大钱，但我仍然选择写下去，没有去经商。意思就是，我宁愿饿死，也要守住自己的梦想，去完成它。这好像在行走的过程中，突然出现了一条岔路，你不调头回来的话，就会离目标越走越远。

在《白虎关》里，兰兰和莹儿有一段沙漠之旅，她们所遭遇的一切，实质上是一个巨大的象征。没有经历过生死留难的人，可能很难领悟到其中蕴藏的寓意。尤其是，当兰兰被流沙深埋、濒临死亡时，她对莹儿所说的那些话，对于走上灵魂历练之路的人，都有一定的启迪意义。

兰兰说："你记住，无论活命还是干啥，你只要朝一个方向，走呀，走呀，不停地走，你肯定能走到那个你想到的地方。你只要认准方向，碰到兔子了，能打了，打一个。可千万别撵它，因为它会将你引到另一条路上，会消耗你的体力。你更不要想黄羊们。你要明白，没有火药和钢珠，你那'想'的心，只能算贪婪。你更不要叫美丽的海市蜃楼迷了心志。你永远记住，沙漠跟生活一样，是严酷的，别指望会出现奇迹。你所做的，就是朝着你选定的方向，走，走，不停地走。你坚信，你肯定能走到那儿。肯定。"

是的，肯定。我的人生经历同样验证了这句真理。即使在我最困难、陷入极大精神危机的时候，我仍然没有放弃自己的追求。再怎么黑暗，哪怕看不到任何的出路和希望，我也坚信，自己能成功。这一点，毫不怀疑。我自小就有这样的自信。我常说："没有失败，只有放弃。"在这个过程中，最重要的是，你要盯住自己的目标，不要让其他的东西扰乱了心，不要给自己找任何的理由，不要偏离目的地，让你变得一事无成。

我在小说《无死的金刚心》里，琼波浪觉就对莎尔娃蒂讲述了自己父亲一生的境遇，他说："你可能不知道我父亲的故事。很小的时候，他就想效法那些古代的大德，去印度求法，但后来，他一直没有去。因为他一直能找到不去的理由。因为任何人只要想找理由，他总能找到任何理由的。世上所有的理由，都是在你需要它的时候出现的。它的本质是欺骗你自己。父亲也这样一次次用那理由欺骗着他。他一天天长大了，理由也一天天多了。到了某一天，他发现自己当初的那种想法真是太幼稚了。于是，他心甘情愿地当了本波的法主。再后来，当我有了他小时候的那种追求时，他竟然想阻止我。因为在他的眼中，我的那种想法，是幼稚的标志。就这样，父亲日渐成熟的世故，终于杀死了他的梦想。"

琼波浪觉与父亲不同的就是，他知道自己的宿命，就是寻找奶格妈，所以，他一直在寻找奶格妈。即使遇到巨大的女难时，他也没有停下脚步，没有陷入到爱的缠绵中，毅然走向自己的寻觅。生活中，很多人其实都如琼波浪觉的父亲一般，被各种理由所迷惑，看不清那理由的本质，不管在世间法上，还是出世间法上，都是这样。

在《白虎关》中，兰兰和莹儿之所以有追求，就是因为明白自己需要什么。

还有就是，人在追求梦想的过程中，还会陷入更为可怕的魔桶。或者说，很多人一辈子都活在魔桶中，但他浑然不知。

什么叫魔桶？我在《无死的金刚心》里就写了一种魔桶咒，它指的是一种迷惑你、让你失去向往的幻觉。琼波浪觉遭受过两种诅咒：一种是诛杀咒，施咒者想要夺去他的生命；另一种就是魔桶咒，施咒者想要夺去他的慧命。在那故事中，琼波浪觉在某次错误的选择之后，进入了一个名为圣地、实为魔桶的世界，那个世界跟现实世界一样真实，里面有个自称奶格玛的女子，琼波浪觉和她结了婚，过了一段名为双修的红尘生活，还修出了一双儿女。直到有一天，他们的儿子突然死了，妻子因为极度痛苦而失控的反应，让琼波浪觉发现，自己所认为的奶格玛，其实不是真正的奶格玛，因为真正的奶格玛证得了究竟智慧，是不会因执著而痛苦的。那个瞬间，他的幻觉突然就破灭了，于是他离开妻子，再一次踏上了寻觅之旅。可那时，已是二十二年后了。

故事中的象征意义，对很多当代人来说，都是一种警醒。这个时代的很多人，都被一种类似于魔桶咒的东西魇住了，或是金钱，或是名利，或是脸面，或是感情，或是物质，等等。一旦被魇住，就会忘掉自己真正该做的事情。这也是一种魔桶。

有很多人，就陷在生活的魔桶中，欣欣然，不知所归。能真正窥破魔桶，而跳出来的人，不多。

《白虎关》中描写的生存环境，也许就是一种魔桶。而兰兰、莹儿、月儿三人，都想跳出这魔桶。但在那历史文化的阴影中，她们必然要遭受着群体性的一种摧残和挤压。兰兰希望的自由，莹儿坚守的盼头，月儿向往的生活，在那种巨大的命运磨盘下，都显得微不足道。

虽然《白虎关》中写的西部文化非常厚重、博大，但因为千年来，这块土地非常封闭、非常原始，对人的心灵有了一种束缚和制约。

心如瓶子，瓶子不大，装不了多少东西，硬装的话，瓶子就破了。只有心宽如天，才能富大似海。要想不被岁月掩埋，那么你就必须有不被岁月掩埋的理由。

五

由于时代浪潮的冲击，中国正面临着巨大的社会变革，旧的价值体系在巨大的社会变革面前坍塌，而新的价值体系正在建立，《白虎关》便写了这种新旧价值体系的撞击与交替，这是时代发展的必然。

我说过，任何一种文化，发展到一定时候，如果没有活水的注入，就会变成与大海隔离的大池塘。这个池塘，因为缺乏与外界的沟通，已经变臭了，历史的灰尘、垃圾、石块都沉积在池塘里。那么，这个池塘就有两种命运：第一种，让它继续封闭下去，让它继续发臭，被太阳蒸发，最后消失；第二种，把大海之水引入池塘，让它变成大海的一部分。那么，这时候就会出现一种状况：当大海冲进来的时候，沉积下来的诸多灰尘、垃圾会一翻而起，整个池塘显得非常浑浊不堪。池塘里的鱼、虾会感到难以呼吸，甚至面临窒息。然而，命运就是这样。要么维持现状，让这个池塘里的鱼、虾苟延残喘下去，最后死亡，跟这个池塘一起消失。世界上诸多的文化都是这样消失的，就因为池塘没有与外界的大海接轨。另外一种就是引进活水，暂时忍受一下外界水流的巨大冲击力，哪怕难受也不要紧，因为你很快就会和大海之水融为一体了，要承受一些阵痛。

《白虎关》中，就写了这样一种时代的阵痛。

在新的价值体系建立中，阵痛是不可避免的，是必然要发生的，但不要紧，无论池塘里有多少垃圾，都会被大海净化，然后，都会重新焕发出新的生命力。事实上，阵痛是打碎，打碎固有的观念、陈腐的意识、阻碍心灵自由的壁垒、习惯的理由与借口。文化困境的原因不在于历史遗留下的垃圾，不在于遇到的某些阻碍，而在于自身。所以，一切要反看自身，从解剖自身开始。任何人只有与时俱进，才能实现超越，否则终将会出局。

这是一种自然的进化论，如同从猿类到人类，从爬行到直立，文化的淘汰和出局，这不是哪个人所能控制的，这是历史发展的一种必然。目前，时代的变化正以迅雷不及掩耳之势，撞击着我们的灵魂。

《白虎关》想写的，就是在这样一个新旧交替的历史时期，对西部人的灵魂和命运的叩问。面对那些即将消逝的背影，我们都有一抹难言的疼痛和落寞，但我想，这也许是暂时的阵痛。要勇于承担起这种阵痛，阵痛过后，就会迎来新生儿。

随着时代的发展，很多东西都异化了。许多文化和精神，已成了一个遥远的梦。人类文明中，定格历史的，是精神；传承历史的，也是精神。任何一个时代，只要有人类，就有人性，就有向往，就有追求，就有“人”这个物种独有的一种精神。

《白虎关》想定格的，就是这种精神。